CW01272348

LE TRIANGLE D'OR

Maurice Leblanc est né en 1864 à Rouen. Après des études de droit, il se lance dans le journalisme. En 1907 paraît son premier ouvrage « policier » : *Arsène Lupin gentleman cambrioleur.* Le personnage devient immédiatement populaire et Leblanc en fait le héros d'une longue série d'aventures. Au total trente récits, parmi lesquels *Arsène Lupin contre Herlock Sholmès* (1908), *L'Aiguille creuse* (1909), *Le Bouchon de cristal* (1912), *Les Huit Coups de l'horloge* (1921), *La Cagliostro se venge* (1935)... Maurice Leblanc est mort en 1941 à Perpignan.

Paru dans Le Livre de Poche :

813 : LA DOUBLE VIE D'ARSÈNE LUPIN
813 : LES TROIS CRIMES D'ARSÈNE LUPIN
L'AGENCE BARNETT ET CIE
L'AIGUILLE CREUSE
L'ARRESTATION D'ARSÈNE LUPIN
ARSÈNE LUPIN CONTRE HERLOCK SHOLMÈS
ARSÈNE LUPIN, GENTLEMAN CAMBRIOLEUR
LA BARRE-Y-VA
LE BOUCHON DE CRISTAL
LE CABOCHON D'ÉMERAUDE / L'HOMME À LA PEAU DE BIQUE
LA CAGLIOSTRO SE VENGE
LE COLLIER DE LA REINE
LA COMTESSE DE CAGLIOSTRO
LES CONFIDENCES D'ARSÈNE LUPIN
LA DEMEURE MYSTÉRIEUSE
LA DEMOISELLE AUX YEUX VERTS
LES DENTS DU TIGRE
DOROTHÉE, DANSEUSE DE CORDE
L'ÉCLAT D'OBUS
LA FEMME AUX DEUX SOURIRES
LE FORMIDABLE ÉVÉNEMENT
LES HUIT COUPS DE L'HORLOGE
L'ÎLE AUX TRENTE CERCUEILS
LES TROIS YEUX
VICTOR, DE LA BRIGADE MONDAINE
LA VIE EXTRAVAGANTE DE BALTHAZAR

MAURICE LEBLANC

Le Triangle d'or

LE LIVRE DE POCHE

© Claude Leblanc et Librairie Générale Française, 1968.
ISBN : 978-2-253-00634-3 – 1ʳᵉ publication LGF

PREMIÈRE PARTIE

LA PLUIE D'ÉTINCELLES

I

MAMAN CORALIE

Un peu avant que sonnât la demie de six heures, comme les ombres du soir devenaient plus épaisses, deux soldats atteignirent le petit carrefour, planté d'arbres, que forme, en face du musée Galliera, la rencontre de la rue de Chaillot et de la rue Pierre-Charron.

L'un portait la capote bleu horizon du fantassin; l'autre, un Sénégalais, ces vêtements de laine beige, à large culotte et à veston cintré, dont on a habillé, depuis la guerre, les zouaves et les troupes d'Afrique. L'un n'avait plus qu'une jambe, la gauche; l'autre, plus qu'un bras, le droit.

Ils firent le tour de l'esplanade, au centre de laquelle se dresse un joli groupe de Silènes, et s'arrêtèrent. Le fantassin jeta sa cigarette. Le Sénégalais la ramassa, en tira vivement quelques bouffées, la pressa, pour l'éteindre, entre le pouce et l'index et la mit dans sa poche.

Tout cela sans un mot.

Presque en même temps, de la rue Galliera, débouchèrent deux autres soldats, dont il eût été impossible de dire à quelle arme ils appartenaient, leur tenue militaire se composant des effets civils les plus disparates. Cependant, l'un arborait la chéchia du zouave ; l'autre, le képi de l'artilleur. Le premier marchait avec des béquilles, le second avec des cannes.

Ceux-là se tinrent auprès du kiosque qui s'élève au bord du trottoir.

Par les rues Pierre-Charron, Brignoles et de Chaillot, il en vint encore, isolément, trois : un chasseur à pied manchot, un sapeur qui boitait, un marsouin dont une hanche était comme tordue. Ils allèrent droit, chacun vers un arbre, auquel chacun s'appuya.

Entre eux, nulle parole ne fut échangée. Aucun de ces sept mutilés ne semblait connaître ses compagnons et ne semblait s'occuper ni même s'apercevoir de leur présence.

Debout derrière leurs arbres, ou derrière le kiosque, ou derrière le groupe de Silènes, ils ne bougeaient pas. Et les rares passants qui traversaient, en cette soirée du 3 avril 1915, ce carrefour peu fréquenté, que des réverbères encapuchonnés éclaireraient à peine, ne s'attardaient pas à noter leurs silhouettes immobiles.

La demie de six heures sonna.

A ce moment, la porte d'une des maisons qui ont vue sur la place s'ouvrit. Un homme sortit de cette maison, referma la porte, franchit la rue de Chaillot et contourna l'esplanade.

C'était un officier, vêtu de kaki. Sous son bonnet de police rouge, orné de trois soutaches d'or, un large bandeau de linge enveloppait sa tête, cachant son front et sa nuque. L'homme était grand et très mince. Sa jambe droite se terminait par un pilon de bois muni d'une rondelle de caoutchouc. Il s'appuyait sur une canne.

Ayant quitté la place, il descendit sur la chaussée de la rue Pierre-Charron. Là, il se retourna et regarda posément, de plusieurs endroits.

Ce minutieux examen le ramena jusqu'à l'un des arbres de l'esplanade. Du bout de sa canne, il toucha doucement un ventre qui dépassait. Le ventre se rentra. L'officier repartit.

Cette fois, il s'éloigna définitivement par la rue Pierre-Charron vers le centre de Paris. Il gagna ainsi l'avenue des Champs-Elysées, qu'il remonta sur le trottoir de gauche.

Deux cents pas plus loin, il y avait un vaste hôtel, transformé, ainsi que l'annonçait une banderole, en ambulance. L'officier se posta à quelque distance, de façon à n'être point vu de ceux qui en sortaient, et il attendit.

Les trois quarts, puis sept heures sonnèrent.

Il s'écoula encore quelques minutes.

Cinq personnes s'en allèrent de l'hôtel. Il y en eut encore deux autres. Enfin, une dame apparut au seuil du vestibule, une infirmière vêtue d'un grand manteau bleu que marquait la croix rouge.

« La voici », murmura l'officier.

Elle prit le chemin qu'il avait pris lui-même et gagna la rue Pierre-Charron, qu'elle suivit sur le trottoir de droite, se dirigeant ainsi vers le carrefour de la rue de Chaillot.

Elle avançait légèrement, le pas souple et cadencé. Le vent que heurtait sa course rapide gonflait le long voile bleu qui flottait autour de ses épaules. Malgré l'ampleur du manteau, on devinait le rythme de ses hanches et la jeunesse de son allure.

L'officier restait en arrière et marchait d'un air distrait, faisant des moulinets avec sa canne, ainsi qu'un promeneur qui flâne.

En cet instant, il n'y avait point d'autres personnes visibles, en cette partie de la rue, qu'elle et lui.

Mais, comme elle venait de traverser l'avenue Marceau, et bien avant que lui-même y parvînt, une automobile qui stationnait le long de l'avenue s'ébranla et se mit à rouler dans le même sens que la jeune femme, tout en gardant un intervalle qui ne se modifiait pas.

C'était un taxi-auto. Et l'officier remarqua deux

choses : d'abord, qu'il y avait deux hommes à l'intérieur, et, ensuite, qu'un de ces hommes, dont il put distinguer un moment la figure barrée d'une forte moustache et surmontée d'un feutre gris, se tenait presque constamment penché en dehors de la portière, et s'entretenait avec le chauffeur.

L'infirmière, cependant, marchait sans se retourner. L'officier avait changé de trottoir et hâtait le pas, d'autant plus qu'il lui semblait que l'automobile accélérait sa vitesse, à mesure que la jeune femme approchait du carrefour.

De l'endroit où il se trouvait, l'officier embrassait d'un coup d'œil presque toute la petite place, et, quelle que fût l'acuité de son regard, il ne discernait rien dans l'ombre qui pût déceler la présence des sept mutilés. En outre, aucun passant. Aucune voiture. A l'horizon seulement, parmi les ténèbres des larges avenues qui se croisaient, deux tramways, leurs stores descendus, troublaient le silence.

La jeune femme, non plus, en admettant qu'elle fît attention aux spectacles de la rue, ne paraissait rien voir qui fût de nature à l'inquiéter. Elle ne donnait point le moindre signe d'hésitation. Et le manège de l'automobile qui la suivait ne devait pas l'avoir frappée davantage, car elle ne se retourna pas une seule fois.

L'auto, pourtant, gagnait du terrain. Aux abords de la place, dix à quinze mètres au plus la séparaient de l'infirmière, et lorsque celle-ci, toujours absorbée, parvint aux premiers arbres, l'auto se rapprocha d'elle encore, et, quittant le milieu de la chaussée, se mit à longer le trottoir, tandis que, du côté opposé à ce trottoir, à gauche par conséquent, celui des deux hommes qui se tenait en dehors avait ouvert la portière et descendait sur le marchepied.

L'officier traversa de nouveau, vivement, sans crainte d'être vu, tellement ces gens, au point où les choses en étaient, paraissaient insoucieux de tout ce qui n'était pas leur manœuvre. Il porta un sifflet à sa bouche. Il n'y avait point de doute que l'événement prévu ne fût près de se produire.

De fait, l'auto stoppa brusquement.

Par les deux portières, les deux hommes surgirent et bondirent sur le trottoir de la place, quelques mètres avant le kiosque.

Il y eut, en même temps, un cri de frayeur poussé par la jeune femme, et un coup de sifflet strident jeté par l'officier. Et, en même temps aussi, les deux hommes atteignaient et saisissaient leur proie, qu'ils entraînaient aussitôt vers la voiture, et les sept soldats blessés, semblant jaillir du tronc même des arbres qui les dissimulaient, couraient sus aux deux agresseurs.

La bataille dura peu. Ou plutôt il n'y eut pas de bataille. Dès le début, le chauffeur du taxi, constatant qu'on ripostait à l'attaque, démarrait et filait au plus vite. Quant aux deux hommes, voyant leur entreprise manquée, se trouvant en face d'une levée de cannes et de béquilles menaçantes, et sous le canon d'un revolver que l'officier braquait sur eux, ils lâchèrent la jeune femme, firent quelques zigzags pour qu'on ne pût pas les viser, et se perdirent dans l'ombre de la rue Brignoles.

« Galope, Ya-Bon, commanda l'officier au Sénégalais manchot, et rapporte m'en un par la peau du cou. »

Il soutenait de son bras la jeune femme toute tremblante et qui paraissait près de s'évanouir. Il lui dit avec beaucoup de sollicitude :

« Ne craignez rien, maman Coralie, c'est moi, le capitaine Belval... Patrice Belval... »

Elle balbutia :

« Ah ! c'est vous, capitaine...

— Oui, et ce sont tous vos amis réunis pour vous défendre, tous vos anciens blessés de l'ambulance que j'ai retrouvés à l'annexe des convalescents.

— Merci... merci... »

Et elle ajouta, d'une voix qui frémissait :

« Les autres ? Ces deux hommes ?

— Envolés. Ya-Bon les poursuit.

— Mais que me voulaient-ils ? Et par quel miracle étiez-vous là ?

— On en causera plus tard, maman Coralie. Parlons de vous d'abord. Où faut-il vous conduire ? Tenez, vous devriez venir jusqu'ici... le temps de vous remettre et de prendre un peu de repos. »

Avec l'aide d'un des soldats, il la poussait doucement vers la maison d'où lui-même était sorti trois quarts d'heure auparavant. La jeune femme s'abandonnait à sa volonté.

Ils entrèrent tous au rez-de-chaussée et passèrent dans un salon dont il alluma les lampes électriques et où brûlait un bon feu de bois.

« Asseyez-vous », dit-il.

Elle se laissa tomber sur un des sièges, et le capitaine donna des ordres.

« Toi, Poulard, va chercher un verre dans la salle à manger. Et toi, Ribrac, une carafe d'eau fraîche à la cuisine... Chatelain, tu trouveras un carafon de rhum dans le placard de l'office... Non, non, elle n'aime pas le rhum... Alors...

— Alors, dit-elle en souriant, un verre d'eau seulement. »

Un peu de couleur revenait à ses joues, naturellement pâles d'ailleurs. Le sang affluait à ses lèvres, et le sourire qui animait son visage était confiant.

Ce visage, tout de charme et de douceur, avait une forme pure, des traits d'une finesse excessive, un teint mat et l'expression ingénue d'un enfant qui s'étonne et qui regarde les choses avec des yeux toujours grands ouverts. Et tout cela, qui était gracieux et délicat, donnait cependant à certains moments une impression d'énergie due sans doute au sombre éclat des yeux et aux deux bandeaux noirs et réguliers qui descendaient de la coiffe blanche sous laquelle le front était emprisonné.

« Ah ! s'écria gaiement le capitaine, quand elle eut

bu le verre d'eau, il me semble que ça va mieux, maman Coralie ?

— Bien mieux !

— A la bonne heure ! Mais quelle sacrée minute nous avons passée là ! et quelle aventure ! Il va falloir s'expliquer là-dessus et faire la pleine lumière, n'est-ce pas ? En attendant, les gars, présentez vos hommages à maman Coralie. Hein, mes gaillards, qui est-ce qui aurait dit, quand elle vous dorlotait et qu'elle tapait sur l'oreiller pour que votre caboche s'y enfonce, qui est-ce qui aurait dit qu'on la soignerait à son tour, et que les enfants dorloteraient leur maman ? »

Ils s'empressaient tous autour d'elle, les manchots et les boiteux, les mutilés et les infirmes, tous contents de la voir. Et elle leur serrait la main affectueusement.

« Eh bien, Ribrac, et cette jambe ?

— Je n'en souffre plus, maman Coralie.

— Et vous, Vatinel, votre épaule ?

— Plus trace de rien, maman Coralie...

— Et vous, Poulard ? Et vous, Jorisse ?... »

Son émotion grandissait à les retrouver, eux qu'elle appelait ses enfants. Et Patrice Belval s'exclama :

« Ah ! maman Coralie, voilà que vous pleurez ! Maman, maman, c'est ainsi que vous nous avez pris le cœur à tous. Quand on se tenait à quatre pour ne pas crier, sur le lit de torture, on voyait de grosses larmes qui coulaient de vos yeux. Maman Coralie pleurait sur ses enfants. Alors on serrait les dents plus fort.

— Et moi, je pleurais davantage, dit-elle, justement parce que vous aviez peur de me faire de la peine.

— Et aujourd'hui, vous recommencez. Ah ! non, assez d'attendrissement ! Vous nous aimez. On vous aime. Il n'y a pas là de quoi se lamenter. Allons, maman Coralie, un sourire... Et tenez, voici Ya-Bon qui arrive, et Ya-Bon rit toujours, lui. »

Elle se leva brusquement.

« Croyez-vous qu'il ait pu rejoindre un de ces deux hommes ?

— Comment, si je le crois ! J'ai dit à Ya-Bon d'en ramener un par le collet. Il n'y manquera pas. Je ne redoute qu'une chose... »

Ils s'étaient dirigés vers le vestibule. Déjà le Sénégalais remontait les marches. De sa main droite, il serrait à la nuque un homme, une loque plutôt, qu'il paraissait porter à bout de bras, comme un pantin. Le capitaine ordonna :

« Lâche-le. »

Ya-Bon écarta les doigts. L'homme s'écroula sur les dalles du vestibule.

« Voilà bien ce que je redoutais, murmura l'officier. Ya-Bon n'a que sa main droite, mais lorsque cette main tient quelqu'un à la gorge, c'est miracle si elle ne l'étrangle pas. Les Boches en savent quelque chose. »

Ya-Bon, une sorte de colosse, couleur de charbon luisant, avec des cheveux crépus et quelques poils frisés au menton, avec une manche vide fixée à son épaule gauche et deux médailles épinglées à son dolman, Ya-Bon avait eu une joue, un côté de la mâchoire, la moitié de la bouche et le palais fracassés par un éclat d'obus. L'autre moitié de cette bouche se fendait jusqu'à l'oreille en un rire qui ne semblait jamais s'interrompre et qui étonnait d'autant plus que la partie blessée de la face, raccommodée tant bien que mal, et recouverte d'une peau greffée, demeurait impassible.

En outre, Ya-Bon avait perdu l'usage de la parole. Tout au plus pouvait-il émettre une série de grognements confus où l'on retrouvait son sobriquet de Ya-Bon éternellement répété.

Il le redit encore d'un air satisfait, en regardant tour à tour son maître et sa victime, comme un bon chien de chasse devant la pièce de gibier qu'il a rapportée.

« Bien, fit l'officier, mais, une autre fois, vas-y plus doucement. »

Il se pencha sur l'homme, le palpa, et constatant qu'il n'était qu'évanoui, dit à l'infirmière :

« Vous le reconnaissez ?

— Non, affirma-t-elle.

— Vous êtes sûre ? Vous n'avez jamais vu, nulle part, cette tête-là ? »

C'était une tête très grosse, à cheveux noirs et pommadés, à moustache grisonnante. Les vêtements, gros bleu, et de bonne coupe, indiquaient l'aisance.

« Jamais... jamais... » déclara la jeune femme.

Le capitaine fouilla les poches. Elles ne contenaient aucun papier.

« Soit, dit-il en se relevant, nous attendrons qu'il se réveille pour l'interroger. Ya-Bon, attache-lui les bras et les jambes, et reste ici, dans le vestibule. Vous, les autres, les camarades, c'est l'heure de rentrer à l'annexe. Moi, j'ai la clef. Faites vos adieux à la maman, et trottez-vous. »

Et lorsque les adieux furent faits, il les poussa dehors, revint vers la jeune femme, la ramena au salon, et s'écria :

« Maintenant, causons, maman Coralie. Et, d'abord, avant toute explication, écoutez-moi. Ce sera bref. »

Ils étaient assis devant le feu clair dont les flammes brillaient joyeusement. Patrice Belval glissa un coussin sous les pieds de maman Coralie, éteignit une ampoule électrique qui semblait la gêner, puis, certain que maman Coralie était bien à son aise, il commença tout de suite :

« Il y a, comme vous le savez, maman Coralie, huit jours que je suis sorti de l'ambulance, et que j'habite boulevard Maillot, à Neuilly, l'annexe réservée aux convalescents de cette ambulance, annexe où je me fais panser chaque matin et où je couche chaque soir. Le reste du temps, je me promène, je flâne, je déjeune et je dîne de droite et de gauche, et je rends visite à d'anciens amis. Or, ce matin, j'attendais l'un d'eux dans une salle d'un grand café-restaurant du boulevard, lorsque je surpris la fin d'une conversation... Mais il faut vous dire que cette salle est divisée en deux par une cloison qui s'élève à hauteur d'homme, et contre laquelle s'adossent, d'un côté, les consommateurs du café et, de l'autre, les clients du restaurant. J'étais encore seul, côté restaurant, et les deux consommateurs qui me tournaient le dos et que je ne voyais pas, croyaient même probablement qu'il n'y avait personne, car ils parlaient d'une voix un peu trop forte, étant données les phrases que j'ai surprises... et que, par suite, j'ai notées sur ce calepin. »

Il tira le calepin de sa poche et reprit :

« Ces phrases, qui se sont imposées à mon attention pour des raisons que vous comprendrez, furent précédées de quelques autres où il était question d'étincelles, d'une pluie d'étincelles qui avait eu lieu déjà deux fois avant la guerre, une sorte de signal nocturne dont on se promettait d'épier le retour possible afin d'agir en hâte dès qu'il se produirait. Tout cela ne vous indique rien ?

— Non... Pourquoi ?

— Vous allez voir. Ah ! j'oubliais encore de vous dire que les deux interlocuteurs s'exprimaient en anglais, et d'une façon correcte, mais avec des intonations qui me permettent d'affirmer que ni l'un ni l'autre n'étaient Anglais. Leurs paroles, les voici fidèlement traduites :

« — Donc, pour conclure, fit l'un d'eux, tout est bien réglé. Vous serez, vous et lui, ce soir, un peu avant sept heures, à l'endroit désigné.

« — Nous y serons, colonel. Notre automobile est retenue.

« — Bien. Rappelez-vous que la petite sort de son ambulance à sept heures.

« — Soyez sans crainte. Aucune erreur n'est possible, puisqu'elle suit toujours le même chemin, en passant par la rue Pierre-Charron.

« — Et tout votre plan est arrêté ?

« — Point par point. La chose aura lieu sur la place où aboutit la rue de Chaillot. En admettant même qu'il y ait quelques personnes, on n'aura pas le temps de secourir la dame, tellement nous agirons avec rapidité.

« — Vous êtes sûr de votre chauffeur ?

« — Je suis sûr que nous le payons de manière qu'il nous obéisse. Cela suffit.

« — Parfait. Moi, je vous attends où vous savez, dans une automobile. Vous me passerez la petite. Dès lors, nous sommes maîtres de la situation.

« — Et vous de la petite, colonel, ce qui n'est pas désagréable, car elle est diablement jolie.

« — Diablement. Il y a longtemps que je la connais de vue, mais je n'ai jamais pu réussir à me faire présenter... Aussi je compte bien profiter de l'occasion pour mener les choses tambour battant. »

Le colonel ajouta :

« — Il y aura peut-être des pleurs, des cris, des grincements de dents. Tant mieux ! J'adore qu'on me résiste... quand je suis le plus fort. »

« Il se mit à rire grossièrement. L'autre en fit autant. Comme ils payaient leurs consommations, je me levai aussitôt et me dirigeai vers la porte du boulevard, mais un seul des deux sortit par cette porte, un homme à grosse moustache tombante, et qui portait un feutre gris. L'autre s'en était allé par la porte d'une rue perpendiculaire. A ce moment, il n'y avait sur la chaussée qu'un taxi. L'homme le prit et je dus renoncer à le suivre. Seulement... seulement... comme je savais que, chaque soir, vous quittiez l'ambulance à sept heures et que vous suiviez la rue Pierre-Charron, alors, n'est-ce pas ? j'étais fondé à croire... »

Le capitaine se tut. La jeune femme réfléchissait d'un air soucieux. Au bout d'un instant, elle prononça :

« Pourquoi ne m'avez-vous pas avertie ? »

Il s'écria :

« Vous avertir ! Et si, après tout, il ne s'était pas agi de vous ? Pourquoi vous inquiéter ? Et si, au contraire, il s'agissait de vous, pourquoi vous mettre en garde ? Le coup manqué, vos ennemis vous auraient tendu un autre piège, et, l'ignorant, nous n'aurions pas pu le prévenir. Non, le mieux était d'engager la lutte. J'ai enrôlé la petite bande de vos anciens malades, en traitement à l'annexe, et comme justement l'ami que j'attendais habite sur cette place, ici même, à tout hasard je l'ai prié de mettre son appartement à ma disposition, de six heures à neuf heures. Voilà ce que j'ai fait, maman Coralie. Et maintenant que vous en savez autant que moi, qu'en pensez-vous ? »

Elle lui tendit la main.

« Je pense que vous m'avez sauvée d'un péril que j'ignore, mais qui semble redoutable, et je vous en remercie.

— Ah ! non, dit-il, je n'accepte pas le remerciement. C'est une telle joie pour moi d'avoir réussi ! Non, ce que je vous demande, c'est votre opinion sur l'affaire elle-même. »

Elle n'hésita pas une seconde et répondit nettement :

« Je n'en ai pas. Aucun mot, aucun incident, parmi tout ce que vous me racontez, n'éveille en moi la moindre idée qui puisse nous renseigner.

— Vous ne vous connaissez pas d'ennemis ?

— Personnellement, non.

— Et cet homme à qui vos deux agresseurs devaient vous livrer, et qui prétend que vous lui êtes connue ? »

Elle rougit un peu et déclara :

« Toute femme, n'est-ce pas ? a rencontré dans sa vie des hommes qui la poursuivent plus ou moins ouvertement. Je ne saurais dire de qui il s'agit. »

Le capitaine garda le silence assez longtemps, puis repartit :

« En fin de compte, nous ne pouvons espérer quelque éclaircissement que par l'interrogatoire de notre prisonnier. S'il se refuse à nous répondre, tant pis pour lui... je le confie à la police, qui, elle, saura débrouiller l'affaire. »

La jeune femme tressaillit.

« La police ?

— Evidemment. Que voulez-vous que je fasse de cet individu ? Il ne m'appartient pas. Il appartient à la police.

— Mais non ! mais non ! s'écria-t-elle vivement. A aucun prix ! Comment ! on entrerait dans ma vie !... Il y aurait des enquêtes !... mon nom serait mêlé à toutes ces histoires !...

— Pourtant, maman Coralie, je ne puis pas...

— Ah ! je vous en prie, je vous en supplie, mon ami, trouvez un moyen, mais qu'on ne parle pas de moi ! Je ne veux pas que l'on parle de moi ! »

Le capitaine l'observa, assez étonné de la voir dans une telle agitation, et il dit :

« On ne parlera pas de vous, maman Coralie, je m'y engage.

— Et alors, qu'allez-vous faire de cet homme ?

— Mon Dieu, dit-il en riant, je vais d'abord lui demander respectueusement s'il daigne répondre à mes questions, puis le remercier des attentions qu'il a eues pour vous, et, enfin, le prier de se retirer. »

Il se leva.

« Vous désirez le voir, maman Coralie ?

— Non, dit-elle. Je suis si lasse ! Si vous n'avez pas besoin de moi, interrogez-le seul à seul. Vous me raconterez ensuite... »

Elle semblait épuisée, en effet, par cette émotion et cette fatigue nouvelles, ajoutées à toutes celles qui déjà rendaient si pénible sa vie d'infirmière. Le capitaine n'insista pas et sortit en ramenant sur lui la porte du salon.

Elle l'entendit qui disait :

« Eh bien, Ya-Bon, tu as fait bonne garde ? Rien de nouveau ? Et ton prisonnier ? Ah ! vous voilà, camarade ? Commencez-vous à respirer ? Ah ! c'est que la main de Ya-Bon est un peu dure... Hein ? Quoi ? vous ne répondez pas... Ah ! ça ! mais, qu'est-ce qu'il a ? Il ne bouge pas... Crebleu, mais on dirait... »

Il laissa échapper un cri. La jeune femme courut jusqu'au vestibule. Elle rencontra le capitaine qui essaya de lui barrer le passage, et qui, très vivement, lui dit :

« Ne venez pas. A quoi bon ?

— Mais vous êtes blessé ! s'exclama-t-elle.

— Moi ?

— Vous avez du sang, là, sur votre manchette.

— En effet, mais ce n'est rien, c'est le sang de cet homme qui m'a taché.

— Il a donc reçu une blessure ?

— Oui, ou du moins il saignait par la bouche. Quelque rupture de vaisseau...

— Comment ! Mais Ya-Bon n'avait pas serré à ce point...

— Ce n'est pas Ya-Bon.

— Qui, alors ?

— Les complices.

— Ils sont donc revenus ?

— Oui, et ils l'ont étranglé.

— Ils l'ont étranglé ! Mais non, voyons, ce n'est pas croyable. »

Elle réussit à passer et s'approcha du prisonnier. Il ne bougeait plus. Son visage avait la pâleur de la mort. Une fine cordelette de soie rouge, tressée fin, munie d'une boucle à chaque extrémité, lui entourait le cou.

II

LA MAIN DROITE ET LA JAMBE GAUCHE

« Un coquin de moins, maman Coralie, s'écria Patrice Belval, après avoir ramené la jeune femme dans le salon et fait une enquête rapide avec Ya-Bon. Rappelez-vous son nom, que j'ai trouvé gravé sur sa montre : "Mustapha Rovalaïoff", le nom d'un coquin. »

Il prononça ces mots d'un ton allègre, où il n'y avait plus trace d'émotion, et il reprit, tout en allant et venant à travers la pièce :

« Nous qui avons assisté à tant de catastrophes et vu mourir tant de braves gens, maman Coralie, ne pleurons pas la mort de Mustapha Rovalaïoff, assassiné par ses complices. Pas même d'oraison funèbre, n'est-ce pas ? Ya-Bon l'a pris sous son bras, et profitant d'un moment où il n'y avait personne sur la place, il l'a emporté vers la rue Brignoles, avec ordre de jeter le personnage par-dessus la grille, dans le jardin du musée Galliera. La grille est haute. Mais la main droite de Ya-Bon ne connaît pas d'obstacles. Ainsi donc, maman Coralie, l'affaire est enterrée. On ne parlera pas de vous, et, pour cette fois, je réclame un remerciement. »

Il se mit à rire.

« Un remerciement, mais pas de compliment. Saperlotte, quel mauvais gardien de prison je fais ! Et avec quelle dextérité les autres m'ont soufflé mon captif ! Comment n'ai-je pas prévu que le second de vos agresseurs, l'homme au feutre gris, irait avertir le troisième complice qui attendait dans son auto, et que tous deux ensemble viendraient au secours de leur compagnon ? Et voilà qu'ils sont venus. Et, tandis que vous et moi nous bavardions, ils ont forcé l'entrée de service, ont passé par la cuisine, sont arrivés devant la petite porte qui sépare l'office du vestibule et ont entrebâillé cette porte. Là, tout près d'eux, sur son canapé, le personnage est toujours évanoui, et solidement attaché. Comment faire ? Impossible de le tirer hors du vestibule sans donner l'éveil à Ya-Bon. Et pourtant, si on ne le délivre pas, il parlera, il vendra ses complices, il empêchera d'aboutir un plan soigneusement préparé. Alors ? Alors un des compagnons se penche furtivement, avance le bras, entoure de sa cordelette cette gorge que Ya-Bon a déjà rudement endommagée, ramène les boucles des deux extrémités, et serre, serre lentement, serre tranquillement, jusqu'à ce que mort s'ensuive. Aucun bruit. Pas un soupir. Tout cela s'opère dans le silence. On est venu, on tue, et l'on s'en va. Bonsoir. Le tour est joué, le camarade ne parlera pas. »

La gaieté du capitaine redoubla.

« Le camarade ne parlera pas, reprit-il, et la justice, qui retrouvera son cadavre demain matin dans un jardin clôturé, ne comprendra rien à l'affaire. Et nous non plus, maman Coralie, et nous ne saurons jamais pourquoi ces gens-là voulaient vous enlever. Vrai ! si je ne vaux pas grand-chose comme gardien de prison, comme policier je suis au-dessous de tout. »

Il continuait de se promener d'un bout à l'autre de la pièce. L'amputation de sa jambe, ou plutôt de son mollet, ne paraissait guère le gêner, et provoquait tout au plus à chaque pas, les articulations de la cuisse et du genou ayant gardé leur souplesse, un certain désaccord des hanches et des épaules. D'ailleurs sa haute taille corrigeait plutôt ce défaut d'harmonie, que la désinvolture de ses gestes et l'insouciance avec laquelle il avait l'air de l'accepter réduisaient en apparence à d'insignifiantes proportions.

La figure était ouverte, assez forte en couleur, brûlée par le soleil et durcie par les intempéries, d'expression franche, enjouée, souvent gouailleuse. Le capitaine Belval devait avoir vingt-huit à trente ans. Il rappelait un peu par son allure ces officiers du Premier Empire auxquels la vie des camps donnait un air spécial, qu'ils gardaient par la suite dans les salons et près des femmes.

Il s'arrêta pour contempler Coralie dont le joli profil se détachait sur les lueurs de la cheminée, puis il revint s'asseoir à ses côtés, et il lui dit doucement :

« Je ne sais rien de vous. A l'ambulance les infirmières et les docteurs vous appellent Mme Coralie. Vos blessés prononcent maman. Quel est votre nom de femme ou de jeune fille ? Etes-vous mariée ou veuve ? Où habitez-vous ? On l'ignore. Chaque jour, aux mêmes heures, vous arrivez et vous vous en allez par la même rue. Quelquefois, un vieux serviteur à longs cheveux gris et à barbe embroussaillée, un cache-nez autour du cou, des lunettes jaunes sur les yeux, vous accompagne ou vient vous chercher. Quelquefois aussi, il vous attend, assis sur la même chaise, dans la cour vitrée. On l'a interrogé, mais il ne répond à personne.

« Je ne sais donc rien de vous, qu'une chose, c'est que vous êtes adorablement bonne et charitable, et que vous êtes aussi, je puis le dire, n'est-ce pas ? adorablement belle. Et c'est peut-être, maman Coralie, parce que toute votre existence m'est inconnue que je me l'imagine si mystérieuse, et, en quelque sorte, si douloureuse, oui, si douloureuse ! Vous donnez l'impression de vivre dans la peine et dans l'inquiétude. On vous sent toute seule. Personne ne se dévoue à votre bonheur et à votre sécurité. Alors j'ai pensé... il y a longtemps que je pense à cela et que j'attends l'occasion de vous l'avouer... j'ai pensé que vous aviez sans doute besoin d'un ami, d'un frère qui vous guide et qui vous défende. Me suis-je trompé, maman Coralie ? »

A mesure qu'il parlait, on eût dit que la jeune femme se resserrait en elle-même et qu'elle mettait un peu plus de distance entre elle et lui, comme si elle n'eût pas voulu qu'il pénétrât dans ces régions secrètes qu'il dénonçait. Elle murmura :

« Si, vous vous êtes trompé. Ma vie est toute simple, je n'ai pas besoin d'être défendue.

— Vous n'avez pas besoin d'être défendue ! s'écria-t-il avec une animation croissante. Et alors ces hommes qui ont essayé de vous enlever ? Ce complot ourdi contre vous ? Ce complot dont vos agresseurs redoutent tellement la découverte qu'ils vont jusqu'à supprimer celui d'entre eux qui s'est laissé prendre ? Alors, quoi, ce n'est rien tout cela ? Je me trompe en affirmant que vous êtes environnée de périls ? que vous avez des ennemis d'une audace extraordinaire ? qu'il faut vous défendre contre leurs entreprises ? et que, si vous n'acceptez pas l'offre de mon assistance... eh bien... eh bien... »

Elle s'obstinait dans le silence, de plus en plus lointaine, presque hostile.

L'officier frappa du poing le marbre de la cheminée et, se penchant sur la jeune femme :

« Eh bien, dit-il, achevant sa phrase d'un ton résolu, eh bien, si vous n'acceptez pas l'offre de mon assistance, moi, je vous l'impose. »

Elle secoua la tête.

« Je vous l'impose, répéta-t-il fermement. C'est mon devoir et c'est mon droit.

— Non, fit-elle à demi-voix.

— Mon droit absolu, reprit le capitaine Belval, et cela pour une raison qui prime toutes les autres et qui me dispense même de vous consulter, maman Coralie.

— Laquelle ? dit la jeune femme en le regardant.

— C'est que je vous aime. »

Il lui jeta ces mots nettement, non pas comme un amoureux qui risque un aveu timide, mais comme un homme fier du sentiment qu'il éprouve et heureux de le déclarer.

Elle baissa les yeux en rougissant, et il s'écria, d'une voix joyeuse :

« Je ne vous l'envoie pas dire, hein maman ? Pas de tirades enflammées, pas de soupirs, ni de grands gestes, ni de mains jointes. Non, trois petits mots seulement que je vous adresse sans me mettre à genoux. Et cela m'est d'autant plus facile que vous le saviez. Mais oui, maman Coralie, vous avez beau prendre vos airs farouches, vous savez bien que je vous aime, et vous le savez depuis aussi longtemps que moi. Nous l'avons vu naître ensemble, ce sentiment-là, lorsque vos petites mains adorées touchaient ma tête sanglante. Les autres me torturaient. Vous, c'étaient autant de caresses. Autant de caresses aussi, vos regards de compassion. Autant de caresses, vos larmes qui tombaient parce que je souffrais. Mais, d'abord, est-ce qu'on peut vous voir sans vous aimer ? Vos sept malades de tout à l'heure sont amoureux de vous, maman Coralie. Ya-Bon vous adore. Seulement ce sont de simples soldats. Ils se taisent. Moi, je suis capitaine. Et je parle sans embarras, la tête haute, croyez-le bien. »

La jeune femme avait posé ses mains sur ses joues brûlantes, et le buste incliné, elle se taisait. Il reprit, d'une voix qui sonnait clairement :

« Vous comprenez ce que je veux vous dire en déclarant que je parle sans embarras et la tête haute ? Oui, n'est-ce pas ? Si j'avais été, avant la guerre, tel que je suis aujourd'hui, mutilé, je n'aurais pas eu cette assurance, et c'est humblement, en vous demandant pardon de mon audace, que je vous aurais avoué mon amour. Mais maintenant... Ah ! croyez bien, maman Coralie, que là, en face de vous, qui êtes une femme et que j'aime passionnément, je n'y pense même pas, à mon infirmité. Pas un instant, je n'ai l'impression que je puis vous paraître ridicule ou présomptueux. »

Il s'arrêta, comme pour reprendre haleine, puis, se levant, il repartit :

« Et il faut qu'il en soit ainsi. Il faut que l'on sache bien que les mutilés de cette guerre ne se considèrent pas comme des parias, des malchanceux et des disgraciés, mais comme des hommes absolument normaux. Eh oui, normaux ! Une jambe de moins ? Et après ? Est-ce que cela fait qu'on n'ait point de cerveau ni de cœur ? Alors, parce que la guerre m'aura pris une jambe ou un bras, même les deux jambes ou les deux bras, je n'aurai pas le droit d'aimer, sous peine de risquer une rebuffade ou de deviner qu'on a pitié de moi ? De la pitié ? Mais nous ne voulons pas qu'on nous plaigne, ni qu'on fasse un effort pour nous aimer, ni même qu'on se croie charitable parce qu'on nous traite gentiment. Ce que nous exigeons, devant la femme comme devant la société, devant le passant qui nous croise comme devant le monde dont nous faisons partie, c'est l'égalité totale entre nous et ceux que leur bonne étoile ou que leur lâcheté auront garantis. »

Le capitaine frappa de nouveau la cheminée.

« Oui, l'égalité totale. Nous tous, boiteux, manchots, borgnes, aveugles, estropiés, difformes, nous prétendons valoir, physiquement et moralement, autant, et peut-être plus que le premier venu. Comment ! ceux qui se sont servis de leurs deux jambes pour courir plus vite à l'attaque, une fois amputés, seraient distancés dans la vie par ceux qui se sont chauffés les deux pattes sur les chenets d'un bureau ? Allons donc ! Place pour nous comme pour les autres ! Et croyez que cette place, qui nous est due, nous saurons bien la prendre, et nous saurons bien la tenir. Il n'y a pas de bonheur auquel nous n'ayons le droit d'atteindre et pas de besogne dont nous ne soyons capables, avec un peu d'exercice et d'entraînement. La main droite de Ya-Bon vaut déjà toutes les paires de mains de l'univers, et la jambe gauche du capitaine Belval lui permet d'abattre ses deux lieues à l'heure, s'il le veut. »

Il se mit à rire, tout en poursuivant :

« La main droite et la jambe gauche... la main gauche et la jambe droite... Qu'importe ce qui nous reste si nous savons nous en servir ? En quoi avons-nous déchu ? Qu'il s'agisse d'obtenir un poste, ou qu'il s'agisse de perpétuer la race, ne sommes-nous pas ce que nous étions auparavant ? Et, mieux encore peut-être. Je crois pouvoir dire que les enfants que nous donnerons à la patrie seront tout aussi bien bâtis, qu'ils auront bras et jambes, et le reste... sans compter un fameux héritage de cœur et d'entrain. Voilà nos prétentions, maman Coralie. Nous n'admettons pas que nos pilons de bois nous empêchent d'aller de l'avant et que, dans la vie, nous ne soyons pas d'aplomb sur nos béquilles, comme sur des jambes en chair et en os. Nous n'estimons pas que ce soit un sacrifice que de se dévouer à nous, et qu'il soit nécessaire de crier à l'héroïsme parce que telle jeune fille a l'honneur d'épouser un soldat aveugle !

« Encore une fois, nous ne sommes pas des êtres à part ! Aucune déchéance, je le répète, ne nous a frappés, et c'est là une vérité à laquelle tout le monde se pliera, durant deux ou trois générations. Vous comprenez que, dans un pays comme la France, lorsque l'on rencontrera des mutilés par centaines de mille, la conception de ce qu'est un homme complet ne sera plus aussi rigide, et que, en fin de compte, il y aura, dans cette humanité nouvelle qui se prépare, des hommes avec deux bras et des hommes avec un seul bras, comme il y a des hommes bruns et des hommes blonds, des gens qui portent la barbe et d'autres qui n'en portent pas. Et tout cela semblera très naturel. Et chacun vivra la vie qu'il lui plaira, sans avoir besoin d'être intact. Et comme ma vie est en vous, maman Coralie, et que mon bonheur dépend de vous, je n'ai pas attendu plus longtemps pour vous placer mon petit discours. Ouf ! c'est fini. J'aurais encore bien des choses à dire là-dessus, mais, n'est-ce pas, ce n'est pas en un jour... »

Il s'interrompit, intimidé malgré tout par le silence de la jeune femme.

Elle n'avait pas bougé depuis les premières paroles d'amour qu'il avait prononcées. Ses mains avaient glissé sur sa figure jusqu'à son front. Un léger frémissement secouait ses épaules. Il se courba, et, avec une douceur infinie, écartant les doigts fragiles, il découvrit le joli visage.

« Pourquoi pleures-tu, maman Coralie ? »

Le tutoiement ne la troubla point. Entre l'homme et la femme qui s'est penchée sur ses plaies, il s'établit des relations d'une nature spéciale, et en particulier, le capitaine Belval avait de ces façons un peu familières, mais respectueuses, dont on ne pouvait s'offusquer. Il lui demanda :

« Est-ce moi qui les fais couler, ces larmes ?

— Non, dit-elle à voix basse, c'est votre gaieté, votre manière, non pas même de vous soumettre au destin, mais de le dominer de toute votre hauteur. Le plus humble d'entre vous s'élève sans effort au-dessus de sa nature, et je ne sais rien de plus beau et de plus émouvant que cette insouciance. »

Il se rassit auprès d'elle.

« Alors vous ne m'en voulez pas de vous avoir dit... ce que je vous ai dit ?

— Vous en vouloir ? répliqua-t-elle, affectant de se tromper sur le sens de la question. Mais toutes les femmes sont d'accord avec vous ! Si la tendresse doit faire un choix entre ceux qui reviendront de la guerre, ce sera, j'en suis certaine, en faveur de ceux qui ont souffert le plus cruellement. »

Il hocha la tête.

« C'est que moi, je demande autre chose que de la tendresse, et une réponse plus précise à certaines de mes paroles. Dois-je vous les rappeler ?

— Non.

— Alors la réponse...

— La réponse, mon ami, c'est que vous ne les direz plus, ces paroles. »

Il prit un air solennel.

« Vous me le défendez ?

— Je vous le défends !

— En ce cas, je vous jure de me taire jusqu'à la prochaine fois où je vous verrai... »

Elle murmura :

« Vous ne me verrez plus. »

Cette affirmation divertit fort le capitaine Belval.

« Oh ! oh ! pourquoi ne vous verrai-je plus, maman Coralie ?

— Parce que je ne le veux pas.

— Et la raison de cette volonté ?

— La raison ?... »

Elle tourna les yeux vers lui, et, lentement, prononça :

« Je suis mariée. »

Cette déclaration ne parut pas déconcerter le capitaine, qui affirma le plus tranquillement du monde :

« Eh bien, vous vous marierez une seconde fois. Il est hors de doute que votre mari est vieux et que vous ne l'aimez pas. Il comprendra donc fort bien qu'étant aimée...

— Ne plaisantez pas, mon ami... »

Il saisit vivement la main de la jeune femme, à l'instant où elle se levait, prête à partir.

« Vous avez raison, maman Coralie, et je m'excuse même de n'avoir pas pris un ton plus sérieux pour vous dire des choses très graves. Il s'agit de ma vie, et il s'agit de votre vie. J'ai la conviction profonde qu'elles vont l'une vers l'autre, sans que votre volonté puisse y mettre obstacle, et c'est pourquoi votre réponse est inutile. Je ne vous demande rien. J'attends tout du destin. C'est lui qui nous réunira.

— Non, dit-elle.

— Si, affirma-t-il, les choses se passeront ainsi.

— Les choses ne se passeront pas ainsi. Elles ne doivent pas se passer ainsi. Vous allez me promettre sur l'honneur de ne plus chercher à me voir ni même à connaître mon nom. J'aurais pu accorder davantage à votre amitié. L'aveu que vous m'avez fait nous éloigne l'un de l'autre. Je ne veux personne dans ma vie... personne. »

Elle mit une certaine véhémence dans sa déclaration et, en même temps, elle essayait de dégager son bras de l'étreinte qui la serrait.

Patrice Belval s'y opposa en disant :

« Vous avez tort... Vous n'avez pas le droit de vous exposer ainsi... Je vous en prie, réfléchissez... »

Elle le repoussa. Et c'est alors qu'il se produisit par hasard un étrange incident. Dans le mouvement qu'elle fit, un petit sac qu'elle avait placé sur la cheminée fut heurté et tomba sur le tapis. Mal fermé, il s'ouvrit. Deux ou trois objets en sortirent, qu'elle ramassa, tandis que Patrice Belval se baissait rapidement.

« Tenez, dit-il, il y a encore ceci. »

C'était un étui, un petit étui en paille tressée que le choc avait ouvert également et d'où s'échappaient les grains d'un chapelet.

Debout, ils se turent tous deux. Le capitaine examinait le chapelet. Et il murmura :

« Curieuse coïncidence... ces grains d'améthyste... cette monture ancienne en filigrane d'or... C'est étrange de retrouver le même travail et la même matière... »

Il tressaillit, et si nettement que la jeune femme interrogea :

« Qu'y a-t-il donc ? »

Il tenait entre ses doigts un des grains, plus gros que les autres et auquel se réunissaient, d'une part, le collier des dizaines et, de l'autre, la courte chaîne des prières. Or, ce grain-là était cassé par le milieu, presque au ras des griffes d'or qui l'enchâssaient.

« Il y a, dit-il, il y a que la coïncidence est si inconcevable que j'ose à peine... Cependant, je pourrais vérifier le fait sur-le-champ... Mais auparavant un mot : qui vous a donné ce chapelet ?...

— Personne ne me l'a donné, dit-elle. Je l'ai toujours eu.

— Pourtant, il appartenait à quelqu'un, avant de vous appartenir ?

— A ma mère, sans doute.

— Ah ! il vous vient de votre mère ?

— Oui, je suppose qu'il me vient d'elle, au même titre que les différents bijoux qu'elle m'a laissés.

— Vous avez perdu votre mère ?

— Oui. J'avais quatre ans à sa mort. A peine ai-je gardé d'elle un souvenir très confus. Mais pourquoi me demandez-vous cela, à propos d'un chapelet ?

— C'est à propos de ceci, dit-il, à propos de ce grain d'améthyste qui est cassé en deux... »

Il ouvrit son dolman et tira sa montre de la poche de son gilet. Plusieurs breloques étaient attachées à cette montre par une petite châtelaine de cuir et d'argent.

Une de ces breloques était constituée par la moitié d'une boule d'améthyste également cassée vers sa face extérieure, également enchâssée dans des griffes de filigrane. La grosseur des deux boules semblait identique. Les améthystes étaient de même couleur, montées sur le même filigrane.

Ils se regardèrent anxieusement. La jeune femme balbutia :

« Il n'y a là qu'un hasard, pas autre chose qu'un hasard...

— Certes, dit-il, mais admettons que ces deux moitiés de boule s'adaptent l'une à l'autre...

— Ce n'est pas possible », dit-elle, effrayée elle aussi à l'idée du petit geste si simple qu'il fallait faire pour avoir l'indiscutable preuve.

Ce geste, pourtant, l'officier s'y décida. Sa main droite qui tenait le grain de chapelet et sa main gauche qui tenait la breloque se rapprochèrent. La rencontre eut lieu. Les mains hésitèrent et tâtonnèrent, puis ne bougèrent plus. Le contact s'était produit.

Les inégalités de la cassure correspondaient strictement les unes aux autres. Les reliefs trouvaient des vides équivalents. Les deux moitiés d'améthyste étaient les deux moitiés de la même améthyste. Réunies, elles formaient une seule et même boule.

Il y eut un long silence chargé d'émotion et de mystère. Le capitaine Belval dit à voix basse :

« Moi non plus, je ne sais pas au juste la provenance de cette breloque. Dès mon enfance, je l'ai vue, mêlée à des objets sans grande valeur que je gardais dans un carton, des clefs de montre, des vieilles bagues, des cachets anciens, parmi lesquels j'ai choisi ces breloques, il y a deux ou trois ans. D'où vient celle-ci ? Je l'ignore. Mais ce que je sais... »

Il avait séparé les deux fragments et, les examinant avec attention, il concluait :

« Ce que je sais, à n'en point douter, c'est que la plus grosse boule de ce chapelet se détacha autrefois et se brisa, que les deux moitiés de cette boule furent recueillies, que l'une d'elles retrouva sa place, et que l'autre, avec sa monture, forma la breloque que voici. Nous possédons donc, vous et moi, les deux moitiés d'une chose que quelqu'un possédait entière il y a une vingtaine d'années. »

Il se rapprocha d'elle et reprit, d'un même ton, bas et un peu grave :

« Vous protestiez tout à l'heure quand j'affirmais ma foi dans le destin et la certitude que les événements nous menaient l'un vers l'autre. Le niez-vous encore ? Car enfin il s'agit là, ou bien d'un hasard, si extraordinaire que nous n'avons pas le droit de l'admettre — ou bien un fait réel qui montre que nos deux existences se sont touchées déjà dans le passé par quelque point mystérieux, et qu'elles se retrouveront dans l'avenir, pour ne plus se séparer. Et c'est pourquoi, sans attendre cet avenir peut-être lointain, je vous offre, aujourd'hui que vous êtes menacée, l'appui de mon amitié. Remarquez que je ne vous parle plus d'amour, mais d'amitié seulement. Acceptez-vous ? »

Elle demeurait interdite, et tellement troublée par

tout ce qu'il y avait de miraculeux dans l'union complète des deux fragments d'améthyste, qu'elle ne semblait pas entendre la voix du capitaine.

« Acceptez-vous ? » répéta-t-il.

Au bout d'un instant, elle répondit :

« Non.

— Alors, dit-il avec bonne humeur, la preuve que le destin vous donne de sa volonté ne vous suffit pas ? »

Elle déclara :

« Nous ne devons plus nous voir.

— Soit. Je m'en remets aux circonstances. Ce ne sera pas long. En attendant, je vous jure de ne rien faire pour chercher à vous revoir.

— Et de ne rien faire pour connaître mon nom ?

— Rien. Je vous le jure. »

Elle lui tendit la main.

« Adieu », dit-elle.

Il répondit :

« Au revoir. »

Elle s'éloigna. Sur le seuil de la porte, elle se retourna et parut hésiter. Il se tenait immobile auprès de la cheminée. Elle dit encore :

« Adieu. »

Une seconde fois il répliqua :

« Au revoir, maman Coralie. »

Tout était dit entre eux pour l'instant. Il ne tenta plus de la retenir.

Elle s'en alla.

Lorsque la porte de la rue fut refermée et seulement alors, le capitaine Belval se dirigea vers une des fenêtres. Il aperçut la jeune femme qui passait entre les arbres, toute menue dans les ténèbres. Son cœur se serra :

La reverrait-il jamais ?

« Si, je la reverrai ! s'écria-t-il. Même demain peut-être. Ne suis-je pas favorisé par les dieux ? »

Et prenant sa canne, il partit, comme il le disait, du pilon droit.

Le soir, après avoir dîné dans un restaurant voisin,

le capitaine Belval arrivait à Neuilly. L'annexe de l'ambulance, jolie villa située au début du boulevard Maillot, avait vue sur le bois de Boulogne. La discipline y étant assez relâchée, le capitaine pouvait rentrer à toute heure de la nuit, et les hommes obtenaient aisément des permissions de la surveillante.

« Ya-Bon est là ? demanda-t-il à celle-ci.

— Oui, mon capitaine, il joue aux cartes avec son flirt.

— C'est son droit d'aimer et d'être aimé, dit-il. Pas de lettres pour moi ?

— Non, mon capitaine, un paquet seulement.

— De la part de qui ?

— C'est un commissionnaire qui l'a apporté, sans rien dire que ces mots : "Pour le capitaine Belval." Je l'ai déposé dans votre chambre. »

L'officier gagna sa chambre, qu'il avait choisie au dernier étage, et vit le paquet sur la table, ficelé et enveloppé d'un papier.

Il l'ouvrit. C'était une boîte. Et cette boîte contenait une clef, une grosse clef vêtue de rouille, et qui était d'une forme et d'une fabrication évidemment peu récentes.

Que diable cela signifiait-il ? La boîte ne portait aucune adresse ni aucune marque. Il supposa qu'il y avait là quelque erreur qui s'expliquerait d'elle-même, et il mit la clef dans sa poche.

« Assez d'énigmes pour aujourd'hui, se dit-il, couchons-nous. »

Mais, comme il allait tirer les grands rideaux de sa fenêtre, il aperçut à travers les vitres, par-dessus les arbres du bois de Boulogne, un jaillissement d'étincelles qui s'épanouissait assez loin, dans l'ombre épaisse de la nuit.

Et il se souvint de la conversation qu'il avait surprise au restaurant et de cette pluie d'étincelles dont avaient parlé ceux mêmes qui complotaient l'enlèvement de maman Coralie.

III

LA CLEF ROUILLÉE

A l'âge de huit ans, Patrice Belval, qui jusqu'alors avait habité Paris avec son père, fut expédié dans une école française de Londres, d'où il ne sortit que dix ans plus tard.

Les premiers temps, il reçut chaque semaine des nouvelles de son père. Puis, un jour, le directeur de l'école lui apprit qu'il était orphelin, que les frais de son éducation étaient assurés, et que, à sa majorité, il toucherait, par l'intermédiaire d'un solicitor anglais, une somme de deux cent mille francs environ, qui composaient l'héritage paternel.

Deux cent mille francs, cela ne pouvait suffire à un garçon dont les goûts se révélèrent dispendieux et qui, envoyé en Algérie pour son service militaire, trouva le moyen, n'ayant pas encore d'argent, de faire vingt mille francs de dettes.

Il commença donc par dissiper l'héritage, puis se mit au travail. Esprit ingénieux, actif, sans vocation spéciale, mais apte à tout ce qui exige de l'initiative et de la résolution, plein d'idées, sachant vouloir et sachant exécuter, il inspira confiance, trouva des capitaux et monta des affaires.

Affaires d'électricité, achats de sources et de cascades, organisation de services automobiles dans les colonies, lignes de bateaux, exploitations minières ; en quelques années, il improvisa une douzaine d'entreprises qui, toutes, réussirent.

La guerre fut pour lui une aventure merveilleuse. Il s'y jeta à corps perdu. Sergent de troupes coloniales, il gagna ses galons de lieutenant sur la Marne. Le 15 septembre, atteint au mollet, il était amputé le jour même. Deux mois après, on ne sait à la suite de quelles intrigues, lui, le mutilé, il montait comme observateur dans l'avion d'un de nos meilleurs pilotes. Un schrapnell mettait fin, le 10 janvier, aux exploits des deux héros. Cette fois le capitaine Belval, blessé grièvement à la tête, était évacué sur l'ambulance de l'avenue des Champs-Elysées. Vers la même époque, celle qu'il devait appeler maman Coralie entrait également à cette ambulance comme infirmière.

L'opération du trépan, qu'on dut lui faire, réussit. Mais il y eut des complications. Il souffrit beaucoup, sans jamais se plaindre, cependant, et en soutenant de sa bonne humeur ses compagnons de misère, qui, tous, éprouvaient pour lui une véritable affection. Il les faisait rire. Il les consolait et les remontait avec sa verve et avec sa manière toujours heureuse d'envisager les pires situations. Aucun d'eux n'oubliera jamais la façon dont il accueillit un fabricant qui venait lui proposer une jambe articulée.

« Ah ! ah ! une jambe articulée ! Et pour quoi faire, monsieur ? Sans doute pour tromper le monde et pour qu'on ne s'aperçoive pas que je suis amputé, n'est-ce pas ? Par conséquent, monsieur, vous considérez que c'est une tare d'être amputé et que moi, officier français, je dois m'en cacher comme d'une chose honteuse ?

— Pas du tout, mon capitaine. Cependant...

— Et combien coûte-t-elle, votre mécanique ?

— Cinq cents francs.

— Cinq cents francs ! Et vous me jugez capable de mettre cinq cents francs pour une jambe articulée, lorsqu'il y aura cent mille pauvres bougres amputés comme moi, et qui seront contraints d'exhiber leurs pilons de bois ? »

Les hommes qui se trouvaient là s'épanouissaient d'aise. Maman Coralie elle-même écoutait en souriant. Et que n'aurait point donné Patrice Belval pour un sourire de maman Coralie ?

Comme il le lui avait dit, dès les premiers jours il s'était épris d'elle, de sa beauté touchante, de sa grâce ingénue, de ses yeux tendres, de son âme douce qui se penchait sur les malades et qui semblait vous effleurer comme une caresse bienfaisante. Dès les premiers jours, le charme s'insinuait en lui et l'enveloppait à la fois. Sa voix le ranimait. Elle l'enchantait de son regard et de son parfum. Et cependant, bien qu'il se soumît à l'empire de cet amour, il éprouvait en même temps un immense besoin de se dévouer et de mettre sa force au service de cette créature menue et délicate qu'il sentait environnée de périls.

Et voilà que les événements lui donnaient raison, que ces périls se précisaient, et qu'il avait eu le bonheur d'arracher la jeune femme à l'étreinte de ses ennemis. Première bataille dont l'issue le réjouissait, mais qu'il ne pouvait croire terminée. Les attaques recommenceraient. Et déjà n'était-il pas en droit de se demander s'il n'y avait point corrélation étroite entre le complot préparé le matin contre la jeune femme et cette sorte de signal que révélait la pluie des étincelles ? Les deux faits annoncés par les deux interlocuteurs n'appartenaient-ils pas à la même machination ténébreuse ? Les étincelles continuaient à scintiller là-bas.

Autant que Patrice Belval pouvait en juger, cela s'élevait du côté de la Seine, entre deux points extrêmes qui eussent été le Trocadéro, à gauche, et la gare de Passy, à droite.

« Donc, se dit-il, à deux ou trois kilomètres au plus à vol d'oiseau. Allons-y. Nous verrons bien. »

Au second étage, un peu de lumière filtrait par la serrure d'une porte. Ya-Bon habitait là, et l'officier savait par la surveillante que Ya-Bon jouait aux cartes avec son flirt. Il entra.

Ya-Bon ne jouait plus. Il s'était endormi dans un fauteuil devant les cartes étalées, et, sur la manche retournée qui pendait à l'épaule gauche, reposait une tête de femme — une tête de la plus effarante vulgarité, dont les lèvres épaisses comme celles de Ya-Bon s'ouvraient sur des dents noires, et dont la peau grasse et jaune semblait imprégnée d'huile. C'était Angèle, la fille de cuisine, le flirt de Ya-Bon. Elle ronflait.

Patrice les contempla avec satisfaction. Ce spectacle affirmait la justesse de ses théories. Si Ya-Bon trouvait une amoureuse, les plus mutilés des héros ne pouvaient-ils pas prétendre, eux aussi, à toutes les joies de l'amour ?

Il toucha l'épaule du Sénégalais. Celui-ci s'éveilla et sourit, ou plutôt même, ayant deviné la présence de son capitaine, sourit avant de s'éveiller.

« J'ai besoin de toi, Ya-Bon. »

Ya-Bon grogna de plaisir et repoussa Angèle qui s'écroula sur la table et continua de ronfler.

Dehors, Patrice ne vit plus les étincelles. La masse des arbres les lui cachait. Il suivit le boulevard, et, pour gagner du temps, prit le train de ceinture jusqu'à l'avenue Henri-Martin. De là, il s'engagea dans la rue de La Tour, qui aboutit à Passy.

En route, il ne cessa d'entretenir Ya-Bon de ses préoccupations, bien qu'il sût que le Nègre n'y pouvait pas comprendre grand-chose. Mais c'était une habitude chez lui. Ya-Bon, son compagnon de guerre, puis son ordonnance, lui était dévoué comme un chien. Amputé le même jour que son chef, atteint le même jour que lui à la tête, Ya-Bon se croyait destiné à toutes les mêmes épreuves, et il se réjouissait d'être deux fois blessé, comme il se fût réjoui de mourir en même temps que le capitaine Belval. Le capitaine répondait à cette soumission de bête fidèle par une camaraderie affectueuse, un peu taquine, souvent même assez rude, qui exaltait l'affection du Nègre. Ya-Bon jouait le rôle du confident passif que l'on consulte sans l'écouter, et sur qui l'on passe sa mauvaise humeur.

« Qu'est-ce que tu penses de tout cela, monsieur Ya-Bon ? disait-il en marchant bras dessus bras dessous avec lui. J'ai idée que c'est toujours la même histoire. C'est ton avis, hein ? »

Ya-Bon avait deux grognements, l'un qui signifiait oui, l'autre non.

Il grogna :

« Oui.

— Donc, pas de doute, déclara l'officier, et nous devons admettre que maman Coralie court un nouveau danger, n'est-ce pas ?

— Oui, grogna Ya-Bon, qui, par principe, approuvait toujours.

— Bien. Reste à savoir, maintenant, ce que veut dire cette pluie d'étincelles. Un moment, comme les zeppelins nous ont rendu une première visite, il y a une huitaine de jours, j'ai supposé... Mais tu m'écoutes ?

— Oui...

— J'ai supposé que c'était un signal de trahison ayant pour objet une seconde visite de zeppelins...

— Oui...

— Mais non, imbécile, pas oui. Comment veux-tu que ce soit un signal pour zeppelins, puisque, selon la conversation surprise par moi, le signal a déjà eu lieu deux fois avant la guerre ? Et puis, d'ailleurs, est-ce réellement un signal ?

— Non.

— Comment non ? Alors qu'est-ce que ce serait, triple idiot ? Tu ferais mieux de te taire et de m'écouter, d'autant que tu ne sais même pas de quoi il s'agit... Moi non plus, du reste, et j'avoue que j'y perds mon latin. Dieu ! que tout cela est compliqué, et que je suis peu qualifié pour résoudre de tels problèmes ! »

Patrice Belval fut encore plus embarrassé quand il déboucha de la rue de La Tour. Plusieurs chemins s'offraient à lui. Lequel choisir ? En outre, quoiqu'il se trouvât au centre même de Passy, aucune étincelle ne luisait dans le ciel obscur.

« Sans doute est-ce terminé, dit-il, et nous en sommes pour nos frais. C'est de ta faute, Ya-Bon. Si tu ne m'avais pas fait perdre des minutes précieuses à t'arracher des bras de ta bien-aimée, nous arrivions à temps. Je m'incline devant les charmes d'Angèle, mais enfin... »

Il s'orienta, de plus en plus indécis. L'expédition entreprise au hasard, et sans informations suffisantes, n'amenait décidément aucun résultat, et il songeait à l'abandonner, lorsque, à ce moment, une automobile surgit de la rue Franklin, venant ainsi du Trocadéro, et une personne qui était à l'intérieur cria par le tube acoustique :

« Obliquez à gauche... et tout droit ensuite, jusqu'à ce que je vous avertisse. »

Or, il sembla au capitaine Belval que cette voix avait les mêmes inflexions étrangères que l'une des voix entendues le matin au restaurant.

« Serait-ce l'individu au chapeau gris ? murmura-t-il, c'est-à-dire un de ceux qui ont essayé d'enlever maman Coralie ?

— Oui, grogna Ya-Bon.

— N'est-ce pas ? Le signal des étincelles explique sa présence dans ces parages. Il s'agit de ne pas lâcher cette piste-là. Galope, Ya-Bon. »

Mais il était inutile que Ya-Bon galopât. La voiture — une limousine de maître — avait enfilé la rue Raynouard, et le capitaine put arriver lui-même au moment où elle s'arrêtait à trois ou quatre cents mètres du carrefour, devant une grande porte cochère, située sur la gauche.

Cinq hommes descendirent.

L'un d'eux sonna.

Il s'écoula trente à quarante secondes. Puis une deuxième fois Patrice perçut la vibration du timbre. Les cinq hommes massés sur le trottoir attendaient. Enfin, après un troisième coup de timbre, une petite entrée pratiquée dans l'un des vantaux fut entrebâillée. Il y eut une pause. On parlementait. La personne qui avait ouvert devait demander des explications. Mais soudain deux des hommes appuyèrent fortement sur le vantail qui céda sous la poussée et livra passage à toute la bande. Un bruit violent. La porte se referma. Aussitôt le capitaine étudia les lieux.

La rue Raynouard est un ancien chemin de campagne qui serpentait jadis parmi les maisons et les jardins du village de Passy, au flanc des collines que baigne la Seine. Elle a gardé en certains endroits, de plus en plus rares, hélas ! un air de province. De vieux domaines la bordent. De vieilles demeures s'y cachent au milieu des arbres. On y conserve la maison que Balzac habita. C'est là que se trouvait le jardin mystérieux où Arsène Lupin découvrit, dans la fente d'un antique cadran solaire, les diamants d'un fermier général.

La maison que les cinq individus avaient envahie, et près de laquelle stationnait encore l'automobile, ce qui empêchait le capitaine d'en approcher, faisait suite à un mur. Elle avait l'apparence des vieux hôtels construits sous le Premier Empire. Des fenêtres rondes, grillagées au rez-de-chaussée, condamnées par des volets pleins au premier étage, s'alignaient sur la très longue façade. Un autre bâtiment s'y ajoutait plus loin comme une aile indépendante.

« Rien à faire de ce côté, dit le capitaine. C'est clos comme une forteresse féodale. Cherchons ailleurs. »

De la rue Raynouard, des ruelles étroites, qui séparaient les anciens domaines, dégringolent vers le fleuve. L'une d'elles côtoyait le mur qui précédait la maison. Le capitaine s'y engagea avec Ya-Bon. Elle était faite en mauvais cailloux pointus, coupée de marches, et faiblement éclairée par la lueur d'un réverbère.

« Un coup de main, Ya-Bon. Le mur est trop haut. Mais peut-être qu'avec le poteau de ce réverbère... »

Aidé par le Nègre, il se hissa jusqu'à la lanterne et tendait déjà une de ses mains, lorsqu'il s'aperçut que toute cette partie du faîte était garnie de morceaux de verre qui en rendaient l'abord absolument impossible.

Il descendit, furieux.

« Crebleu, Ya-Bon, tu aurais pu me prévenir. Un peu plus tu me faisais taillader les mains. A quoi penses-tu ? En vérité, je me demande la raison pour laquelle tu as voulu à tout prix m'accompagner. »

Il y eut un tournant. La ruelle n'étant plus éclairée devint tout à fait obscure, et le capitaine n'avançait qu'à tâtons. La main du Sénégalais s'abattit sur son épaule.

« Que veux-tu, Ya-Bon ? »

La main le poussa contre le mur. Il y avait à cet endroit le renfoncement d'une porte.

« Evidemment, dit-il, c'est une porte. T'imagines-tu que je ne l'avais pas vue ? Non, mais il n'y a que monsieur Ya-Bon qui ait des yeux ! »

Ya-Bon lui présenta une boîte d'allumettes. Il en alluma plusieurs, les unes à la suite des autres, afin d'examiner la porte.

« Qu'est-ce que je t'avais dit ? bougonna-t-il. Rien à faire. Du bois massif, renforcé de barres et de clous... Regarde, il n'y a pas de poignée de ce côté... tout juste un trou de serrure... Ah ! ce qu'il en faudrait une de clef, taillée exprès et faite sur mesure !... tiens, une clef du genre de celle qu'un commissionnaire a déposée tantôt pour moi à l'annexe. »

Il se tut. Une idée absurde lui traversait le cerveau, et cependant, si absurde qu'elle fût, il se sentait incapable de résister au petit geste qu'elle lui suggérait.

Il revint donc sur ses pas. Cette clef, il l'avait sur lui. Il la tira de sa poche. La porte fut éclairée de nouveau. Le trou de la serrure apparut. Du premier coup, le capitaine introduisit la clef. Il fit un effort à gauche : la clef tourna. Il poussa : la porte s'ouvrit.

« Entrons », dit-il.

Le Nègre ne bougea pas. Patrice devina sa stupeur. Au fond, sa stupeur, à lui, n'était pas moindre. Par quel prodige inouï cette clef était-elle précisément la clef de cette porte ? Par quel prodige la personne inconnue qui la lui avait envoyée avait-elle pu deviner qu'il serait à même, sans autre avertissement, d'en user ?... Par quel prodige ?... Mais Patrice avait résolu d'agir sans chercher le mot des énigmes qu'un hasard malicieux semblait prendre plaisir à lui poser.

« Entrons », répéta-t-il victorieusement.

Des branches d'arbre lui fouettèrent le visage et il se rendit compte qu'il marchait sur de l'herbe et qu'un jardin devait s'étendre devant lui. L'obscurité était si grande qu'on ne distinguait pas les allées dans la masse noire des pelouses et qu'après avoir marché pendant une ou deux minutes, il se heurta à des rochers sur lesquels glissait une nappe d'eau.

« Zut ! maugréa-t-il, me voilà tout mouillé. Sacré Ya-Bon ! »

Il n'avait pas fini de parler qu'un aboiement furieux se fit entendre dans les profondeurs du jardin et, tout de suite, le bruit de cet aboiement se rapprocha avec une extrême rapidité. Patrice comprit qu'un chien de garde, averti de leur présence, se ruait vers eux, et, si brave qu'il fût, il frissonna, tellement cette attaque en pleine nuit avait quelque chose d'impressionnant. Comment se défendre ? Un coup de feu les eût dénoncés et, cependant, il n'avait pas d'autre arme que son revolver.

La bête se précipitait, puissante, à en juger par le fracas de sa galopade, qui évoquait la course d'un sanglier dans les taillis. Elle devait avoir cassé sa chaîne, car un bruit de ferraille l'accompagnait. Patrice s'arc-bouta. Mais à travers les ténèbres, il vit que Ya-Bon passait devant lui pour le protéger, et, presque aussitôt, le choc eut lieu.

« Hardi, Ya-Bon, pourquoi ne m'as-tu pas laissé en avant ? Hardi, mon gars... me voilà. »

Les deux adversaires avaient roulé sur l'herbe. Patrice se courba, cherchant à secourir le Nègre. Il toucha le pelage d'une bête puis les vêtements de Ya-Bon. Mais tout cela se convulsait à terre en un bloc si uni et combattait avec une telle frénésie que son intervention ne pouvait servir à rien.

D'ailleurs, la lutte fut brève. Au bout de quelques minutes, les adversaires ne bougeaient plus. Un râle confus sortait du groupe qu'ils formaient.

« Eh bien ? eh bien, Ya-Bon ? » murmurait le capitaine, anxieux.

Le Nègre se releva en grognant. A la lueur d'une allumette, Patrice vit qu'il tenait au bout de son bras, de son bras unique avec lequel il lui avait fallu se défendre, un énorme chien qui râlait, serré à la gorge par cinq doigts implacables. Une chaîne brisée pendait de son collier.

« Merci, Ya-Bon, je l'ai échappé belle. Maintenant tu peux le lâcher. Il doit être inoffensif. »

Ya-Bon obéit. Mais il avait sans doute serré trop fort. Le chien se tordit un instant sur l'herbe, poussa quelques gémissements et demeura immobile.

« Le pauvre animal, dit Patrice, il n'avait pourtant fait que son devoir en se jetant sur les cambrioleurs que nous sommes. Faisons le nôtre, Ya-Bon, qui est beaucoup moins clair. »

Quelque chose qui brillait comme la vitre d'une fenêtre dirigea ses pas et le conduisit, par une série d'escaliers taillés dans le roc et de plates-formes superposées, à la terrasse sur laquelle était construite la maison. De ce côté également, toutes les fenêtres, rondes et hautes comme celles de la rue, se barricadaient de volets. Mais l'un d'eux laissait filtrer cette lumière qu'il avait aperçue d'en bas.

Ayant ordonné à Ya-Bon de se cacher dans les massifs, il s'approcha de la façade, écouta, perçut le bruit confus de paroles, constata que la solide fermeture des volets ne lui permettait ni de voir ni d'entendre, et parvint ainsi, après la quatrième fenêtre, jusqu'aux degrés d'un perron.

Au bout de ce perron, une porte...

« Puisque, se dit-il, on m'a envoyé la clef du jardin, il n'y a aucune raison pour que la porte qui donne de la maison dans le jardin ne soit pas ouverte. »

Elle était ouverte. A l'intérieur, le bruit des voix fut

plus net, et le capitaine se rendit compte que ce bruit lui arrivait par la cage de l'escalier, et que cet escalier, qui semblait desservir une partie inhabitée de la maison, était vaguement éclairé au-dessus de lui. Il monta.

De fait, au premier étage, une porte était entrebâillée. Il glissa la tête par l'ouverture, puis, se courbant, passa.

Alors il se trouva sur un balcon étroit qui courait à mi-hauteur d'une vaste salle. Cette galerie longeait des rayons de livres qui atteignaient le plafond, et elle tournait sur trois côtés de la pièce. Deux escaliers de fer, en forme de vis, descendaient contre le mur, à chaque extrémité.

Des piles de livres s'amoncelaient aussi contre les barreaux de la rampe qui protégeait la galerie, de sorte que Patrice ne pouvait être vu des gens groupés en bas, trois ou quatre mètres au-dessous de lui, au rez-de-chaussée par conséquent.

Doucement, il écarta deux piles. A ce moment, le bruit des voix enfla soudain en une violente clameur, et, d'un coup d'œil, il aperçut cinq individus qui se jetaient sur un homme et qui, avant même qu'il eût le temps de se défendre, le renversaient en hurlant comme des enragés.

Le premier mouvement du capitaine fut de se précipiter au secours de la victime. Avec l'aide de Ya-Bon, qui fût accouru à son appel, il aurait certainement tenu les individus en respect. S'il ne le fit pas, c'est que, après tout, ils ne se servaient d'aucune arme et qu'ils semblaient ne pas avoir d'intention meurtrière. Ayant immobilisé leur victime, ils se contentèrent de la tenir à la gorge, aux épaules et aux chevilles. Qu'allait-il se passer ?

Vivement, l'un des cinq individus se releva et commanda d'un ton de chef :

« Attachez-le... Un bâillon sur la bouche... D'ailleurs, il peut crier à volonté. Il n'y a personne pour l'entendre. »

Tout de suite, Patrice reconnut une des deux voix qu'il avait déjà entendues le matin au restaurant. L'individu était petit, mince, élégant, le teint olivâtre, la figure cruelle.

« Enfin, dit-il, nous le tenons, le coquin ! Et je crois, cette fois, qu'il finira par causer. Vous êtes décidés à tout, les amis ? »

Un des quatre gronda haineusement :

« A tout ! et sans tarder, quoi qu'il arrive ! »

Celui-là avait une forte moustache noire, et Patrice reconnut l'autre interlocuteur du restaurant, c'est-à-dire l'un des deux agresseurs de maman Coralie, celui qui avait pris la fuite. Son chapeau de feutre gris était déposé sur une chaise.

« A tout, hein, Bournef, et quoi qu'il arrive ? ricana le chef. Eh bien, en avant la danse ! Ah ! mon vieil Essarès, tu refuses de livrer ton secret ! Nous allons rire ! »

Tous les gestes avaient dû être convenus entre eux et la besogne rigoureusement partagée, car les actes qu'ils accomplirent furent exécutés avec une méthode et une promptitude incroyables.

L'homme étant ligoté, ils le soulevèrent et le jetèrent au fond d'un fauteuil à dossier très renversé, auquel ils le fixèrent, à l'aide d'une corde, par le buste et par le tronc.

Les jambes, toujours ficelées, furent assujetties au siège d'une lourde chaise de la même hauteur que le fauteuil et de manière que les deux pieds débordassent. Puis ces deux pieds furent débarrassés de leurs bottines et de leurs chaussettes. Le chef dit : « Roulez ! »

Il y avait, entre deux des quatre fenêtres qui donnaient sur le jardin, une grande cheminée dans laquelle brûlait un feu de charbon tout rouge, blanc par place, tellement le foyer était incandescent. Les hommes poussèrent le fauteuil et la chaise qui portaient la victime et l'approchèrent, ses pieds nus en avant, jusqu'à cinquante centimètres de ce brasier.

Malgré le bâillon, un cri de douleur jaillit, atroce, et, malgré les liens, les jambes réussirent à se recroqueviller sur elles-mêmes.

« Allez-y ! Allez-y ! Plus près ! » proféra le chef exaspéré.

Patrice Belval saisit son revolver.

« Ah ! moi aussi, j'y vais, se dit-il, je ne laisserai pas ce malheureux... »

Mais, à cette seconde précise, lorsqu'il était sur le point de se dresser et d'agir, le hasard d'un mouvement lui fit apercevoir le spectacle le plus extraordinaire et le plus imprévu.

C'était, en face de lui, et de l'autre côté de la salle par conséquent, sur la partie de balcon symétrique à celle qu'il occupait, c'était une tête de femme, une tête collée aux barreaux de la rampe, livide, épouvantée, et dont les yeux agrandis par l'horreur contemplaient éperdument l'effroyable scène qui se passait en bas, devant le brasier rouge. Le capitaine avait reconnu maman Coralie.

IV

DEVANT LES FLAMMES

Maman Coralie ! Maman Coralie, cachée dans cette maison que ses agresseurs avaient envahie, et où lui-même se cachait grâce à un concours de circonstances inexplicables !

Il eut cette idée immédiate — et alors, une des énigmes tout au moins se dissipait — qu'entrée, elle aussi, par la ruelle, elle avait pénétré dans la maison par le perron, et qu'elle lui avait, de la sorte, ouvert le passage. Mais, en ce cas, comment s'était-elle procuré les moyens de réussir une pareille entreprise ? Et surtout que venait-elle faire là ?

Toutes ces questions se posaient d'ailleurs à l'esprit du capitaine Belval sans qu'il essayât d'y répondre, tellement la figure hallucinée de Coralie l'impressionnait. En outre un second cri, plus sauvage encore que le premier, partait d'en bas, et il vit les deux pieds de la victime qui se tordaient devant l'écran rouge du foyer.

Mais cette fois, Patrice, retenu par la présence de Coralie, n'avait pas envie de se porter au secours du patient. Il décidait de modeler en tout sa conduite sur celle de la jeune femme, de ne pas bouger, et même de ne rien faire pour attirer son attention.

« Repos ! commanda le chef. Tirez-le en arrière. L'épreuve suffira sans doute. »

Et, s'approchant :

« Eh bien, mon cher Essarès, qu'en dis-tu ? Ça te plaît, cette histoire-là ? Et, tu sais, nous n'en sommes qu'au début. Si tu ne parles pas, nous irons jusqu'au bout, comme faisaient les vrais "chauffeurs" du temps de la Révolution, des maîtres, ceux-là. Alors, c'est convenu, tu parles ? »

Le chef lâcha un juron.

« Hein ? Qu'est-ce que tu veux dire ? Tu refuses ? Mais, bougre d'entêté, tu ne comprends donc pas la situation ? ou bien, c'est qu'il te reste encore un peu d'espoir. De l'espoir ! Tu es fou. Qui pourrait bien te secourir ? Tes domestiques ? Le concierge, le valet de chambre et le maître d'hôtel sont des gens à moi. Je leur ai donné leurs huit jours. Ils sont partis à l'heure qu'il est. La femme de chambre ? la cuisinière ? Elles habitent à l'autre extrémité de la maison, et tu m'as dit toi-même, souvent, qu'on ne pouvait rien entendre de cette extrémité-là. Et puis après ? Ta femme ? Elle aussi couche loin de cette pièce, et elle n'a rien entendu non plus. Siméon, ton vieux secrétaire ? Nous l'avons ficelé quand il nous a ouvert la porte d'entrée tout à l'heure. D'ailleurs, autant en finir de ce côté, Bournef ! »

L'homme à la forte moustache, qui maintenait à ce moment la chaise, se redressa et répliqua :

« Qu'y a-t-il ?

— Bournef, où a-t-on enfermé le secrétaire ?

— Dans la loge du concierge.

— Tu connais la chambre de la dame ?

— Certes, d'après les indications que vous m'avez données.

— Allez-y tous les quatre et ramenez la dame et le secrétaire ! »

Les quatre individus sortirent par une porte qui se trouvait au-dessous de maman Coralie, et ils n'avaient pas disparu que le chef se pencha vivement sur sa victime et prononça :

« Nous voilà seuls, Essarès. C'est ce que j'ai voulu. Profitons-en. »

Il se baissa davantage encore et murmura de telle façon que Patrice avait du mal à entendre :

« Ces gens-là sont des imbéciles que je mène à ma guise et à qui je ne dévoile que le moins possible de mes plans. Tandis que nous, Essarès, nous sommes faits pour nous accorder. C'est ce que tu n'as pas voulu admettre et tu vois où cela t'a conduit. Allons, Essarès, n'y mets pas d'entêtement et ne finasse pas avec moi. Tu es pris au piège, impuissant, soumis à ma volonté. Eh bien, plutôt que de te laisser démolir par des tortures qui finiraient certainement par avoir raison de ton énergie, accepte une transaction. Part à deux, veux-tu ? Faisons la paix et traitons sur cette base du partage égal. Je te prends dans mon jeu et tu me prends dans le tien. Réunis, nous gagnons fatalement la victoire. Ennemis, qui sait si le vainqueur surmontera tous les obstacles qui s'opposeront encore à lui ? C'est pourquoi, je te le répète : part à deux. Réponds. Oui ou non ? »

Il desserra le bâillon et tendit l'oreille. Cette fois, Patrice ne perçut pas les quelques mots qui furent prononcés par la victime. Mais presque aussitôt, l'autre, le chef, se releva dans une explosion de colère subite.

« Hein ? Quoi ? Qu'est-ce que tu me proposes ? Vrai, tu en as de l'aplomb ! Une offre de ce genre à moi ! Offre cela à Bournef ou à ses camarades. Ils comprendront, eux. Mais moi ? moi ? le colonel Fakhi. Ah ! non, mon petit, je suis plus gourmand, moi ! Je consens à partager. Mais, à recevoir l'aumône, jamais de la vie ! »

Patrice écoutait avidement, et, en même temps, il ne perdait pas de vue maman Coralie, dont le visage, toujours décomposé par l'angoisse, exprimait la même attention.

Et aussi, il regardait la victime que la glace posée au-dessus de la cheminée reflétait en partie. Habillé d'un vêtement d'appartement en velours soutaché, et d'un pantalon de flanelle marron, c'était un homme d'environ cinquante ans, complètement chauve, de figure grasse, au nez fort et recourbé, aux yeux profondément renfoncés sous des sourcils épais, aux joues gonflées et couvertes d'une lourde barbe grisonnante. Du reste, Patrice pouvait l'examiner d'une manière plus précise sur un portrait de lui qui était pendu à gauche de la cheminée, entre la seconde et la première fenêtre, et qui représentait une face énergique, puissante, et pour ainsi dire violente d'expression.

« Une face d'Oriental, se dit Patrice ; j'ai vu, en Egypte et en Turquie, des têtes pareilles à celle-là. »

Les noms de tous ces individus, d'ailleurs, le colonel Fakhi, Mustapha, Bournef, Essarès, leur accent, leur manière d'être, leur aspect, leur silhouette, tout lui rappelait des impressions ressenties là-bas, dans les hôtels d'Alexandrie ou sur les rives du Bosphore, dans les bazars d'Andrinople ou sur les bateaux grecs qui sillonnent la mer Egée. Types de Levantins, mais de Levantins enracinés à Paris. Essarès bey, c'était un nom de financier que Patrice connaissait, de même que celui de ce colonel Fakhi, que ses intonations et son langage dénotaient comme un Parisien averti.

Mais un bruit de voix s'éleva de nouveau du côté de la porte. Brutalement celle-ci fut ouverte, et les quatre individus survinrent en traînant un homme attaché, qu'ils laissèrent tomber à l'entrée de la salle.

« Voilà le vieux Siméon, s'écria celui qu'on appelait Bournef.

— Et la femme ? demanda vivement le chef. J'espère bien que vous l'avez !

— Ma foi, non.

— Hein ? Comment ! Elle s'est échappée ?

— Par sa fenêtre.

— Mais il faut courir après elle ! Elle ne peut être que dans le jardin... Rappelez-vous, tout à l'heure, le chien de garde aboyait...

— Et si elle s'est enfuie ?

— Comment ?

— La porte de la ruelle ?

— Impossible !

— Pourquoi ?

— Depuis des années, c'est une porte qui ne sert pas. Il n'y a même plus de clef.

— Soit, reprit Bournef. Mais, cependant, nous n'allons pas organiser une battue avec des lanternes et ameuter tout le quartier, tout cela pour retrouver une femme...

— Oui, mais cette femme... »

Le colonel Fakhi semblait exaspéré. Il se retourna vers le captif.

« Tu as de la chance, vieux coquin. Voilà deux fois qu'elle me file entre les doigts aujourd'hui, ta mijaurée ! Elle t'a raconté l'affaire de tantôt ? Ah ! s'il n'y avait pas eu là un sacré capitaine... que je retrouverai d'ailleurs, et qui me paiera son intervention... »

Patrice serrait les poings avec rage. Il comprenait. Maman Coralie se cachait dans sa propre maison. Surprise par l'irruption des cinq individus, elle avait pu — au prix de quels efforts ! — descendre de sa fenêtre, longer la terrasse jusqu'au perron, gagner la partie de l'hôtel opposée aux chambres habitées, et se réfugier sur la galerie de cette bibliothèque d'où il lui était possible d'assister à la lutte terrible entreprise contre son mari.

« Son mari ! Son mari ! » pensa Patrice avec un frémissement.

Et s'il avait gardé encore un doute à ce sujet, les événements qui se précipitaient le lui enlevèrent aussitôt, car le chef se mit à ricaner :

« Oui, mon vieil Essarès, je puis te l'avouer, ta femme me plaît infiniment, et, comme je l'ai manquée cet après-midi, j'espérais bien, ce soir, aussitôt réglées mes affaires avec toi, en régler d'autres plus agréables avec elle. Sans compter qu'une fois en mon pouvoir, la petite me servait d'otage, et je ne te l'aurais rendue — sois-en sûr — qu'après exécution intégrale de notre accord. Et tu aurais marché droit, Essarès ! C'est que tu l'aimes passionnément, ta Coralie ! Et comme je t'approuve ! »

Il se dirigea vers la droite de la cheminée et, tournant un interrupteur, alluma une lampe électrique posée sous un réflecteur, entre la troisième et la quatrième fenêtre.

Il y avait là un tableau qui faisait pendant au portrait d'Essarès. Il était voilé. Le chef tira le rideau. Coralie apparut en pleine lumière.

« La reine de ces lieux ! L'enchanteresse ! L'idole ! La perle des perles ! Le diamant impérial d'Essarès bey, banquier ! Est-elle assez jolie ! Admire la forme délicate de sa figure, la pureté de cet ovale, et ce cou charmant, et ces épaules gracieuses. Essarès, il n'y a pas de favorite, en nos pays de là-bas, qui vaille ta Coralie ! la mienne bientôt ! car je saurai bien la retrouver. Ah ! Coralie ! Coralie !... »

Patrice regarda la jeune femme, et il lui sembla qu'une rougeur de honte empourprait son visage.

Lui-même, à chaque mot d'injure, tressaillait

d'indignation et de colère. C'était déjà pour lui la plus violente douleur que Coralie fût l'épouse d'un autre, et il s'ajoutait à cette douleur la rage de la voir ainsi exposée aux yeux de ces hommes et promise comme une proie impuissante à celui qui serait le plus fort.

Et, en même temps, il se demandait la cause pour laquelle Coralie restait dans cette salle. En supposant qu'elle ne pût sortir du jardin, elle pouvait cependant, étant libre d'aller et venir en cette partie de la maison, ouvrir quelque fenêtre et appeler au secours. Qui l'empêchait d'agir ainsi ? Certes, elle n'aimait pas son mari. Si elle l'eût aimé, elle aurait affronté tous les périls pour le défendre. Mais comment lui était-il possible de laisser torturer cet homme, bien plus, d'assister à son supplice, de contempler le plus affreux des spectacles et d'écouter les hurlements de sa souffrance ?

« Assez de bêtises ! s'écria le chef en ramenant le rideau. Coralie, tu seras ma récompense suprême, mais il faut te mériter. A l'œuvre, camarades, et finissons-en avec notre ami. Pour commencer, dix centimètres d'avance. Ça brûle, hein ! Essarès ? Mais tout de même, c'est encore supportable. Patiente, mon bon ami, patiente. »

Il détacha le bras droit du captif, installa près de lui un petit guéridon sur lequel il mit un crayon et du papier, et reprit :

« Tout ce qu'il faut pour écrire. Puisque ton bâillon t'empêche de parler, écris. Tu n'ignores pas de quoi il s'agit, n'est-ce pas ? Quelques lettres griffonnées là-dessus, et tu es libre. Tu consens ? Non ? Camarades, dix centimètres de plus. »

Il s'éloigna, et, se baissant sur le vieux secrétaire, en qui Patrice, à la faveur d'une lumière plus vive, avait effectivement reconnu le bonhomme qui accompagnait parfois Coralie jusqu'à l'ambulance, il lui dit :

« Toi, Siméon, il ne te sera fait aucun mal. Je sais que tu es dévoué à ton maître, mais qu'il ne te met au courant d'aucune de ses affaires particulières. D'autre part, je suis sûr que tu garderas le silence sur tout cela, puisqu'un seul mot de dénonciation contre nous serait la perte de ton maître plus encore que la nôtre. C'est compris, n'est-ce pas ? Eh bien, quoi, tu ne réponds pas ? Est-ce qu'ils t'auraient serré la gorge un peu trop fort avec leurs cordes ? Attends, je vais te donner de l'air... »

Près de la cheminée, cependant, la besogne sinistre continuait. A travers les deux pieds rougis par la chaleur, on aurait cru voir, en transparence, l'éclat fulgurant des flammes. De toutes ses forces, le patient tâchait de replier ses jambes et de reculer, et un gémissement sortait de son bâillon, sourd, ininterrompu.

« Ah ! sacrebleu, se dit Patrice, allons-nous le laisser cuire ainsi, comme un poulet à la broche ? »

Il regarda Coralie. Elle ne bougeait pas, la figure convulsée, méconnaissable, et les yeux comme fascinés par la terrifiante vision.

« Cinq centimètres encore », cria du bout de la pièce le chef, qui desserrait les liens du vieux Siméon.

L'ordre fut exécuté. La victime poussa une telle plainte que Patrice se sentit bouleversé. Mais, au même moment, il se rendit compte d'une chose qui ne l'avait pas frappé jusqu'ici, ou du moins à laquelle il n'avait attaché aucune signification. La main du patient, par une série de petits gestes qui semblaient dus à des crispations nerveuses, avait saisi le rebord opposé du guéridon, tandis que le bras s'appuyait sur le marbre. Et, peu à peu, cette main, à l'insu des bourreaux dont tout l'effort consistait à tenir les jambes immobiles, à l'insu du chef, toujours occupé avec Siméon, cette main faisait tourner un tiroir monté sur pivot, se glissait dans ce tiroir, en sortait un revolver, et ramenée brusquement, cachait l'arme à l'intérieur du fauteuil.

L'acte ou plutôt le dessein qu'il annonçait était

d'une hardiesse folle, car enfin, réduit à l'impuissance comme il l'était, l'homme ne pouvait espérer la victoire contre cinq adversaires libres et armés. Pourtant, dans la glace où il le voyait, Patrice nota sur le visage une résolution farouche.

« Cinq centimètres encore », commanda le colonel Fakhi en revenant vers la cheminée.

Ayant constaté l'état des chairs, il dit en riant :

« La peau se gonfle par endroits, les veines sont près d'éclater. Essarès bey, tu ne dois pas être à la noce, et je ne doute plus de ta bonne volonté. Voyons, as-tu commencé à écrire ? Non ? Et tu ne veux pas ? Tu espères donc encore ? Du côté de ta femme, peut-être ? Allons donc, tu vois bien que, même si elle a pu s'échapper, elle ne dira rien. Alors ? alors, c'est que tu te moques de moi ?... »

Il fut saisi d'une fureur soudaine et vociféra :

« Foutez-lui les pieds au feu ! et que ça sente le roussi une bonne fois ! Ah ! tu te fiches de moi ? Eh bien, attends un peu, mon bonhomme, et d'abord, je vais m'en mêler, moi, et te faire sauter une oreille ou deux... tu sais ? comme ça se pratique dans mon pays. »

Il avait tiré de son gilet un poignard qui étincela aux lumières. Sa face était répugnante de cruauté bestiale. Avec un cri sauvage, il leva le bras et se dressa, implacable.

Mais si rapide que fut son geste, Essarès le devança.

Le revolver braqué d'un coup détona violemment. Le couteau tomba de la main du colonel. Il demeura quelques secondes dans son attitude de menace, le bras suspendu en l'air, les yeux hagards, et comme s'il n'eût pas bien compris ce qui lui arrivait. Et puis, subitement, il s'écroula sur sa victime, lui paralysant le bras de tout son poids, à l'instant même où Essarès visait un des autres complices.

Il respirait encore. Il bégaya :

« Ah ! la brute... la brute... il m'a tué... mais c'est

ta perte, Essarès... J'avais prévu le cas. Si je ne rentre pas cette nuit, le préfet de police recevra une lettre... on saura ta trahison, Essarès... toute ton histoire... tes projets... Ah ! misérable... Est-ce bête ?... On aurait pu si bien s'accorder tous les deux... »

Il marmotta encore quelques paroles confuses et roula sur le tapis. C'était la fin.

Plus encore peut-être que ce coup de théâtre, la révélation faite par le chef avant de mourir et l'annonce de cette lettre qui, sans doute, accusait les agresseurs aussi bien que leur victime, produisirent une minute de stupeur. Bournef avait désarmé Essarès. Celui-ci, profitant de ce que la chaise n'était plus maintenue, avait pu replier ses jambes, et personne ne bougeait.

Cependant, l'impression de terreur qui se dégageait de toute cette scène semblait plutôt s'accroître avec le silence. A terre, le cadavre, allongé, et dont le sang coulait sur le tapis. Non loin, la forme inerte de Siméon. Puis le patient, toujours captif devant les flammes prêtes à dévorer sa chair. Et, debout à côté de lui, les quatre bourreaux, hésitant peut-être sur la conduite à tenir, mais dont la physionomie indiquait la résolution implacable de dompter l'ennemi par quelque moyen que ce fût.

Bournef, que les autres consultaient du regard, paraissait déterminé à tout. C'était un homme assez gros et petit, taillé en force, la lèvre hérissée de cette moustache qu'avait remarquée Patrice Belval. Moins cruel en apparence que le chef, moins élégant d'allure et moins autoritaire, il montrait plus de calme et de sang-froid.

Quant au colonel, ses complices ne semblaient plus s'en soucier. La partie qu'ils jouaient les dispensait de toute vaine compassion.

Enfin Bournef se décida, comme un homme dont le plan est établi. Il alla prendre son chapeau de feutre gris déposé près de la porte, en rabattit la coiffe, et sortit de là un menu rouleau dont l'aspect fit tressaillir Patrice. C'était une fine cordelette rouge, identique à celle qu'il avait trouvée au cou de Mustapha Rovalaïoff, le premier complice arrêté par Ya-Bon.

Cette cordelette, Bournef la déplia, la saisit par les deux boucles, en vérifia sur son genou la solidité, puis, revenant à Essarès, la lui passa autour du cou, après l'avoir débarrassé de son bâillon.

« Essarès, dit-il, avec une tranquillité plus impressionnante que l'emportement et les railleries du colonel, Essarès, je ne te ferai pas souffrir. La torture, c'est un procédé qui me dégoûte, et je ne veux pas y avoir recours. Tu sais ce que tu as à faire, et je sais, moi, ce que j'ai à faire. Un mot de ta part, un acte de la mienne, et ce sera fini. Ce mot, c'est le *oui* ou le *non* que tu vas prononcer. Cet acte que je vais accomplir, moi, en réponse à ton *oui* ou à ton *non*, ce sera ta mise en liberté ou bien... »

Il s'arrêta quelques secondes, puis déclara :

« Ou bien ta mort. »

La petite phrase fut articulée très simplement, mais avec une fermeté qui lui donnait la signification d'une sentence irrévocable. Il était clair qu'Essarès se trouvait en face d'un dénouement qu'il ne pouvait plus éviter que par une soumission absolue. Avant une minute, il aurait parlé, ou il serait mort.

Une fois de plus, Patrice observa maman Coralie, prêt à intervenir s'il avait deviné en elle autre chose qu'une terreur passive. Mais l'attitude de la jeune femme n'avait pas changé. Elle admettait donc les pires événements, même celui qui menaçait son mari ? Patrice se contint.

« Nous sommes d'accord ? dit Bournef à ses complices.

— Entièrement d'accord, fit l'un d'eux.

— Vous prenez votre part de responsabilité ?

— Nous la prenons. »

Bournef rapprocha ses mains l'une de l'autre, puis les croisa, ce qui noua la cordelette autour du cou.

Ensuite il serra légèrement de manière à ce que la pression fût sentie, et il demanda d'un ton sec :

« Oui ou non ?

— Oui. »

Il y eut un murmure de joie. Les complices respiraient, et Bournef hocha la tête d'un air d'approbation.

« Ah ! tu acceptes ?... Il était temps... je ne crois pas qu'on puisse être plus près de la mort que tu l'as été, Essarès. »

Sans lâcher la corde cependant, il reprit :

« Soit. Tu vas parler. Mais je te connais, et ta réponse m'étonne, car je l'avais dit au colonel, la certitude même de la mort ne te ferait pas confesser ton secret. Est-ce que je me trompe ? »

Essarès répondit :

« Non, ni la mort, ni la torture...

— Alors, c'est que tu as autre chose à nous proposer ?

— Oui.

— Autre chose qui en vaut la peine ?

— Oui. Je l'ai proposée tout à l'heure au colonel, pendant que vous étiez sortis. Mais s'il voulait bien vous trahir et traiter avec moi pour l'ensemble du secret, il a refusé cette autre chose.

— Pourquoi l'accepterai-je ?

— Parce que c'est à prendre ou à laisser, et que tu comprends, toi, ce qu'il n'a pas compris.

— Donc, une transaction, n'est-ce pas ?

— Oui.

— De l'argent.

— Oui. »

Bournef haussa les épaules.

« Sans doute quelques billets de mille ? Et tu t'imagines que Bournef et que ses amis seront assez naïfs ?... Voyons, Essarès, pourquoi veux-tu que nous transigions ? Ton secret, nous le connaissons presque entièrement...

— Vous savez en quoi il consiste, mais vous ignorez les moyens de vous en servir. Vous ignorez, si l'on peut dire, l'« emplacement » de ce secret. Tout est là.

— Nous le découvrirons.

— Jamais.

— Si, ta mort nous facilitera les recherches.

— Ma mort ? Dans quelques heures, grâce à la dénonciation du colonel, vous allez être traqués et pris au collet probablement, en tout cas incapables de poursuivre vos recherches. Par conséquent, vous non plus, vous n'avez guère le choix. Ou l'argent que je vous propose, ou la prison.

— Et si nous acceptons, dit Bournef, que l'argument frappa, quand serons-nous payés ?

— Tout de suite.

— La somme est donc là ?

— Oui.

— Une somme misérable, je le répète ?

— Non, beaucoup plus forte que tu n'espères, infiniment plus forte.

— Combien ?

— Quatre millions. »

V

LE MARI ET LA FEMME

Les complices eurent un haut-le-corps, comme secoués par un choc électrique. Bournef se précipita.

« Hein ? Que dis-tu ?

— Je dis quatre millions, ce qui fait un million pour chacun de vous.

— Voyons !... quoi !... tu es bien sûr ?... quatre millions ?...

— Quatre millions. »

Le chiffre était tellement énorme, et la proposition si inattendue, que les complices éprouvèrent ce que Patrice Belval éprouvait de son côté. Ils crurent à un piège, et Bournef ne put s'empêcher de dire :

« En effet, l'offre dépasse nos prévisions... Aussi, je me demande pourquoi tu en arrives là.

— Tu te serais contenté de moins ?

— Oui, dit Bournef franchement...

— Par malheur, je ne puis faire moins. Pour échapper à la mort, je n'ai qu'un moyen, c'est de t'ouvrir mon coffre. Or, mon coffre contient quatre paquets de mille billets. »

Bournef n'en revenait pas, et il se défiait de plus en plus.

« Qui t'assure qu'après avoir pris les quatre millions nous n'exigerons pas davantage ?

— Exiger quoi ? Le secret de l'emplacement ?

— Oui.

— Non, puisque vous savez que j'aime autant mourir. Les quatre millions, c'est le maximum. Les veux-tu ? Je ne réclame en échange aucune promesse, aucun serment, certain d'avance qu'une fois les poches pleines, vous n'aurez plus qu'une idée, c'est de filer, sans vous embarrasser d'un assassinat qui pourrait vous perdre. »

L'argument était si péremptoire que Bournef ne discuta plus.

« Le coffre est dans cette pièce ?

— Oui, entre la première et la seconde fenêtre, derrière mon portrait. »

Bournef décrocha le tableau et dit :

« Je ne vois rien.

— Si. Le coffre est délimité par les moulures mêmes du petit panneau central. Au milieu, il y a une rosace, non pas en bois, mais en fer, et il y en a quatre autres aux quatre coins du panneau. Ces quatre-là se tournent vers la droite, par crans successifs, et suivant un mot qui est le chiffre de la serrure, le mot « Cora ».

— Les quatre premières lettres de Coralie ? fit Bournef, qui exécutait les prescriptions d'Essarès.

— Non, dit celui-ci, mais les quatre premières lettres du mot Coran. Tu y es ? »

Au bout d'un instant, Bournef répondit :

« J'y suis. Et la clef ?

— Il n'y a pas de clef. La cinquième lettre du mot, l'*n*, est la lettre de la rosace centrale. »

Bournef tourna cette cinquième rosace et, aussitôt, un déclic se produisit.

« Tu n'as plus qu'à tirer, ordonna Essarès. Bien. Le coffre n'est pas profond. Il est creusé dans une des pierres de la façade. Allonge la main. Tu trouveras quatre portefeuilles. »

En vérité, à ce moment, Patrice Belval s'attendait à ce qu'un événement insolite interrompît les recherches de Bournef et le précipitât dans quelque gouffre subitement entrouvert par les maléfices d'Essarès. Et les trois complices devaient avoir cette appréhension désagréable, car ils étaient livides, et lui-même, Bournef, semblait n'agir qu'avec précaution et défiance.

Enfin il se retourna et revint s'asseoir auprès d'Essarès. Il avait entre les mains un paquet de quatre portefeuilles attachés ensemble par une sangle de toile, et qui étaient courts, mais d'une grosseur extrême. Il ouvrit l'un d'eux après avoir défait la boucle de la sangle.

Ses genoux, sur lesquels il avait déposé le précieux fardeau, ses genoux tremblaient, et, lorsqu'il eut saisi, à l'intérieur d'une des poches, une liasse énorme de billets, on eût dit que ses mains étaient celles d'un vieillard qui grelotte de fièvre. Il murmura :

« Des billets de mille... dix paquets de billets de mille. »

Brutalement, comme des gens prêts à se battre, chacun des complices empoigna un portefeuille, fouilla dedans et marmotta :

« Dix paquets... le compte y est... dix paquets de billets de mille. »

Et aussitôt l'un d'eux s'écria, d'une voix étranglée : « Allons-nous-en... Allons-nous-en... »

Une peur subite les affolait. Ils ne pouvaient imaginer qu'Essarès leur eût livré une pareille fortune sans avoir un plan qui lui permît de la reprendre avant qu'ils fussent sortis de cette pièce. C'était là une certitude. Le plafond allait s'écrouler sur eux. Les murs allaient se rejoindre et les étouffer, tout en épargnant leur incompréhensible adversaire.

Patrice Belval, lui, ne doutait pas non plus. Le cataclysme était imminent, la revanche immédiate d'Essarès inévitable. Un homme comme lui, un lutteur aussi fort que celui-là paraissait l'être, n'abandonne pas aussi facilement une somme de quatre millions s'il n'a pas une idée de derrière la tête. Patrice se sentait oppressé, haletant. Depuis le début des scènes tragiques auxquelles il assistait, il n'avait pas encore frissonné d'une émotion plus violente, et il constata que le visage de maman Coralie exprimait la même intense anxiété. Bournef, cependant, recouvra un peu de sang-froid, et, retenant ses compagnons, il leur dit :

« Pas de bêtises ! Il serait capable, avec le vieux Siméon, de se détacher et de courir après nous. »

Tous quatre se servant d'une seule main, car, de l'autre, ils se cramponnaient à leur portefeuille, tous quatre ils fixèrent au fauteuil le bras d'Essarès, tandis que celui-ci maugréait :

« Imbéciles ! Vous étiez venus avec l'intention de me voler un secret dont vous connaissez l'importance inouïe, et vous perdez l'esprit pour une misère de quatre millions. Tout de même, le colonel avait plus d'estomac. »

On le bâillonna de nouveau, et Bournef lui assena sur la tête un coup de poing formidable qui l'étourdit.

« Comme cela, notre retraite est assurée », dit Bournef.

Un de ses compagnons demanda :

« Et le colonel, nous le laissons ?

— Pourquoi pas ? »

Mais la solution dut lui paraître mauvaise, car il reprit :

« Après tout, non, notre intérêt n'est pas de compromettre davantage Essarès. Notre intérêt à tous est de disparaître le plus vite possible, Essarès comme nous, avant que cette damnée lettre du colonel arrive à la préfecture, c'est-à-dire, je suppose, avant midi.

— Et alors ?

— Alors, chargeons-le dans l'auto et on le déposera n'importe où. La police se débrouillera.

— Et ses papiers ?

— Nous allons le fouiller en cours de route. Aidez-moi. »

Ils bandèrent la blessure pour que le sang ne coulât plus, puis ils soulevèrent le cadavre, chacun le prenant par un membre, et ils sortirent sans qu'aucun d'eux eût lâché une seconde son portefeuille.

Patrice les entendit qui traversaient en toute hâte une autre pièce et, ensuite, qui piétinaient les dalles sonores d'un vestibule.

« C'est maintenant, se dit-il. Essarès ou Siméon vont presser un bouton, et les coquins seront bouclés. »

Essarès ne bougea pas.

Siméon ne bougea pas.

Le capitaine entendit tous les bruits de départ, le claquement de la porte cochère, la mise en marche du moteur, et enfin le ronflement de l'auto qui s'éloignait. Et ce fut tout. Rien ne s'était produit. Les complices s'enfuyaient avec les quatre millions.

Un long silence suivit, durant lequel l'angoisse de Patrice persista. Il ne pensait pas que le drame eût atteint sa dernière phase, et il avait si peur des choses imprévues qui pouvaient encore survenir qu'il voulut signaler sa présence à Coralie.

Une circonstance nouvelle l'en empêcha. Coralie s'était levée.

Le visage de la jeune femme n'offrait plus la même expression d'effarement et d'horreur, mais peut-être Patrice fut-il plus effrayé de la voir soudain animée d'une énergie mauvaise qui donnait aux yeux un éclat inaccoutumé et crispait les sourcils et les lèvres. Il comprit que maman Coralie se disposait à agir. Dans quel sens ? Etait-ce là le dénouement du drame ?

Elle se dirigea vers le coin où était appliqué, de son côté, l'un des deux escaliers tournants, et descendit lentement, mais sans essayer d'assourdir le bruit de ses pas.

Inévitablement son mari l'entendait. Dans la glace, d'ailleurs, Patrice vit qu'il dressait la tête et qu'il la suivait des yeux. En bas, elle s'arrêta.

Il n'y avait point d'indécision dans son attitude. Son plan devait être très net, et elle ne réfléchissait qu'au meilleur moyen de l'exécuter.

« Ah ! se dit Patrice tout frémissant, que faites-vous, maman Coralie ? »

Il sursauta. La direction qu'avait prise le regard de la jeune femme, en même temps que la fixité étrange de ce regard lui révélaient sa pensée secrète. Coralie avait aperçu le poignard, échappé aux mains du colonel, et tombé à terre.

Pas une seconde Patrice ne douta qu'elle ne voulût saisir ce poignard dans une autre intention que de frapper son mari. La volonté du meurtre était inscrite sur sa face livide, et de telle façon que, avant même qu'elle fît un seul geste, un soubresaut de terreur secoua Essarès et qu'il chercha, par un effort de tous ses muscles, à briser les liens qui l'entravaient. Elle s'avança, s'arrêta de nouveau, et, d'un mouvement brusque, ramassa le poignard.

Presque aussitôt, elle fit encore deux pas. A ce

moment, elle se trouvait à la hauteur et à droite du fauteuil où Essarès était couché. Il n'eut qu'à tourner un peu la tête pour la voir. Et il s'écoula une minute épouvantable. Le mari et la femme se regardaient.

Le bouillonnement d'idées, de peurs, de haines, de passions désordonnées et contraires qui agitait le cerveau de ces deux êtres dont l'un allait tuer et dont l'autre allait mourir, se répercutait dans l'esprit de Patrice Belval et dans la profondeur de sa conscience. Que devait-il faire ? Quelle part devait-il prendre au drame qui se jouait en face de lui ? Devait-il intervenir, empêcher Coralie de commettre l'acte irréparable, ou bien devait-il le commettre lui-même en cassant d'une balle de son revolver la tête de l'homme ?

Mais, pour dire la vérité, depuis le début il y avait en Patrice Belval un sentiment qui se mêlait à tous les autres, le dominait peu à peu et rendait illusoire toute lutte intérieure, un sentiment de curiosité poussé jusqu'à l'exaspération. Non point la curiosité banale de connaître les dessous d'une affaire ténébreuse, mais celle plus haute de connaître l'âme mystérieuse d'une femme qu'il aimait, qui était emportée par le tourbillon des événements, et qui, soudain, redevenant maîtresse d'elle-même, prenait en toute liberté et avec un calme impressionnant la plus terrifiante des résolutions. Et alors d'autres questions s'imposaient à lui. Cette résolution, pourquoi la prenait-elle ? Etait-ce une vengeance, un châtiment, l'assouvissement d'une haine ?

Patrice Belval demeura immobile.

Coralie leva le bras. Devant elle, son mari ne tentait même plus ces mouvements de désespoir qui indiquent l'effort suprême. Il n'y avait dans ses yeux ni prières, ni menaces. Il était résigné. Il attendait.

Non loin d'eux, le vieux Siméon, toujours ficelé, se dressait à demi sur ses coudes et les contemplait éperdument. Coralie leva le bras encore. Tout son être se haussait et se grandissait dans un élan invisible où toutes ses forces accouraient au service de sa volonté. Elle était sur le point de frapper. Son regard choisissait la place où elle frapperait. Pourtant, ce regard devenait moins dur et moins sombre. Il sembla même à Patrice qu'il y flottait une certaine hésitation et que Coralie retrouvait, non point sa douceur habituelle, mais un peu de sa grâce féminine.

« Ah ! maman Coralie, se dit Patrice, te voilà revenue. Je te reconnais. Quel que soit le droit que tu te croyais de tuer cet homme, tu ne tueras pas... et j'aime mieux ça. »

Lentement le bras de la jeune femme retomba le long de son corps. Les traits se détendirent. Patrice devina le soulagement immense qu'elle éprouvait à échapper aux étreintes de l'idée fixe qui la contraignait au meurtre. Elle examina son poignard avec étonnement, comme si elle sortait d'un cauchemar affreux. Puis, se penchant sur son mari, elle se mit à couper ses liens.

Elle fit cela avec une répugnance visible, évitant pour ainsi dire de le toucher et fuyant son regard. Une à une, les cordes furent tranchées. Essarès était libre.

Ce qui se passa alors fut la chose la plus déconcertante. Sans un mot de remerciement pour sa femme, et sans un mot de colère non plus contre elle, cet homme qui venait de subir un supplice cruel et que la souffrance brûlait encore, cet homme se précipita, titubant et les pieds nus, vers un appareil téléphonique posé sur une table et que des fils reliaient à un poste fixé à la muraille.

On eût dit un homme affamé, qui aperçoit un morceau de pain et qui s'en empare avidement. C'est le salut, le retour à la vie. Tout pantelant, Essarès décrocha le récepteur et cria :

« Central 39-40. »

Puis, aussitôt, il se tourna vers sa femme :

« Va-t'en ! »

Elle parut ne pas entendre. Elle s'était inclinée vers le vieux Siméon et le délivrait également.

Au téléphone, Essarès s'impatientait :

« Allô... Mademoiselle... ce n'est pas pour demain, c'est pour aujourd'hui, et tout de suite... Le 39-40... tout de suite... »

Et, s'adressant à Coralie, il répéta d'un ton impérieux :

« Va-t'en !... »

Elle fit signe qu'elle ne s'en irait pas et que, au contraire, elle voulait écouter. Il lui montra le poing et redit :

« Va-t'en ! Va-t'en !... Je t'ordonne de t'en aller. Toi aussi, va-t'en, Siméon. »

Le vieux Siméon se leva et s'avança vers Essarès. On eût dit qu'il voulait parler et, sans doute, protester. Mais son geste demeurait indécis, et, après un mouvement de réflexion, il se dirigea vers la porte, sans avoir prononcé un seul mot, et sortit.

« Va-t'en ! Va-t'en ! » reprit Essarès, en menaçant sa femme de toute son attitude.

Mais Coralie se rapprocha de lui et se croisa les bras avec une obstination où il y avait du défi.

Au même instant, la communication dut s'établir, car Essarès demanda :

« Le 39-40 ? Ah ! bien... »

Il hésita. Evidemment, la présence de Coralie lui était extrêmement désagréable, et il allait dire des choses qu'elle n'aurait pas dû connaître. Mais l'heure pressait sans doute. Il prit son parti brusquement et prononça, en anglais, les deux récepteurs collés aux oreilles :

« C'est toi, Grégoire ?... C'est moi, Essarès... Allô... Oui, je te téléphone de la rue Raynouard... Ne perdons pas de temps... Ecoute... »

Il s'assit et continua :

« Voici. Mustapha est mort. Le colonel aussi...

Mais, sacrebleu ! ne m'interromps pas, ou nous sommes fichus...

« Eh ! oui, fichus, et toi aussi... Ecoute, ils sont tous venus, le colonel, Bournef, toute la bande, et ils m'ont volé par force, par menace... J'ai expédié le colonel. Seulement il avait écrit à la préfecture, nous dénonçant tous. La lettre arrivera tantôt. Alors, tu comprends, Bournef et ses trois forbans vont se mettre à l'abri. Le temps de passer chez eux et de ramasser leurs papiers... Je calcule qu'ils seront chez toi dans une heure, deux heures au plus. C'est le refuge certain. C'est eux qui l'ont préparé sans savoir que nous nous connaissons, toi et moi. Donc, pas d'erreur possible. Ils vont venir... »

Essarès se tut. Après avoir réfléchi, il poursuivit :

« Tu as toujours une double clef de chacune des pièces qui leur serviront de chambre ? Oui ?... Bien. Et tu as aussi en double les clefs qui ouvrent les placards de ces pièces ? Oui ? Parfait. Eh bien, dès qu'ils dormiront, ou plutôt dès que tu seras sûr qu'ils dorment profondément, pénètre chez eux et fouille les placards. Il est inévitable que chacun d'eux y cachera sa part du butin. Tu la trouveras facilement. Ce sont les quatre portefeuilles que tu connais. Mets-les dans ton sac de voyage, décampe au plus vite et rejoins-moi. »

Une nouvelle pause. Cette fois Essarès écoutait. Il reprit :

« Qu'est-ce que tu dis ? Rue Raynouard ? Ici ? Me rejoindre ici ? Mais tu es fou ! T'imagines-tu que je puisse rester maintenant, après la dénonciation du colonel ? Non, va m'attendre à l'hôtel, près de la gare. J'y serai vers midi ou une heure, peut-être plus tard. Ne t'inquiète pas. Déjeune tranquillement et nous aviserons. Allô, c'est compris ? En ce cas, je réponds de tout. A tantôt. »

La communication était terminée, et l'on eût pu croire que, toutes ses mesures prises pour rentrer en possession des quatre millions, Essarès n'avait plus aucun sujet d'inquiétude. Il raccrocha les récepteurs, gagna le fauteuil où il avait subi la torture, tourna le dossier du côté du feu, s'assit, rabattit sur ses pieds le bas de son pantalon, mit ses chaussettes et enfila ses chaussons, tout cela péniblement, et non sans quelques grimaces de douleur, mais calmement, et comme un homme qui n'a pas besoin de se presser.

Coralie ne le quittait pas des yeux.

« Je devrais partir », pensa le capitaine Belval, un peu gêné à l'idée de surprendre les paroles qu'échangeraient le mari et la femme.

Il resta cependant. Il avait peur pour maman Coralie. Ce fut Essarès qui engagea l'attaque.

« Eh bien, fit-il, qu'est-ce que tu as à me regarder ainsi ? »

Elle murmura, contenant sa révolte :

« Alors, c'est vrai ? Je n'ai pas le droit de douter ? »

Il ricana :

« Pourquoi mentirais-je ? Je n'aurais pas téléphoné devant toi si je n'avais été sûr que tu étais là, avant, dès le début.

— J'étais là-haut.
— Donc, tu as tout entendu ?
— Oui.
— Et tout vu ?
— Oui.
— Et, voyant le supplice qu'on m'infligeait, et entendant mes cris, tu n'as rien fait pour me défendre, pour me défendre contre la torture, contre la mort !
— Rien, puisque je savais la vérité.
— Quelle vérité ?
— Celle que je soupçonnais sans oser l'admettre.
— Quelle vérité ? répéta-t-il plus fortement.
— La vérité sur votre trahison.
— Tu es folle. Je ne trahis pas.
— Ah ! ne jouez pas sur les mots. En effet, une partie de cette vérité m'échappe, je n'ai pas compris tout ce que ces hommes ont dit, et ce qu'ils réclamaient

de vous. Mais ce secret qu'ils voulaient vous arracher, c'est un secret de trahison. »

Il haussa les épaules.

« On ne trahit que son pays, je ne suis pas Français.

— Vous êtes Français, s'écria-t-elle. Vous avez demandé à l'être, et vous l'avez obtenu. Vous m'avez épousée en France, et c'est en France que vous habitez, et que vous avez fait fortune. C'est donc la France que vous trahissez.

— Allons donc ! et au profit de qui ?

— Ah ! voilà ce que je ne comprends pas non plus. Depuis des mois, depuis des années même, le colonel, Bournef, tous vos anciens complices et vous, vous avez accompli une œuvre énorme, oui énorme, ce sont eux qui l'ont dit, et maintenant il semble que vous vous disputez les bénéfices de l'entreprise commune, et les autres vous accusent de les empocher, ces bénéfices, à vous tout seul, et de garder un secret qui ne vous appartient pas. En sorte que j'entrevois une chose plus malpropre peut-être et plus abominable que la trahison... je ne sais quelle besogne de voleur et de bandit.

— Assez ! »

L'homme frappait du poing sur le bras du fauteuil. Coralie ne parut pas s'effrayer. Elle prononça :

« Assez, vous avez raison. Assez de mots entre nous. D'ailleurs, il y a un fait qui domine tout, votre fuite. C'est l'aveu. La police vous fait peur. »

Il haussa de nouveau les épaules.

« Je n'ai peur de rien.

— Soit, mais vous partez.

— Oui.

— Alors, finissons-en. A quelle heure partez-vous ?

— Tantôt, vers midi.

— Et si l'on vous arrête ?

— On ne m'arrêtera pas.

— Si l'on vous arrête, cependant ?

— On me relâchera.
— Tout au moins on fera une enquête, un procès ?
— Non, l'affaire sera étouffée.
— Vous l'espérez...
— J'en suis sûr.
— Dieu vous entende ! Et vous quitterez la France, sans doute ?
— Dès que je le pourrai.
— C'est-à-dire ?...
— Dans deux ou trois semaines.
— Prévenez-moi, ce jour-là, pour que je respire enfin.
— Je te préviendrai, Coralie, mais pour une autre raison.
— Laquelle ?
— Pour que tu puisses me rejoindre.
— Vous rejoindre ! »

Il sourit méchamment.

« Tu es ma femme. La femme doit suivre son mari, et tu sais même que, dans ma religion, le mari a tous les droits sur sa femme, même le droit de mort. Or, tu es ma femme. »

Coralie secoua la tête, et d'un ton de mépris indicible :

« Je ne suis pas votre femme. Je n'ai pour vous que de la haine et de l'horreur. Je ne veux plus vous voir, et, quoi qu'il arrive, quelles que soient vos menaces, je ne vous verrai plus. »

Il se leva et, marchant vers elle, courbé en deux, tout tremblant sur ses jambes, il articula, les poings serrés de nouveau :

« Qu'est-ce que tu dis ? Qu'est-ce que tu oses dire ? Moi, moi, le maître, je t'ordonne de me rejoindre au premier appel.
— Je ne vous rejoindrai pas. Je le jure devant Dieu. Je le jure sur mon salut éternel. »

Il trépigna de rage. Sa figure devint atroce, et il vociféra :

« C'est que tu veux rester, alors ! Oui, tu as des raisons que j'ignore, mais qu'il est facile de deviner... Des raisons de cœur, n'est-ce pas ?... Il y a quelque chose dans ta vie, sans doute ?... Tais-toi ! tais-toi !... Est-ce que tu ne m'as pas toujours détesté ?... Ta haine n'est pas d'aujourd'hui. Elle date de la première minute, d'avant même notre mariage... Nous avons toujours vécu comme des ennemis mortels. Moi, je t'aimais... Moi, je t'adorais... Un mot de toi, et je serais tombé à tes pieds. Le bruit seul de tes pas me remue jusqu'au cœur... Mais toi, c'est de l'horreur que tu éprouves. Et tu t'imagines que tu vas refaire ta vie, sans moi ? Mais j'aimerais mieux te tuer, ma petite. »

Ses doigts s'étaient resserrés, et ses mains ouvertes palpitaient à droite et à gauche de Coralie, tout près de sa tête, comme autour d'une proie qu'elles semblaient sur le point d'écraser. Un frisson nerveux faisait claquer sa mâchoire. Des gouttes de sueur luisaient le long de son crâne.

En face de lui, Coralie, frêle et petite, demeurait impassible. Patrice Belval, que l'angoisse étreignait, et qui se préparait à l'action, ne pouvait lire sur son calme visage que du dédain et de l'aversion. A la fin, Essarès, parvenant à se dominer, prononça :

« Tu me rejoindras, Coralie. Que tu le veuilles ou non, je suis ton mari. Tu l'as bien senti tout à l'heure, quand la volonté du meurtre t'a armée contre moi et que tu n'as pas eu le courage d'aller jusqu'au bout de ton dessein. Il en sera toujours ainsi. Ta révolte s'apaisera, et tu rejoindras celui qui est ton maître. »

Elle répondit :

« Je resterai pour lutter contre toi ici, dans cette maison même. L'œuvre de trahison que tu as accomplie, je la détruirai. Je ferai cela sans haine, car je n'ai plus de haine, mais je le ferai sans répit, pour réparer le mal. »

Il dit tout bas :

« Moi, j'ai de la haine. Prends garde à toi, Coralie. Le moment même où tu croiras n'avoir plus rien à craindre sera peut-être celui où je te demanderai des comptes. Prends garde. »

Il pressa le bouton d'une sonnette électrique. Le vieux Siméon ne tarda pas à entrer. Il lui dit :

« Alors les deux domestiques se sont esquivés ? »

Et, sans attendre la réponse, il reprit :

« Bon voyage. La femme de chambre et la cuisinière suffiront pour assurer le service. Elles n'ont rien entendu, elles. Non, n'est-ce pas ? elles couchent trop loin. N'importe, Siméon, tu les surveilleras après mon départ. »

Il observa sa femme, étonné qu'elle ne s'en allât pas et il dit à son secrétaire :

« Il faut que je sois debout à six heures pour tout préparer, et je suis mort de fatigue. Conduis-moi jusqu'à ma chambre. Ensuite, tu reviendras éteindre. »

Il sortit avec l'aide de Siméon.

Aussitôt, Patrice Belval comprit que Coralie n'avait pas voulu faiblir devant son mari, mais qu'elle était à bout d'énergie et incapable de marcher. Prise de défaillance, elle tomba à genoux, en faisant le signe de la croix.

Quand elle put se relever, quelques minutes plus tard, elle avisa sur le tapis, entre elle et la porte, une feuille de papier à lettre où son nom était inscrit. Elle ramassa et lut :

« *Maman Coralie, la lutte est au-dessus de vos forces. Pourquoi ne pas faire appel à mon amitié ? Un geste et je suis près de vous.* »

Elle chancela, étourdie par la découverte inexplicable de cette lettre, et troublée par l'audace de Patrice. Mais, rassemblant dans un effort suprême tout ce qui lui restait de volonté, elle sortit à son tour, sans avoir fait le geste que Patrice implorait.

VI

SEPT HEURES DIX-NEUF

Cette nuit-là, dans sa chambre de l'annexe, Patrice ne put dormir. A l'état de veille, il continuait de se sentir oppressé et traqué, comme s'il eût subi les affres d'un cauchemar monstrueux. Il avait l'impression que les événements furieux, où il jouait à la fois un rôle de témoin déconcerté et d'acteur impuissant, ne s'arrêtaient pas, tandis qu'il essayait, lui, de se reposer, mais que, au contraire, ils se déchaînaient avec plus d'intensité et plus de violence. Les adieux du mari et de la femme ne mettaient pas fin, même momentanément, aux dangers qui menaçaient Coralie. De tous côtés des périls surgissaient, et Patrice Belval s'avouait incapable de les prévoir, et, plus encore, de les conjurer.

Après deux heures d'insomnie, il ralluma son électricité, et, sur un petit registre, se mit à écrire, en des pages rapides, l'histoire de la demi-journée qu'il venait de vivre. Il espérait ainsi débrouiller un peu l'inextricable écheveau.

A six heures, il alla réveiller Ya-Bon et le ramena. Puis, planté devant le Nègre ahuri, les bras croisés, il lui jeta :

« Alors, tu estimes que ta tâche est accomplie ! Pendant que je turbine en pleines ténèbres, monsieur dort, et tout va bien ! Mon cher, vous avez une conscience rudement élastique. »

Le mot élastique amusa fort le Sénégalais, dont la bouche s'élargit encore et qui grogna de plaisir.

« Assez de discours, ordonna le capitaine. On n'entend que toi. Prends un siège, lis ce mémoire, et donne-moi ton opinion motivée. Quoi ? tu ne sais pas lire ? Eh bien, vrai, ce n'était pas la peine d'user la peau de ton derrière sur les bancs des lycées et des collèges du Sénégal ! Singulière éducation ! »

Il soupira et, lui arrachant le manuscrit :

« Ecoute, réfléchis, raisonne, déduis et conclus. Donc voici où nous en sommes. Je résume :

« 1° Il y a un sieur Essarès bey, banquier richissime, lequel sieur est la dernière des fripouilles et trahit à la fois la France, l'Egypte, l'Angleterre, la Turquie, la Bulgarie et la Grèce... à preuve que ses complices lui chauffent les pieds. Sur quoi il en tue et en démolit quatre à l'aide d'autant de millions, lesquels millions il charge un autre complice de les lui rattraper en l'espace de cinq minutes. Et tout ce joli monde va rentrer sous terre à onze heures du matin, car, à midi, la police entre en scène. Bien. »

Patrice Belval reprit haleine et poursuivit :

« 2° Maman Coralie — je me demande un peu pourquoi, par exemple — a épousé fripouille bey. Elle le déteste et veut le tuer. Lui l'aime et veut la tuer. Il y a aussi un colonel qui l'aime et qui en meurt, et un certain Mustapha qui l'enlève pour le compte du colonel, et qui en meurt aussi, étranglé par un Sénégalais. Et il y a enfin un capitaine français, un demi-cul-de-jatte, qui l'aime également, qu'elle fuit parce qu'elle est mariée à un homme qu'elle exècre, et avec lequel capitaine elle a partagé en deux, dans une existence antérieure, un grain d'améthyste. Joins à cela comme accessoires une clef rouillée, une cordelette de soie rouge, un chien asphyxié et une grille de charbons rouges. Et si tu t'avises de comprendre un seul mot à mes explications, je te flanque mon pilon quelque part, car, moi, je n'y comprends rien du tout, et je suis ton capitaine. »

Ya-Bon riait de toute sa bouche et de toute la plaie béante qui fendait une de ses joues. Selon l'ordre de son capitaine, d'ailleurs, il ne comprenait absolument rien à l'affaire, et pas grand-chose au discours de Patrice, mais lorsque Patrice s'adressait à lui de ce ton bourru, il trépignait de joie.

« Assez, commanda le capitaine. C'est à mon tour de raisonner, de déduire, de conclure. »

Appuyé contre la cheminée, les deux coudes sur le marbre, il se serra la tête entre les mains. Sa gaieté, qui provenait d'une nature habituellement insouciante, n'était cette fois qu'une gaieté de surface. Au fond il ne cessait de songer à Coralie avec une appréhension douloureuse. Que faire pour la protéger ?

Plusieurs projets se dessinaient en lui : lequel choisir ? Devait-il chercher, grâce au numéro de téléphone, la retraite de ce nommé Grégoire, chez qui Bournef et ses compagnons s'étaient réfugiés ? Devait-il avertir la police ? Devait-il retourner rue Raynouard ? Il ne savait pas. Agir, oui, il en était capable, si l'acte consistait à se jeter dans la bataille avec toute son ardeur et toute sa furie. Mais préparer l'action, deviner les obstacles, déchirer les ténèbres, et, comme il le disait, apercevoir l'invisible et saisir l'insaisissable, cela n'était pas dans ses moyens.

Il se retourna brusquement vers Ya-Bon, que son silence désolait.

« Qu'est-ce que tu as avec ton air lugubre ! Aussi c'est toi qui m'assombris. Tu vois toujours les choses en noir... comme un Nègre... Décampe. »

Ya-Bon s'en allait tout déconfit, mais on vint frapper à la porte, et quelqu'un cria du dehors :

« Mon capitaine, on vous téléphone. »

Patrice sortit précipitamment. Qui diable pouvait lui téléphoner à cette heure matinale ?

« De la part de qui ? demanda-t-il à l'infirmière qui le précédait.

— Ma foi, je ne sais pas, mon capitaine... Une voix d'homme... qui paraissait avoir hâte de vous parler. On avait sonné assez longtemps. J'étais en bas à la cuisine... »

Malgré lui, Patrice évoquait le téléphone de la rue Raynouard, dans la grande salle de l'hôtel Essarès. Les deux faits avaient-ils quelque rapport entre eux ?

Il descendit un étage et suivit un couloir. L'appareil se trouvait au-delà d'une antichambre, dans une pièce qui servait alors de lingerie, et où il s'enferma.

« Allô !... c'est moi, le capitaine Belval. De quoi s'agit-il ? »

Une voix, une voix d'homme en effet, et qu'il ne connaissait pas, lui répondit, mais si essoufflée, si haletante !

« Capitaine Belval !... Ah ! c'est bien... Vous voilà... mais j'ai bien peur qu'il ne soit trop tard... aurais-je le temps... Tu as reçu la clef et la lettre ?...

— Qui êtes-vous ?

— Tu as reçu la clef et la lettre ? insista la voix.

— La clef oui, mais pas la lettre, répliqua Patrice.

— Pas la lettre ! Mais c'est effrayant. Alors tu ne sais pas ?... »

Un cri rauque heurta l'oreille de Patrice, puis au bout de la ligne il entendit des sons incohérents, le bruit d'une discussion. Puis la voix sembla se coller à l'appareil, et il la perçut distinctement qui bégayait :

« Trop tard... Patrice... c'est toi ?... Ecoute, le médaillon d'améthyste... oui, je l'ai sur moi... le médaillon... Ah ! trop tard... j'aurais tant voulu ! Patrice... Coralie... Patrice... Patrice... »

Puis un grand cri de nouveau, un cri déchirant, et des clameurs plus lointaines où Patrice crut discerner : « Au secours... au secours... Oh ! l'assassin, le misérable... » clameurs qui s'affaiblirent peu à peu. Ensuite, le silence. Et soudain, là-bas, un petit claquement. L'assassin avait raccroché le récepteur.

Cela n'avait pas duré vingt secondes. Quand Patrice voulut à son tour replacer le cornet, il dut faire un effort pour le lâcher, tellement ses doigts s'étaient crispés autour du métal.

Il demeura interdit. Ses yeux s'étaient fixés sur une grande horloge que l'on voyait sur un bâtiment de la cour, à travers la fenêtre, et qui marquait sept heures dix-neuf, et il répétait machinalement ces chiffres en leur attribuant une valeur documentaire. Puis il se demanda, tellement la scène tenait de l'irréel, si tout cela était vrai, et si le crime ne s'était pas perpétré en lui-même, dans les profondeurs de son cerveau endolori.

Mais l'écho des clameurs vibrait encore à son oreille, et tout à coup il reprit le cornet, comme quelqu'un qui se rattache désespérément à un espoir confus.

« Allô... mademoiselle... c'est vous qui m'avez appelé au téléphone. Vous avez entendu les cris ?... Allô ! allô !... »

Personne ne répondait, il se mit en colère, injuria la demoiselle, sortit de la lingerie, rencontra Ya-Bon et le bouscula.

« Fiche le camp ! C'est de ta faute... Evidemment ! tu aurais dû rester là-bas et veiller sur Coralie. Et puis, tiens, tu vas y aller et te mettre à sa disposition. Et moi, je vais prévenir la police... Si tu ne m'en avais pas empêché, il y a longtemps que ce serait fait et nous n'en serions pas là. Va, galope. »

Il le retint.

« Non, ne bouge pas. Ton plan est absurde. Reste ici. Ah ! pas ici, auprès de moi, par exemple ! Tu manques trop de sang-froid, mon petit. »

Il le poussa dehors et rentra dans la lingerie qu'il arpenta en tous sens avec une agitation qui se traduisait en gestes irrités et en paroles de courroux. Pourtant, au milieu de son désarroi, une idée peu à peu se faisait jour : c'est que, somme toute, il n'avait aucune preuve que la chose se fût passée dans l'hôtel de la rue Raynouard. Le souvenir qu'il gardait ne devait pas l'obséder au point de le conduire toujours à la même vision et toujours au même décor tragique. Certes, le drame se poursuivait, comme il en avait eu le pressentiment, mais ailleurs peut-être et loin de Coralie.

Et cette première idée en amena une autre : pourquoi ne pas s'enquérir dès maintenant ?

« Oui, pourquoi pas ? se dit-il. Avant de déranger la police, de retrouver le numéro de l'individu qui m'a demandé, et de remonter ainsi au point de départ — procédés qu'on emploiera par la suite —, qui m'empêche, moi, de téléphoner immédiatement rue Raynouard, sous n'importe quel prétexte et de la part de n'importe qui ? J'aurai des chances, alors, de savoir à quoi m'en tenir... »

Patrice sentait bien que le procédé ne valait pas grand-chose. Si personne ne répondait, cela prouvait-il que le crime avait eu lieu là-bas ? ou plutôt, tout simplement, que personne n'était encore levé ?

Mais le besoin d'agir le décida. Il chercha dans l'annuaire le numéro d'Essarès bey et, résolument, téléphona. L'attente lui causa une émotion insupportable. Puis il reçut un choc qui l'ébranla des pieds à la tête. La communication était établie. Quelqu'un, là-bas, se présentait à son appel.

« Allô, dit-il.
— Allô, fit une voix. Qui est à l'appareil ? »

C'était la voix d'Essarès bey.

Bien qu'il n'y eût là rien que de fort naturel, puisque, à cette heure, Essarès devait ranger ses papiers et préparer sa fuite, Patrice fut si interloqué qu'il ne savait que dire et qu'il prononça les premiers mots qui lui vinrent à l'esprit.

« Monsieur Essarès bey ?
— Oui. A qui ai-je l'honneur ?...
— C'est de la part d'un des blessés de l'ambulance en traitement à l'annexe...
— Le capitaine Belval peut-être ? »

Patrice fut absolument déconcerté. Le mari de Coralie le connaissait donc ? Il balbutia :

« Oui... en effet, le capitaine Belval.
— Ah ! quelle chance, mon capitaine ! s'écria Essarès bey d'un ton ravi. Précisément, j'ai téléphoné il y a un instant à l'annexe pour demander...
— Ah ! c'était vous... interrompit Patrice, dont la stupeur n'avait pas de bornes.

— Oui, je voulais savoir à quelle heure je pourrais communiquer avec le capitaine Belval, afin de lui adresser tous mes remerciements.

— C'était vous... c'était vous... », répéta Patrice, de plus en plus bouleversé...

L'intonation d'Essarès marqua de la surprise.

« Oui, n'est-ce pas, dit-il, la coïncidence est curieuse ? Par malheur, j'ai été coupé, ou plutôt une autre communication est venue s'embrancher sur la mienne.

— Alors, vous avez entendu ?

— Quoi donc, mon capitaine ?

— Des cris...

— Des cris ?

— Du moins il m'a semblé, mais la communication était si indistincte !...

— Pour ma part, j'ai simplement entendu quelqu'un qui vous demandait et qui était très pressé. Comme, moi, je ne l'étais pas, j'ai refermé, et j'ai remis à plus tard le plaisir de vous remercier.

— De me remercier ?

— Oui, je sais de quelle agression ma femme a été l'objet hier soir, et comment vous l'avez sauvée. Aussi, je tiens à vous voir et à vous exprimer ma reconnaissance. Voulez-vous que nous prenions rendez-vous ? A l'ambulance, par exemple ? Aujourd'hui, vers trois heures... »

Patrice ne répliquait pas. L'audace de cet homme menacé d'arrestation et qui s'apprêtait à fuir le déconcertait. En même temps, il se demandait à quel motif réel Essarès bey avait obéi en téléphonant, sans que rien l'y obligeât. Mais son silence ne troubla pas le banquier, qui continua ses politesses et termina son inexplicable communication par un monologue où il répondait avec la plus grande aisance aux questions qu'il posait lui-même.

Puis les deux hommes se dirent adieu. C'était fini.

Malgré tout, Patrice se sentait plus tranquille. Il

rentra dans sa chambre, se jeta sur son lit et dormit deux heures. Puis il fit venir Ya-Bon.

« Une autre fois, lui dit-il, tâche de commander à tes nerfs et de ne pas perdre la tête comme tout à l'heure. Tu as été ridicule. Mais n'en parlons plus. As-tu déjeuné ? Non. Moi non plus. As-tu passé la visite ? Non ? Moi non plus. Et justement le major m'a promis de m'enlever ce sinistre bandeau qui m'enveloppe la tête. Tu penses si cela me fait plaisir ! Une jambe de bois, soit, mais une tête enveloppée de linge, pour un amoureux ! Va, dépêche-toi. Et quand on sera prêt, en route pour l'ambulance. Maman Coralie ne peut pas me défendre de l'y retrouver ! »

Patrice était tout heureux. Ainsi qu'il le disait, une heure plus tard, à Ya-Bon, durant le trajet vers la porte Maillot, les ténèbres commençaient à se dissiper.

« Mais oui, mais oui, Ya-Bon, ça commence. Et voici où nous en sommes. D'abord, Coralie n'est pas en danger. Comme je l'espérais, la lutte se passe loin d'elle, sans doute entre les complices et à propos de leurs millions. Quant au malheureux qui m'a téléphoné et dont j'ai entendu les cris d'agonie, c'était évidemment un ami inconnu, puisqu'il m'appelait Patrice et me tutoyait. C'est lui, certainement, qui m'a envoyé la clef du jardin. Malheureusement, la lettre qui accompagnait l'envoi de cette clef a été égarée. Enfin, pressé par les événements, il allait tout me confier, lorsque l'attaque s'est produite. Qui l'a attaqué, dis-tu ? Probablement un des complices que ces révélations effrayaient. Voilà, Ya-Bon. Tout cela est d'une clarté aveuglante. Il se peut, d'ailleurs, que la vérité soit exactement le contraire de ce que j'avance. Mais, je m'en moque. L'essentiel, c'est de s'appuyer sur une hypothèse, vraie ou fausse. D'ailleurs, si la mienne est fausse, je me réserve d'en rejeter sur toi toute la responsabilité. A bon entendeur... »

Après la porte Maillot, ils prirent une automobile, et Patrice eut l'idée de faire un détour par la rue Raynouard. Comme ils débouchaient au carrefour de Passy, ils aperçurent maman Coralie qui sortait de la rue Raynouard, acompagnée du vieux Siméon.

Elle avait arrêté une auto, Siméon s'installa sur le siège.

Suivis par Patrice, ils allèrent jusqu'à l'ambulance des Champs-Elysées.

Il était onze heures.

« Tout va bien, dit Patrice. Pendant que son mari se sauve, elle ne veut, elle, rien changer à sa vie quotidienne. »

Ils déjeunèrent aux environs, se promenèrent le long de l'avenue, tout en surveillant l'ambulance, puis s'y rendirent à une heure et demie.

Tout de suite Patrice avisa, au fond d'une cour vitrée où les soldats se réunissaient, le vieux Siméon qui, la moitié de la tête enveloppée de son cache-nez habituel, ses grosses lunettes jaunes devant les yeux, fumait sa pipe sur la chaise qu'il occupait chaque fois.

Quant à maman Coralie, elle se tenait au troisième étage, dans une des salles de son service, assise au chevet d'un malade dont elle gardait la main entre les siennes. L'homme dormait.

Maman Coralie parut très lasse à Patrice. Ses yeux cernés et son visage plus pâle encore qu'à l'ordinaire attestaient sa fatigue.

« Ma pauvre maman, pensa-t-il, tous ces gredins-là finiront par te tuer. »

Il comprenait maintenant, au souvenir des scènes de la nuit précédente, pourquoi Coralie dérobait ainsi son existence et s'efforçait, au moins pour ce petit monde de l'ambulance, de n'être que la sœur charitable qu'on appelle par son prénom. Soupçonnant les infamies dont elle était entourée, elle reniait le nom de son mari et cachait le lieu de sa demeure. Et les obstacles que sa volonté et que sa pudeur accumulaient la défendaient si bien que Patrice n'osait approcher d'elle.

« Ah mais ! ah mais ! se dit-il, cloué au seuil de la porte, et regardant la jeune femme de loin, sans être vu d'elle, je ne vais pas cependant lui faire tenir ma carte ! »

Il se déterminait à entrer lorsqu'une femme, qui avait monté l'escalier en parlant assez fort, s'écria, près de lui :

« Où est madame ?... Il faut qu'elle vienne tout de suite, Siméon... »

Le vieux Siméon, qui était monté aussi, désigna Coralie au fond de la salle, et la femme s'élança.

Elle dit quelques mots à Coralie, qui sembla bouleversée et qui se mit à courir vers la porte, passa devant Patrice et descendit l'escalier rapidement, suivie de Siméon et de la femme.

« J'ai une auto, madame, balbutiait celle-ci, essoufflée. J'ai eu la chance de trouver une auto en sortant de la maison et je l'ai gardée. Dépêchons-nous, madame... Le commissaire de police m'a ordonné... »

Patrice, qui descendait également, n'entendit plus rien, mais ces derniers mots le décidèrent. Il saisit Ya-Bon au passage et tous deux sautèrent dans une automobile dont le chauffeur reçut comme consigne de suivre l'auto de Coralie.

« Du nouveau, Ya-bon, du nouveau, raconta le capitaine ; les faits se précipitent. Cette femme est évidemment une domestique de l'hôtel Essarès, et elle vient chercher sa maîtresse sur l'ordre du commissaire de police. Donc, la dénonciation du colonel produit son effet. Visite domiciliaire, enquête, tous les ennuis pour maman Coralie. Et tu as le culot de me conseiller la discrétion ? Tu t'imagines que je vais la laisser seule pendant cette crise ? Quelle sale nature que la tienne, mon pauvre Ya-Bon ! »

Une idée le frappa et il s'écria :

« Saperlote ! Pourvu que cette fripouille d'Essarès ne se soit pas laissé pincer ! Ce serait la catastrophe ! Mais aussi, il était trop sûr de lui. Il aura lanterné... »

Durant tout le trajet, cette crainte surexcita le capitaine Belval et lui enleva toute espèce de scrupule. A la fin, sa certitude était absolue. Seule l'arrestation d'Essarès avait pu provoquer la démarche affolée de la domestique et le départ précipité de Coralie. Dans ces conditions, comment hésiterait-il à intervenir dans une affaire où ses révélations étaient de nature à éclairer la justice ? D'autant que, ces révélations, il pourrait, en les accentuant ou en les atténuant, faire en sorte qu'elles ne servissent qu'à l'intérêt de Coralie...

Les deux voitures s'arrêtèrent donc presque en même temps devant l'hôtel Essarès, où stationnait déjà une autre automobile. Coralie descendit et disparut sous la voûte cochère.

La femme de chambre et Siméon franchirent aussi le trottoir.

« Viens », dit Patrice au Sénégalais.

La porte était entrouverte et Patrice entra. Dans le grand vestibule, il y avait deux agents de planton.

Patrice les salua d'un geste hâtif et passa en homme qui est de la maison, et dont l'importance est si considérable que rien d'utile ne pourrait s'y faire en dehors de lui.

Le son de ses pas sur les dalles lui rappela la fuite de Bournef et de ses complices. Il était dans le bon chemin. D'ailleurs, un salon s'ouvrait à gauche, celui par lequel les complices avaient emporté le cadavre du colonel et qui communiquait avec la bibliothèque. Des bruits de voix venaient de ce côté. Il traversa le salon.

A ce moment, il entendit Coralie qui s'exclamait avec un accent de terreur :

« Ah ! mon Dieu ! Ah ! mon Dieu ! est-ce possible ? »

Deux autres agents lui barrèrent la porte. Il leur dit :

« Je suis parent de Mme Essarès... le seul parent...

— Nous avons ordre, mon capitaine...

— Je le sais bien, parbleu ! Ne laissez entrer personne ! Ya-Bon, reste ici. »

Il passa.

Mais, dans la vaste pièce, un groupe de six à sept messieurs, commissaires et magistrats sans doute, lui faisait obstacle, penchés sur quelque chose qu'il ne distinguait pas. De ce groupe sortit soudain Coralie, qui se dirigea vers lui en titubant et en battant l'air de ses mains. Sa femme de chambre la saisit par la taille et l'attira dans un fauteuil.

« Qu'y a-t-il ? demanda Patrice.

— Madame se trouve mal, répondit la femme de chambre, toujours affolée. Ah ! j'ai la tête perdue.

— Mais enfin quoi ?... Pour quelle raison ?

— C'est monsieur !... Pensez donc ! ce spectacle... Moi aussi, ça m'a révolutionnée.

— Quel spectacle ? »

Un des messieurs quittant le groupe s'approcha.

« Mme Essarès est souffrante ?

— Ce n'est rien, dit la femme de chambre... Une syncope... Madame est sujette à des faiblesses.

— Emmenez-la dès qu'elle pourra marcher. Sa présence est inutile. »

Et, s'adressant à Patrice Belval d'un air d'interrogation :

« Mon capitaine ?... »

Patrice affecta de ne pas comprendre.

« Oui, monsieur, dit-il, nous allons emmener Mme Essarès. Sa présence est inutile, en effet. Seulement je suis obligé tout d'abord... »

Il fit un crochet pour éviter son interlocuteur et, profitant de ce que le groupe des magistrats s'était un peu desserré, il avança.

Ce qu'il vit alors lui expliqua l'évanouissement de Coralie et l'agitation de la femme de chambre. Lui-même sentit toute la peau de son crâne se hérisser devant un spectacle infiniment plus horrible que celui de la veille.

Par terre, non loin de la cheminée, donc presque

à l'endroit où il avait subi la torture, Essarès bey gisait sur le dos. Il portait les mêmes habits d'appartement que la veille, pantalon de flanelle marron et veste de velours soutachée. On avait recouvert ses épaules et sa tête d'une serviette. Mais un des assistants, un médecin légiste sans doute, d'une main tenait ce drap soulevé, et, de l'autre, montrait le visage du mort, tout en s'expliquant à voix basse.

Et ce visage... mais peut-on appeler ainsi l'innommable amas de chairs, dont une partie semblait carbonisée, et dont l'autre ne formait plus qu'une bouillie sanguinolente où se mêlaient à des débris d'os et à des fragments de peau, des cheveux, des poils de barbe, et le globe écrasé d'un œil ?...

« Oh ! balbutia Patrice, quelle ignominie ! On l'a tué, et il est tombé la tête en plein dans les flammes. C'est ainsi qu'on l'a ramassé, n'est-ce pas ? »

Celui qui l'avait déjà interpellé, et qui paraissait le personnage le plus important, s'approcha de nouveau.

« Qui donc êtes-vous ?

— Le capitaine Belval, monsieur, un ami de Mme Essarès, un des blessés qu'elle a sauvés à force de soins...

— Soit, monsieur, reprit le personnage important. Mais vous ne pouvez pas rester ici. Personne, d'ailleurs, ne doit rester ici. Monsieur le commissaire, ayez l'obligeance de faire sortir tout le monde de la pièce sauf le docteur, et de faire garder la porte. Sous aucun prétexte, vous ne laisserez passer, sous aucun prétexte...

— Monsieur, insista Patrice, j'ai à vous communiquer des révélations d'une importance exceptionnelle.

— Je les entendrai volontiers, capitaine, mais tout à l'heure. Excusez-moi. »

VII

MIDI VINGT-TROIS

Le grand vestibule qui conduit de la rue Raynouard à la terrasse supérieure du jardin, et que remplit à demi un large escalier, divise l'hôtel Essarès en deux parties qui ne communiquent entre elles que par ce vestibule.

A gauche, le salon et la bibliothèque, à laquelle fait suite un corps de bâtiment indépendant, pourvu d'un escalier particulier. A droite, une salle de billard et la salle à manger, pièces plus basses de plafond et surmontées de chambres qu'occupaient Essarès bey du côté de la rue, et Coralie du côté du jardin.

Au-delà, l'aile des domestiques, où couchait également le vieux Siméon.

C'est dans la salle de billard qu'on pria Patrice d'attendre en compagnie du Sénégalais. Il était là depuis un quart d'heure, lorsque Siméon fut introduit ainsi que la femme de chambre.

Le vieux secrétaire semblait anéanti par la mort de son maître, et il pérorait tout bas, avec des airs bizarres. Patrice l'interrogea. Le bonhomme lui dit à l'oreille :

« Ce n'est pas fini... Il faut craindre des choses... des choses !... aujourd'hui même... tantôt...

— Tantôt ? fit Patrice.

— Oui... oui... », affirma le vieux qui tremblait...

Il ne dit plus rien.

Quant à la femme de chambre, questionnée par Patrice, elle raconta :

« Tout d'abord, monsieur, ce matin, première surprise : plus de maître d'hôtel, plus de valet, plus de concierge. Tous trois partis. Puis, à six heures et demie, M. Siméon est venu nous dire, de la part de monsieur, que monsieur s'enfermait dans sa bibliothèque et qu'il ne fallait pas le déranger, même pour le déjeuner. Madame était un peu souffrante. On lui a servi son chocolat à neuf heures... A dix heures, elle sortait avec M. Siméon. Alors, les chambres faites, on n'a pas bougé de la cuisine. Onze heures, midi... Et puis, voilà que sur le coup d'une heure, on carillonne à la porte d'entrée. Je regarde par la fenêtre. Une auto, avec quatre messieurs. Aussitôt, j'ouvre. C'est le commissaire de police qui se présente et qui veut voir monsieur. Je les conduis. On frappe. On secoue la porte qui était fermée. Pas de réponse. A la fin, un d'eux, qui avait le truc, crochète la serrure... Alors, alors... vous voyez ça d'ici... ou plutôt, non... c'était bien pire, puisque ce pauvre monsieur, à ce moment-là, avait la tête presque sous la grille de charbon. Hein ! faut-il qu'il y en ait des misérables !... Car on l'a tué, n'est-ce pas ? Il y avait bien un de ces messieurs qui, tout de suite, a dit qu'il était mort d'un coup d'apoplexie, et tombé à la renverse. Seulement, pour moi... »

Le vieux Siméon avait écouté sans rien dire, toujours emmitouflé, sa barbe grise en broussaille, les yeux cachés derrière ses lunettes jaunes. A ce moment de l'histoire, il eut un petit ricanement, s'approcha de Patrice et lui dit à l'oreille :

« Il faut craindre des choses !... des choses !... Mme Coralie... il faut qu'elle s'en aille... tout de suite... Sinon, malheur à elle... »

Le capitaine frissonna et voulut l'interroger ; il ne put en apprendre davantage. Un agent vint chercher le vieillard et le mena dans la bibliothèque.

Sa déposition dura longtemps. Elle fut suivie de la déposition de la cuisinière et de la femme de chambre. Puis on se rendit auprès de Coralie.

A quatre heures, une nouvelle automobile arriva. Patrice vit passer dans le vestibule deux messieurs que tout le monde saluait très bas. Il reconnut le ministre de la Justice et le ministre de l'Intérieur. Ils demeurèrent en conférence dans la bibliothèque durant une demi-heure et repartirent.

Enfin, vers cinq heures, un agent vint chercher Patrice et le fit monter au premier étage. L'agent frappa et s'effaça. Patrice fut introduit dans un boudoir de dimensions restreintes, illuminé par un feu de bois, et où deux personnes étaient assises : Coralie, devant laquelle il s'inclina, puis, en face d'elle, le monsieur qui l'avait interpellé lors de son arrivée et qui paraissait diriger toute l'enquête.

C'était un homme d'environ cinquante ans, corpulent, épais de figure et lourd de manières, mais dont les yeux vifs brillaient d'intelligence.

« Monsieur le juge d'instruction, sans doute ? demanda Patrice.

— Non, dit-il, je suis M. Desmalions, ancien juge, délégué spécialement pour éclaircir cette affaire... non pour l'instruire, comme vous dites, car il ne me semble pas qu'il y ait matière à instruction.

— Comment, s'écria Patrice, très étonné, il n'y a pas matière à instruction ? »

Il regarda Coralie. Elle tenait ses yeux fixés sur lui d'un air attentif. Puis elle les tourna vers M. Desmalions qui reprit :

« Quand nous nous serons expliqués, mon capitaine, je ne doute pas que nous ne tombions d'accord sur tous les points... comme nous sommes tombés d'accord, madame et moi.

— Je n'en doute pas, dit Patrice. Cependant j'ai peur tout de même que beaucoup de ces points ne demeurent obscurs.

— Certes, mais nous arriverons à la lumière, nous y arriverons ensemble. Voulez-vous me dire ce que vous savez ? »

Patrice réfléchit, puis prononça :

« Je ne vous cacherai pas mon étonnement, monsieur. Le récit que je vais vous faire n'est pas sans importance, et cependant il n'y a personne ici pour l'enregistrer. Il n'aura donc pas la valeur d'une déposition, d'une déclaration faite sous serment et qu'il me faudra appuyer de ma signature ?

— Mon capitaine, c'est vous-même qui déterminerez la valeur de vos paroles et les conséquences que vous voudrez leur donner. Pour l'instant, il s'agit d'une conversation préalable, d'un échange de vues relatif à des faits... sur lesquels d'ailleurs Mme Essarès m'a donné, je crois, les renseignements que vous pouvez me donner. »

Patrice différa sa réponse. Il avait l'impression confuse d'un accord entre la jeune femme et le magistrat, et qu'en face de cet accord, il jouait, lui, autant par sa présence que par son zèle, le rôle d'un importun que l'on cherche à éconduire. Il résolut donc de rester sur la réserve, jusqu'à ce que son interlocuteur se fût découvert.

« En effet, dit-il, madame a pu vous renseigner. Ainsi, vous connaissez l'entretien que j'ai surpris hier au restaurant ?

— Oui.

— Et la tentative d'enlèvement dont Mme Essarès a été la victime ?

— Oui.

— Et l'assassinat ?...

— Oui.

— Mme Essarès vous a raconté la scène de chantage à laquelle on s'est livré cette nuit contre M. Essarès, les détails du supplice, la mort du colonel, la remise des quatre millions, puis la conversation téléphonique entre M. Essarès et le dénommé Grégoire, et enfin les menaces proférées contre madame par son mari ?

— Oui, mon capitaine, je sais tout cela, c'est-à-dire tout ce que vous savez, et je sais en plus tout ce que m'a révélé mon enquête personnelle.

— En effet... en effet... répéta Patrice, je vois que mon récit devient inutile, et que vous avez tous les éléments nécessaires pour conclure. »

Et il ajouta, continuant d'interroger et de se soustraire aux questions :

« Puis-je vous demander, alors, dans quel sens vous avez conclu ?

— Mon Dieu, mon capitaine, mes conclusions ne sont pas définitives. Cependant, jusqu'à preuve du contraire, je m'en tiens aux termes d'une lettre que M. Essarès écrivait à sa femme aujourd'hui vers midi, et que nous avons trouvée sur son bureau, inachevée. Mme Essarès m'a prié d'en prendre lecture, et au besoin de vous la communiquer. En voici le texte :

« Aujourd'hui, 4 avril, à midi.

« Coralie,

« Tu as eu tort, hier, d'attribuer mon départ à des raisons inavouables, et peut-être ai-je eu tort de ne pas me défendre suffisamment contre ton accusation. Le seul motif de mon départ, ce sont les haines dont je suis entouré, et dont tu as pu voir la férocité implacable. Devant de tels ennemis, qui cherchent à me dépouiller par tous les moyens possibles, il n'y a pas d'autre salut que la fuite. Je pars donc, mais je te rappelle ma volonté absolue, Coralie. Tu dois me rejoindre à mon premier signal. Si tu ne quittes pas Paris, rien ne pourra te garantir contre une colère légitime, rien, pas même ma mort. J'ai pris, en effet, toutes mes dispositions pour que, dans ce cas... »

« La lettre s'arrête là, dit M. Desmalions en la rendant à Coralie, et nous savons par un indice irrécusable que les dernières lignes ont précédé de peu la mort de M. Essarès, puisque, dans sa chute, il a fait tomber une petite pendulette qui se trouvait sur son bureau, et que cette pendulette marque midi vingt-trois. Je suppose qu'il s'était senti mal à l'aise, qu'il aura voulu se lever, et que, pris de vertige, il s'est écroulé par terre. Malheureusement, la cheminée était proche, un feu violent y flambait, la tête a porté contre la grille, et la blessure était si profonde — le docteur l'a constaté — qu'un évanouissement s'en est suivi. Alors le feu, tout proche, a fait son œuvre... vous avez pu voir comment... »

Patrice écoutait avec stupeur cette explication imprévue. Il murmura :

« Ainsi, selon vous, monsieur, M. Essarès est mort d'un accident ? Il n'a pas été assassiné ?

— Assassiné ! Ma foi, non, aucun indice ne nous permet une pareille hypothèse.

— Cependant...

— Mon capitaine, vous êtes victime d'une association d'idées, tout à fait justifiable d'ailleurs. Depuis hier, vous assistez à une série d'événements tragiques et votre imagination est naturellement conduite à leur donner la solution la plus tragique qui soit, l'assassinat. Seulement... réfléchissez... Pourquoi cet assassinat, et qui l'aurait commis ? Bournef et ses amis ? A quoi bon ? Ils étaient gorgés de billets de banque, et, en admettant même que l'inconnu qui porte le nom de Grégoire leur ait repris ces millions, ce n'est pas en assassinant M. Essarès qu'ils les eussent retrouvés. Et puis, par où seraient-ils entrés ? Et puis, par où sortis ? Non, excusez-moi, mon capitaine, M. Essarès est mort d'un accident. Les faits sont indiscutables, et c'est l'opinion du médecin légiste, lequel établira son rapport dans ce sens. »

Patrice Belval se tourna vers Coralie.

« Et c'est l'opinion de madame également ? »

Elle rougit un peu et répondit :

« Oui.

— Et c'est l'opinion du vieux Siméon ?

— Oh ! le vieux Siméon, repartit le magistrat, il divague. A l'entendre, on croirait que tout va recommencer, qu'un péril menace Mme Essarès, et qu'elle devrait s'enfuir dès maintenant. Voilà tout ce que j'ai pu tirer de lui. Cependant il m'a conduit vers une ancienne porte qui donne du jardin sur une ruelle perpendiculaire à la rue Raynouard, et, là, il m'a montré, d'abord, le cadavre du chien de garde, et ensuite, entre cette porte et le perron voisin de la bibliothèque, des traces de pas. Mais ces traces, vous les connaissez, n'est-ce pas, mon capitaine ? Ce sont les vôtres et celles de votre Sénégalais. Quant à l'étranglement du chien de garde, puis-je l'attribuer à votre Sénégalais ? Oui, n'est-ce pas ? »

Patrice commençait à comprendre. Les réticences du magistrat, ses explications, son accord avec la jeune femme, tout cela prenait peu à peu sa véritable signification.

Il articula lentement :

« Donc pas de crime ?

— Non.

— Et alors pas d'instruction ?

— Non.

— Et alors pas de bruit autour de l'affaire ? Le silence, l'oubli ?

— Justement. »

Le capitaine Belval se mit à marcher de long en large, selon son habitude. Il se rappelait maintenant la prédiction d'Essarès :

« On ne m'arrêtera pas... Si l'on m'arrête, on me relâchera... L'affaire sera étouffée... »

Essarès avait vu clair. La justice se taisait. Et comment n'aurait-elle pas trouvé en Coralie une complice de son silence ?

Cette manière d'agir irritait profondément le capitaine. Par le pacte indéniable conclu entre Coralie et M. Desmalions, il soupçonnait celui-ci de circonvenir la jeune femme et de l'amener à sacrifier ses propres intérêts à des considérations étrangères. Pour cela, il fallait tout d'abord se débarrasser de lui, Patrice.

« Oh ! oh ! se dit Patrice, il commence à m'agacer, ce monsieur-là, avec son calme et son ironie. Il a l'air de se ficher de moi dans les grands prix. »

Cependant, il se contint et, affectant un désir de conciliation, il revint s'asseoir auprès du magistrat.

« Vous excuserez, monsieur, dit-il, une insistance qui doit vous paraître plutôt indiscrète. Mais, ma conduite ne s'explique pas seulement par la sympathie ou par le sentiment que je puis éprouver pour Mme Essarès, à un moment de sa vie où elle est plus isolée que jamais — sympathie et sentiment qu'elle semble repousser plus encore qu'auparavant —, ma conduite s'explique par l'existence de certains liens mystérieux qui nous unissent l'un à l'autre, et qui remontent à une époque où nos regards n'ont pu pénétrer. Mme Essarès vous a-t-elle mis au courant de ces détails qui, selon moi, ont une importance considérable, et qu'il m'est impossible de ne pas rattacher aux événements qui nous préoccupent ? »

M. Desmalions observa Coralie, qui fit un signe de tête. Il répondit :

« Oui, Mme Essarès m'a mis au courant, et même... »

Il hésita de nouveau et, de nouveau, consulta la jeune femme, qui rougit et perdit contenance.

Pourtant, M. Desmalions attendait une réponse qui lui permît d'aller plus avant. Elle finit par déclarer à voix basse :

« Le capitaine Belval doit connaître ce que nous avons découvert à ce propos. Cette vérité lui appartient comme à moi, et je n'ai pas le droit de la lui cacher. Parlez, monsieur. »

M. Desmalions prononça :

« Est-il même besoin de parler ? Je crois qu'il suffit de présenter au capitaine cet album de photographies que j'ai trouvé. Tenez, mon capitaine. »

Et il tendit à Patrice un album très mince, relié en toile grise et maintenu par un élastique.

Patrice le saisit avec une certaine anxiété. Mais ce qu'il vit après l'avoir ouvert était tellement inattendu qu'il poussa une exclamation :

« Est-ce croyable ! »

Il y avait à la première page, encastrées par les quatre coins, deux photographies, l'une à droite représentant un petit garçon en costume de collégien anglais, l'autre à gauche représentant une toute petite fille. Deux mentions au-dessous. A droite : « Patrice à dix ans. » A gauche : « Coralie à trois mois. »

Emu au-delà de toute expression, Patrice tourna le feuillet.

La seconde page les représentait encore, lui à l'âge de quinze ans, Coralie à l'âge de huit ans.

Et il se revit aussi à dix-neuf ans, et à vingt-trois ans, et à vingt-huit ans, et toujours Coralie l'accompagnait, fillette d'abord, et puis jeune fille, et puis femme.

« Est-ce croyable ! murmurait-il. Comment cela est-il possible ? Voilà des portraits de moi que j'ignorais, épreuves d'amateur évidemment, et qui me suivent à travers la vie. Me voici en soldat quand je faisais mon service militaire... Me voici à cheval... Qui a pu ordonner que ces photographies fussent prises ? Et qui a pu les réunir ainsi, près des vôtres, madame ? »

Il tenait ses yeux fixés sur Coralie. La jeune femme se dérobait à son interrogatoire et baissait la tête comme si l'intimité de leurs existences, attestée par ces pages, l'eût troublée au plus profond d'elle-même.

Il répéta :

« Qui a pu les réunir ? Le savez-vous ? Et d'où vient cet album ? »

M. Desmalions répondit :

« C'est le docteur qui l'a trouvé en déshabillant M. Essarès. Sous sa chemise, M. Essarès portait un maillot, et, dans une poche intérieure de ce maillot, *poche cousue*, il y avait ce petit album dont le docteur a senti le cartonnage. »

Cette fois, les yeux de Patrice et de Coralie se rencontrèrent. L'idée que M. Essarès avait collectionné leurs photographies, à eux deux, et cela depuis vingt-cinq ans, et qu'il les conservait sur sa poitrine, et qu'il vivait avec elles, et qu'il était mort avec elles, une telle idée le bouleversait, au point qu'il n'essayait même pas d'en examiner l'étrange signification.

« Vous êtes bien sûr de ce que vous avancez, monsieur ? demanda Patrice.

— J'étais là, dit M. Desmalions. J'ai assisté à la découverte. D'ailleurs, j'en ai fait moi-même une autre qui confirme celle-ci et la complète d'une manière vraiment surprenante. C'est la découverte d'un médaillon, taillé dans un bloc d'améthyste et entouré d'un cercle de filigrane.

— Qu'est-ce que vous dites ? Qu'est-ce que vous dites ? s'écria le capitaine Belval. Un médaillon ? Un médaillon en améthyste ?

— Regardez vous-même, monsieur », offrit le magistrat, après avoir, encore une fois, consulté Mme Essarès.

Et M. Desmalions tendit au capitaine une noix d'améthyste, plus grosse que la boule formée par la réunion des deux moitiés que Coralie et que lui, Patrice, possédaient, elle à son chapelet et lui à sa breloque, et cette nouvelle boule était encerclée d'un filigrane d'or qui rappelait exactement le travail du chapelet et le travail de la breloque.

La monture servait de fermoir.

« Je dois ouvrir ? » demanda-t-il.

Coralie l'en pria d'un geste.

Il ouvrit.

L'intérieur était divisé par un mobile en cristal qui séparait deux photographies très réduites, l'une, celle de Coralie en costume d'infirmière, l'autre, le représentant, lui, mutilé et en uniforme d'officier.

Patrice réfléchissait, très pâle. Au bout d'un moment, il dit :

« Et ce médaillon, d'où vient-il ? C'est vous qui l'avez trouvé, monsieur ?

— Oui, mon capitaine.

— Et où cela ? »

Le magistrat sembla hésiter. Patrice eut l'impression, à l'attitude de Coralie, qu'elle ignorait ce détail.

Enfin, M. Desmalions répondit :

« Je l'ai trouvé dans la main du mort.

— Dans la main du mort ? Dans la main de M. Essarès ? »

Patrice avait sursauté, comme au choc du coup le plus imprévu, et il se penchait sur le magistrat, avide d'une réponse qu'il voulait entendre une seconde fois avant de l'admettre comme certaine.

« Oui, dans sa main. J'ai dû desserrer les doigts crispés pour l'en arracher. »

Le capitaine se dressa et, frappant la table du poing, il s'écria :

« Eh bien, monsieur, je vais vous dire une chose que je réservais comme dernier argument, pour vous prouver que ma collaboration n'est pas inutile, et cette chose devient d'une importance considérable après ce que nous venons d'apprendre. Monsieur, ce matin, quelqu'un m'a demandé au téléphone, et la communication était à peine établie que ce quelqu'un, qui semblait en proie à une vive agitation, a été l'objet d'une agression criminelle, dont le bruit m'est parvenu. Et, au milieu du tumulte de la lutte et des cris d'agonie, j'ai entendu ces mots que le malheureux s'acharnait à me transmettre comme des renseignements suprêmes : "Patrice... Coralie... Le médaillon d'améthyste... oui, je l'ai sur moi... le médaillon... Ah ! trop tard... j'aurais tant voulu !... Patrice... Coralie..."

« Voilà ce que j'ai entendu, monsieur, et voici les deux faits qui s'imposent à nous. Ce matin, à sept heures dix-neuf, un homme a été assassiné, qui portait sur lui un médaillon d'améthyste. Premier fait indiscutable. Quelques heures plus tard, à midi vingt-trois, on découvre dans la main d'un autre homme ce même médaillon d'améthyste. Deuxième fait indiscutable. Rapprochez les deux faits. Et vous serez obligé de conclure que le premier crime, celui dont j'ai perçu l'écho lointain, a été commis ici, dans cet hôtel, dans cette même bibliothèque, où viennent aboutir, depuis hier soir, toutes les scènes du drame auquel nous assistons. »

Cette révélation qui, en réalité, aboutissait à une nouvelle accusation contre Essarès bey, parut faire beaucoup d'effet sur le magistrat. Patrice l'avait jetée dans le débat avec une véhémence passionnée, et une logique d'argumentation à laquelle on ne pouvait se soustraire sans une mauvaise foi évidente.

Coralie s'était un peu détournée, et Patrice ne la voyait point, mais il devinait son désarroi devant tant d'opprobre et tant de honte.

M. Desmalions objecta :

« Deux faits indiscutables, dites-vous, mon capitaine ? Sur le premier point, je vous ferai remarquer que nous n'avons pas trouvé le cadavre de cet homme qui aurait été assassiné ce matin à sept heures dix-neuf.

— On le retrouvera.

— Soit. Second point : en ce qui concerne le médaillon d'améthyste recueilli dans la main d'Essarès bey, qui nous dit qu'Essarès bey l'ait pris à cet homme assassiné et non pas ailleurs ? Car, enfin, nous ne savons même pas s'il était chez lui à cette heure-là, et moins encore s'il était dans sa bibliothèque.

— Je le sais, moi.

— Et comment ?

— Je lui ai téléphoné quelques minutes plus tard, et il m'a répondu. Bien plus, et cela pour parer à toute éventualité, il m'a dit qu'il avait téléphoné chez moi, mais qu'on l'avait coupé. »

M. Desmalions réfléchit et reprit :

« Est-il sorti ce matin ?

— Que Mme Essarès nous le dise. »

Sans se tourner, avec un désir manifeste de ne pas rencontrer les yeux de Patrice, Coralie déclara :

« Je ne crois pas qu'il soit sorti. Les vêtements qu'il

portait au moment de sa mort sont ses vêtements d'intérieur.

— Vous l'avez vu depuis hier soir ?

— Trois fois ce matin il est venu frapper à ma porte, de sept heures à neuf heures. Je ne lui ai pas ouvert. Vers onze heures, je partais seule ; je l'ai entendu qui appelait le vieux Siméon et lui ordonnait de m'accompagner. Siméon m'a rejointe aussitôt dans la rue. Voilà tout ce que je sais. »

Il y eut un très long silence. Chacun méditait de son côté à cette suite étrange d'aventures.

A la fin, M. Desmalions, qui en arrivait à se rendre compte qu'un homme de la trempe du capitaine Belval n'était pas un de ceux dont on se débarrasse facilement, reprit, du ton de quelqu'un qui, avant d'entrer en composition, veut connaître exactement le dernier mot de l'adversaire :

« Droit au but, mon capitaine. Vous échafaudez une hypothèse qui me semble très confuse. Quelle est-elle au juste ? Et si je ne m'y conforme pas, quelle sera votre conduite ? Deux questions très nettes. Voulez-vous y répondre ?

— Avec autant de netteté que vous me les posez, monsieur. »

Il s'approcha du magistrat et prononça :

« Voici, monsieur, le terrain de combat et d'attaque — oui, d'attaque, s'il est nécessaire — que je choisis. Un homme qui m'a connu jadis, qui a connu Mme Essarès tout enfant, et qui nous porte intérêt, un homme qui recueillait nos portraits d'âge en âge, qui avait des raisons secrètes de nous aimer, qui m'a fait tenir la clef de ce jardin et qui se disposait à nous rapprocher l'un de l'autre pour des motifs qu'il nous eût révélés, cet homme a été assassiné au moment où il allait mettre ses plans à exécution. Or, tout me prouve qu'il a été assassiné par M. Essarès. Je suis donc résolu à porter plainte, quelles que doivent être les conséquences de mon acte. Et, croyez-moi, monsieur, ma plainte ne sera pas étouffée. Il y a toujours moyen de se faire entendre... fût-ce en criant la vérité sur les toits. »

M. Desmalions se mit à rire.

« Bigre, mon capitaine, comme vous y allez !

— J'y vais selon ma conscience, monsieur, et Mme Essarès me pardonnera, j'en suis sûr. J'agis pour son bien, elle le sait. Elle sait qu'elle est perdue si cette affaire est étouffée et si la justice ne lui prête pas son appui. Elle sait que les ennemis qui la menacent sont implacables. Ils ne reculeront devant rien pour atteindre leur but et pour la supprimer, elle qui leur fait obstacle. Et ce qu'il y a de plus terrible, c'est que ce but semble invisible aux yeux les plus clairvoyants. On joue contre ces ennemis la partie la plus formidable qui soit, et l'on ne sait même pas quel est l'enjeu de cette partie. La justice seule peut le découvrir, cet enjeu. »

M. Desmalions laissa passer quelques secondes, puis, posant sa main sur l'épaule de Patrice, il dit calmement :

« Et si la justice le connaissait cet enjeu ?... »

Patrice le regarda avec surprise :

« Quoi, vous connaîtriez... ?

— Peut-être.

— Et vous pouvez me le dire ?

— Dame ! puisque vous m'y forcez...

— Il s'agit... ?

— Oh ! pas de grand-chose ! Une bagatelle...

— Mais enfin ?...

— Un milliard.

— Un milliard ?

— Tout simplement. Un milliard dont les deux tiers, hélas ! sinon les trois quarts, sont déjà sortis de France avant la guerre. Mais les deux cent cinquante ou trois cents millions qui restent valent tout de même plus qu'un milliard, et cela pour une bonne raison...

— Laquelle ?

— Ils sont en or. »

VIII

L'ŒUVRE D'ESSARÈS BEY

Cette fois, le capitaine Belval sembla se radoucir un peu. Il entrevoyait vaguement les considérations qui obligeaient la justice à conduire la bataille avec prudence.

« Vous êtes sûr ? dit-il.

— Oui, mon capitaine. Voilà deux ans que j'ai été chargé d'étudier cette affaire et que mon enquête m'a prouvé qu'il y avait, en France, des exportations d'or vraiment inexplicables. Mais, je l'avoue, c'est depuis ma conversation avec Mme Essarès que je vois seulement d'où provenaient ces fuites, et qui avait mis debout, à travers toute la France et jusque dans les moindres bourgades, la formidable organisation par laquelle s'écoulait peu à peu l'indispensable métal.

— Mme Essarès savait donc ?...

— Non, mais elle soupçonnait beaucoup de choses, et cette nuit, avant votre arrivée, elle en entendit d'autres qui furent dites entre Essarès et ses agresseurs et qu'elle m'a répétées, me donnant ainsi le mot de l'énigme. Cette énigme, j'aurais voulu en poursuivre sans vous la solution complète — c'était, du reste, l'ordre de M. le ministre de l'Intérieur, et Mme Essarès manifestait ce même désir — mais votre fougue emporte mes hésitations, et, puisqu'il n'y a pas moyen de vous évincer, mon capitaine, j'y vais carrément... d'autant qu'un collaborateur de votre trempe n'est pas à dédaigner.

— Ainsi donc, dit Patrice, qui brûlait d'en savoir davantage.

— Ainsi donc, la tête du complot était ici. Essarès bey, directeur de la Banque Franco-Orientale, sise rue La Fayette, Essarès bey, Egyptien en apparence, Turc en réalité, jouissait à Paris, dans le monde financier, d'une grosse influence. Naturalisé Anglais, mais ayant gardé des relations secrètes avec les anciens possesseurs de l'Egypte, Essarès bey était chargé, pour le compte d'une puissance étrangère, que je ne pourrais encore désigner exactement, de saigner, il n'y a pas d'autre mot, de saigner la France de tout l'or qu'il lui serait possible de faire affluer dans ses coffres.

« D'après certains documents, il a réussi de la sorte, en deux ans, à expédier sept cents millions. Un dernier envoi se préparait lorsque la guerre a été déclarée. Vous comprenez bien que des sommes aussi importantes ne pouvaient plus, dès lors, s'escamoter aussi facilement qu'en temps de paix. Aux frontières, les wagons sont visités. Dans les ports, les navires en partance sont fouillés. Bref, l'expédition n'eut pas lieu. Les deux cent cinquante à trois cents millions d'or demeurèrent en France. Dix mois se passèrent. Et il arriva ceci, qui était inévitable, c'est qu'Essarès bey, ayant ce trésor fabuleux à sa disposition, s'y attacha, le considéra peu à peu comme à lui, et, à la fin, résolut de se l'approprier. Seulement, il y avait les complices...

— Ceux que j'ai vus cette nuit ?

— Oui, une demi-douzaine de Levantins équivoques, faux naturalisés, Bulgares plus ou moins déguisés, agents personnels des petites cours allemandes de là-bas. Tout cela, auparavant, tenait en province des succursales de la Banque Essarès. Tout cela soudoyait, pour le compte d'Essarès, des centaines de sous-agents qui écumaient les villages, faisaient les foires, buvaient avec les paysans, offraient des billets et des titres contre de l'or français, et vidaient les bas de laine. A la guerre, tout cela ferma boutique et vint se grouper auprès d'Essarès bey qui, lui aussi, avait fermé ses bureaux de la rue La Fayette.

— Et alors ?

— Alors, il se passa des incidents que nous ignorons. Sans doute, les complices apprirent-ils par leurs gouvernements que le dernier envoi d'or n'avait pas été effectué, et sans doute devinèrent-ils aussi qu'Essarès bey tentait de garder par-devers lui les trois cents millions récoltés par la bande. Toujours est-il que la lutte commença entre les anciens associés, lutte acharnée, implacable, les uns voulant leur part du gâteau, l'autre résolu à ne rien lâcher et prétendant que les millions étaient partis. Dans la journée d'hier, cette lutte atteignit son maximum d'intensité. L'après-midi, les complices tentaient de s'emparer de Mme Essarès afin d'avoir un otage dont ils comptaient se servir contre le mari. Le soir... Le soir, vous avez vu l'épisode suprême...

— Mais pourquoi, précisément, hier soir ?

— Pour cette raison que les complices avaient tout lieu de croire que les millions allaient disparaître hier soir. Sans connaître les procédés employés par Essarès bey lors de ses derniers envois, ils pensaient que chacun de ces envois, ou plutôt que l'enlèvement des sacs, était précédé d'un signal.

— Oui, une pluie d'étincelles, n'est-ce pas ?

— Justement. Il y a dans un coin du jardin d'anciennes serres que surmonte la cheminée qui les chauffait. Cette cheminée encrassée, pleine de suie et de détritus, dégage, quand on l'allume, des flammèches et des étincelles qui se voient de loin et qui servaient d'avertissement. Essarès bey l'a allumée hier soir lui-même. Aussitôt, les complices, effrayés et résolus à tout, sont venus.

— Et le plan d'Essarès bey a échoué ?

— Oui. Celui des complices aussi d'ailleurs. Le colonel est mort. Les autres n'ont pu récolter que quelques liasses qui ont dû leur être reprises. Mais la lutte n'était pas finie, et les soubresauts les plus tragiques en ont accompagné ce matin le dénouement. Selon vos affirmations, un homme qui vous connaissait et qui cherchait à se mettre en rapport avec vous a été tué à sept heures dix-neuf, et, vraisemblablement, par Essarès bey, qui redoutait son intervention. Et quelques heures plus tard, à midi vingt-trois, Essarès bey lui-même était assassiné, probablement par l'un de ses complices. Voici toute l'affaire, mon capitaine. Et maintenant que vous en savez autant que moi, ne pensez-vous pas que l'instruction de cette affaire doit demeurer secrète et se poursuivre un peu en dehors des règles ordinaires ? »

Après un instant de réflexion, Patrice répondit :

« Oui, je le crois.

— Eh ! oui, s'écria M. Desmalions. Outre qu'il est inutile de proclamer cette histoire d'or disparu et d'or introuvable qui alarmerait les imaginations, vous pensez bien qu'une opération qui a consisté à drainer pendant deux ans une pareille masse d'or n'a pas pu s'effectuer sans des compromissions fort regrettables. Mon enquête personnelle va me révéler, j'en suis sûr, du côté de certaines banques plus ou moins importantes et de certains établissements de crédit, une suite de défaillances et de marchandages sur lesquels je ne veux pas insister, mais dont la publication serait désastreuse. Donc, silence.

— Mais le silence est-il possible ?

— Pourquoi pas ?

— Dame ! il y a quelques cadavres, celui du colonel Fakhi, par exemple.

— Suicide.

— Celui de ce Mustapha que vous retrouverez, ou que vous avez dû retrouver, dans le jardin Galliera.

— Fait divers.

— Celui de M. Essarès.

— Accident.

— De sorte que toutes ces manifestations de la même force criminelle resteront isolées les unes des autres ?

— Rien ne montre le lien qui les rattache les unes aux autres.

— Le public pensera peut-être le contraire.

— Le public pensera ce que nous jugerons bon qu'il pense. Nous sommes en temps de guerre.

— La presse parlera.

— La presse ne parlera pas. Nous avons la censure.

— Mais si un fait quelconque, un crime nouveau... ?

— Un crime nouveau ? Pourquoi ? L'affaire est finie, du moins en sa partie active et dramatique. Les principaux acteurs sont morts. Le rideau baisse sur l'assassinat d'Essarès bey. Quant aux comparses, Bournef et autres, avant huit jours ils seront parqués dans un camp de concentration. Nous nous trouvons en face d'un certain nombre de millions, sans propriétaire, que personne n'osera réclamer, et sur lesquels la France a le droit de mettre la main. Je m'y emploierai activement. »

Patrice Belval hocha la tête.

« Reste aussi Mme Essarès, monsieur. Nous ne devons pas négliger les menaces si précises de son mari.

— Il est mort.

— N'importe, la menace demeure. Le vieux Siméon vous le dit d'une façon saisissante.

— Il est à moitié fou.

— Précisément, son cerveau garde l'impression du danger le plus pressant. Non, monsieur, la lutte n'est pas terminée. Peut-être même ne fait-elle que commencer.

— Eh bien, mon capitaine, ne sommes-nous pas là ? Protégez et défendez Mme Essarès par tous les moyens qui sont en votre pouvoir et par tous ceux que je mets à votre disposition. Notre collaboration sera constante, puisque ma tâche est ici, et que, s'il y a la bataille que vous attendez et dont je doute, elle aura lieu dans l'enceinte de cette maison et de ce jardin.

— Qui vous fait supposer... ?

— Certaines paroles entendues hier soir par

Mme Essarès. Le colonel Fakhi a répété plusieurs fois : "L'or est ici, Essarès." Et il ajoutait : "Depuis des années, chaque semaine, ton automobile apportait ici ce qu'il y avait à ta banque de la rue La Fayette. Siméon, le chauffeur et toi, vous faisiez glisser les sacs par le dernier soupirail à gauche. De là, comment l'expédiais-tu ? Je l'ignore. Mais ce qui était ici au moment de la guerre, les sept ou huit cents sacs qu'on attendait là-bas, rien n'est sorti de chez toi. Je me doutais du coup et, nuit et jour, nous avons veillé. L'or est ici."

— Et vous n'avez aucun indice ?

— Aucun. Ceci tout au plus, et je n'y attache qu'une valeur relative. »

Il tira de sa poche un papier froissé, qu'il déplia, et reprit :

« Avec le médaillon il y avait, dans la main d'Essarès bey, ce papier barbouillé d'encre où l'on peut voir cependant quelques mots informes, écrits en hâte, dont les seuls à peu près lisibles sont ceux-ci : Triangle d'or. Que signifie ce triangle d'or ? En quoi se rapporte-t-il à notre affaire ? Pour l'instant, je n'en sais rien. J'imagine tout au plus que le chiffon de papier, comme le médaillon, a été arraché par Essarès bey à l'homme qui est mort ce matin à sept heures dix-neuf, et que, quand lui-même a été tué, à midi vingt-trois, il était en train de l'examiner.

— Oui, les choses ont dû se passer ainsi. Et vous voyez, monsieur, conclut Patrice, comme tous ces détails se relient les uns aux autres. Croyez bien qu'il n'y a qu'une affaire.

— Soit, dit M. Desmalions en se levant. Une seule affaire en deux parties. Poursuivez la seconde, mon capitaine. Je vous accorde que rien n'est plus étrange que cette découverte des photographies qui vous représentent, Mme Essarès et vous, sur un même album et sur un même médaillon. Il y a là un problème qui se pose, dont la solution nous amènera sans doute bien près de la vérité. A bientôt, mon capitaine. Et, encore une fois, usez de moi et de mes hommes. »

Sur ces mots, l'ancien magistrat serra la main de Patrice...

Patrice le retint.

« J'userai de vous, monsieur. Mais, n'est-ce pas dès maintenant qu'il faut prendre les précautions nécessaires ?

— Elles sont prises, mon capitaine. La maison n'est-elle pas occupée par nous ?

— Oui... oui... je le sais, mais tout de même... j'ai comme un pressentiment que la journée ne s'achèvera pas... Rappelez-vous les étranges paroles du vieux Siméon... »

M. Desmalions se mit à rire.

« Allons, mon capitaine, il ne faut rien exagérer. Pour l'instant, s'il nous reste des ennemis à combattre, ils doivent avoir grand besoin de se recueillir. Nous parlerons de cela demain, voulez-vous, mon capitaine ? »

Il serra la main de Patrice, s'inclina devant Mme Essarès, et sortit.

Par discrétion, le capitaine Belval avait fait d'abord un mouvement pour sortir avec lui. Il s'arrêta près de la porte et revint sur ses pas. Mme Essarès, qui sembla ne pas l'entendre, demeurait immobile, courbée en deux et la tête tournée. Il lui dit : « Coralie... »

Elle ne répondit pas, et il lui dit une seconde fois : « Coralie », avec l'espoir qu'elle ne répondrait pas non plus, car le silence de la jeune femme lui semblait tout à coup la chose la plus désirable. Il n'y avait plus de contrainte ni de révolte. Coralie acceptait qu'il fût là, auprès d'elle, comme un ami secourable. Et Patrice ne pensait plus à tous les problèmes qui le tourmentaient, ni à cette série de crimes qui s'étaient accumulés autour d'eux, ni aux périls qui pouvaient les environner. Il ne pensait qu'à l'abandon et à la douleur de la jeune femme.

« Ne répondez pas, Coralie, ne dites pas un mot. C'est à moi de parler. Il faut que je vous apprenne ce que vous ignorez, c'est-à-dire les motifs pour lesquels vous vouliez m'éloigner de cette maison... de cette maison et de votre existence même... »

Il posa sa main sur le dossier du fauteuil où elle était assise, et cette main effleura la coiffe de la jeune femme.

« Coralie, vous vous imaginez que c'est la honte de votre ménage qui vous éloigne de moi. Vous rougissez d'avoir été la femme de cet homme, et cela vous rend confuse et inquiète, comme si vous étiez coupable vous-même. Mais pourquoi ? Est-ce de votre faute ? Ne pensez-vous pas que je devine, entre vous deux, tout un passé de misère et de haine, et que, ce mariage, vous y avez été contrainte je ne sais par quelle machination ? Non, Coralie, il y a autre chose, que je vais vous dire. Il y a autre chose... »

Il s'était penché sur elle encore davantage. Il discernait son profil charmant que la flamme des bûches éclairait, et il s'écria avec une ardeur croissante et en usant de ce tutoiement qui, chez lui, gardait un ton de respect affectueux :

« Dois-je parler, maman Coralie ? Non, n'est-ce pas ? Tu as compris et tu vois clair en toi. Ah ! je sens que tu trembles des pieds à la tête. Mais oui, dès le premier jour, tu l'as aimé ton grand diable de blessé, tout mutilé et tout balafré qu'il fût. Tais-toi, ne proteste pas. Oui, je me rends compte... cela t'offusque un peu d'entendre de telles paroles aujourd'hui. J'aurais dû patienter peut-être... Pourquoi ? Je ne te demande rien. Je sais. Cela me suffit. Je ne t'en parlerai plus avant longtemps, avant l'heure inévitable où tu seras forcée de me le dire toi-même. Jusque-là je garderai le silence. Mais il y aura entre nous ceci, notre amour, et c'est délicieux, maman Coralie. C'est délicieux de savoir que tu m'aimes, Coralie... Bon ! voilà que tu pleures maintenant ! Et tu voudrais nier encore ? Mais quand tu pleures, maman, je te connais, c'est que tout ton cœur adorable déborde de tendresse et d'amour. Tu pleures ? Ah ! maman, je ne croyais pas que tu m'aimais à ce point ! »

Lui aussi, Patrice, il avait les larmes aux yeux. Celles de Coralie coulaient sur ses joues pâles, et il eût voulu baiser ces joues mouillées. Mais le moindre geste d'affection lui paraissait une offense en de telles minutes. Il se contentait de la regarder éperdument.

Et comme il la regardait, il eut l'impression que la pensée de la jeune femme se détachait de la sienne, que ses yeux étaient attirés par un spectacle imprévu, et qu'elle écoutait, dans le grand silence de leur amour, une chose qu'il n'avait pas entendue, lui.

Et soudain, à son tour, il l'entendit, cette chose, bien qu'elle fût pour ainsi dire imperceptible. C'était, plutôt qu'un bruit, la sensation d'une présence qui se mêlait aux rumeurs lointaines de la ville.

Que se passait-il donc ?

Le jour avait baissé, sans que Patrice s'en rendît compte. A son insu également, comme le boudoir n'était pas grand et que la chaleur du feu y devenait lourde, Mme Essarès avait entrouvert la fenêtre, dont les battants néanmoins, se rejoignaient presque. C'est cela qu'elle considérait attentivement, et c'est de là que venait le danger.

Patrice fut près de courir à cette fenêtre. Il ne le fit pas. Le danger se précisait. Dehors, dans l'ombre du crépuscule, il distinguait, à travers les carreaux obliques, une forme humaine. Puis il aperçut, entre les deux battants, un objet qui brillait à la lueur du feu et qui lui parut être le canon d'un revolver.

« Si l'on soupçonne un instant que je suis sur mes gardes, pensa-t-il, Coralie est perdue. »

De fait, la jeune femme se trouvait en face de la fenêtre, dont aucun obstacle ne la séparait. Il prononça donc à haute voix et d'un ton dégagé :

« Coralie, vous devez être un peu lasse. Nous allons nous dire adieu. »

En même temps, il tournait autour du fauteuil pour la protéger.

Mais il n'eut pas le temps d'accomplir son mouvement. Elle aussi, sans doute, avait vu luire le canon du revolver, elle se recula brusquement et balbutia :

« Ah ! Patrice... Patrice... »

Deux détonations retentirent que suivit un gémissement.

« Tu es blessée ! s'écria Patrice en se précipitant sur la jeune femme.

— Non, non, dit-elle, mais la peur...

— Ah ! s'il t'a touchée, le misérable !

— Non, non...

— Tu es bien sûre ? »

Il perdit ainsi trente à quarante secondes, allumant l'électricité, examinant la jeune femme, attendant avec angoisse qu'elle reprît toute sa conscience.

Et, seulement alors, il se jeta vers la fenêtre qu'il ouvrit toute grande et il enjamba le balcon. La pièce se trouvait au premier étage. Il y avait bien des treillis le long du mur. Mais, à cause de sa jambe, Patrice eut du mal à descendre.

En bas, il s'empêtra dans les barreaux d'une échelle renversée sur la terrasse. Puis il se heurta à des agents qui émergeaient de ce rez-de-chaussée, et dont l'un vociférait :

« J'ai vu une silhouette qui s'enfuyait par là.

— Par où ? » demanda Patrice.

L'homme courait dans la direction de la petite ruelle. Patrice le suivit. Mais, à ce moment, du côté même de cette porte, il s'éleva des clameurs aiguës et le glapissement d'une voix qui râlait :

« Au secours !... Au secours !... »

Lorsque Patrice arriva, l'agent promenait déjà sur le sol une lanterne électrique, et tous deux ils aperçurent une forme humaine qui se tordait dans un massif.

« La porte est ouverte, cria Patrice, l'agresseur s'est sauvé... Allez-y. »

L'agent disparut dans la ruelle, et comme Ya-Bon survenait, Patrice lui ordonna :

« Au galop, Ya-Bon. Si l'agent monte la ruelle, descends. Au galop, moi, je m'occupe de la victime. »

Pendant ce temps, Patrice se courbait, projetant la lanterne de l'agent sur l'homme qui se débattait à terre. Il reconnut le vieux Siméon à moitié étranglé, une cordelette de soie rouge autour du cou.

« Ça va ? demanda-t-il. Vous m'entendez ? »

Il desserra la cordelette et répéta sa question. Siméon bégaya une suite de syllabes incohérentes, puis, tout à coup, il se mit à chanter et puis à rire, d'un rire saccadé, très bas, qui alternait avec des hoquets. Il était fou.

« Monsieur, dit Patrice à M. Desmalions, quand celui-ci l'eut rejoint et qu'ils se furent expliqués, croyez-vous vraiment que l'affaire soit finie ?

— Vous aviez raison, avoua M. Desmalions, et nous allons prendre toutes les précautions nécessaires pour la sécurité de Mme Essarès. La maison sera gardée toute la nuit. »

Quelques minutes plus tard, l'agent et Ya-Bon revenaient après des recherches inutiles. Dans la ruelle on trouva la clef qui avait servi à ouvrir la porte. Elle était exactement semblable à celle que possédait Patrice, aussi vieille, aussi rouillée. L'agresseur s'en était débarrassé au cours de sa fuite.

Il était sept heures du soir lorsque Patrice, en compagnie de Ya-Bon, quitta l'hôtel de la rue Raynouard et reprit le chemin de Neuilly.

Selon son habitude, Patrice saisit le bras du Sénégalais et, s'appuyant sur lui pour marcher, il lui dit :

« Je devine ton idée, Ya-Bon. »

Ya-Bon grogna.

« C'est bien cela, approuva le capitaine Belval ; nous sommes entièrement d'accord sur tous les points. Ce qui te frappe principalement, n'est-ce pas, c'est l'incapacité totale de la police en cette occurrence ? Un tas de nullités, diras-tu ? En parlant ainsi, monsieur Ya-Bon, tu dis une bêtise et une insolence qui ne m'étonnent pas de toi et qui pourraient t'attirer de ma part la correction que tu mérites. Mais passons. Donc, quoi que tu en dises, la police fait ce qu'elle peut, sans compter qu'en temps de guerre elle a autre chose à faire qu'à s'occuper des relations mystérieuses qui existent entre Mme Essarès et le capitaine Belval. C'est donc moi qui devrai agir, et je n'ai guère à compter que sur moi. Eh bien, je me demande si je suis de taille à lutter contre de tels adversaires. Quand je pense qu'en voici un qui a le culot de revenir dans l'hôtel que la police surveillait, de dresser une échelle, d'écouter sans doute ma conversation avec M. Desmalions, puis les paroles que j'ai dites à maman Coralie, et, en fin de compte, de nous envoyer deux balles de revolver ! Hein, qu'en dis-tu ? suis-je de force ? et toute la police française elle-même, déjà surmenée, m'offrira-t-elle le secours indispensable ? Non, ce qu'il faudrait pour débrouiller une pareille affaire, c'est un type exceptionnel et qui réunisse toutes les qualités. Enfin un bonhomme comme on n'en voit pas. »

Patrice s'appuya davantage sur le bras de son compagnon.

« Toi qui as de si belles relations, tu n'as pas ça dans ta poche ? Un génie, un demi-dieu ! »

Ya-Bon grogna de nouveau, d'un air joyeux et dégagea son bras. Il portait toujours sur lui une petite lanterne électrique. Il l'alluma et introduisit la poignée entre ses dents. Puis il sortit de son dolman un morceau de craie.

Le long de la rue il y avait un mur recouvert de plâtre, sali et noirci par le temps. Ya-Bon se planta devant ce mur, et lançant le disque de lumière, il se mit à écrire d'une main inhabile, comme si chacune des lettres lui coûtait un effort démesuré, et comme si l'assemblage de ces lettres était le seul qu'il pût jamais réussir à composer et à retenir. Et de la sorte, il écrivit deux mots que Patrice put lire d'un coup :

Arsène Lupin.

« Arsène Lupin », dit Patrice à mi-voix.
Et le contemplant avec stupeur :
« Tu deviens maboul ? Qu'est-ce que ça veut dire, Arsène Lupin ? Quoi ? tu me proposes Arsène Lupin ? »
Ya-Bon fit un signe affirmatif.
« Arsène Lupin ? tu le connais donc ?
— Oui », déclara Ya-Bon.
Patrice se souvint alors que le Sénégalais passait ses journées à l'hôpital à se faire lire par des camarades de bonne volonté toutes les aventures d'Arsène Lupin, et il ricana :
« Oui, tu le connais comme on connaît quelqu'un dont on a lu l'histoire.
— Non, protesta Ya-Bon.
— Tu le connais personnellement ?
— Oui.
— Idiot, va ! Arsène Lupin est mort. Il s'est jeté dans la mer du haut d'un rocher, et voilà que tu prétends le connaître ?
— Oui.
— Tu as donc eu l'occasion de le rencontrer depuis sa mort ?
— Oui.
— Fichtre ! Et le pouvoir de monsieur Ya-Bon sur Arsène Lupin est assez grand pour qu'Arsène Lupin ressuscite et se dérange sur un signe de monsieur Ya-Bon ?
— Oui.
— Bigre ! Tu m'inspirais déjà une haute considération, mais maintenant je n'ai plus qu'à m'incliner. Ami de feu Arsène Lupin, rien que ça de chic ! Et combien de temps te faut-il pour mettre cette ombre

à notre disposition ? Six mois ? Trois mois ? Un mois ? Quinze jours ? »

Ya-Bon fit un geste.

« Environ quinze jours, traduisit le capitaine Belval.

— Eh bien, évoque l'esprit de ton ami, je serai enchanté d'entrer en rapport avec lui. Seulement, vrai, il faut que tu aies de moi une idée bien médiocre pour t'imaginer que j'aie besoin d'un collaborateur. Alors quoi, tu me prends pour un imbécile, pour un incapable ? »

IX

PATRICE ET CORALIE

Tout se passa comme l'avait prédit M. Desmalions. La presse ne parla pas. Le public ne s'émut point. Accidents et faits divers furent accueillis avec indifférence. L'enterrement du richissime banquier Essarès bey passa inaperçu.

Mais le lendemain de cet enterrement, à la suite de quelques démarches effectuées par le capitaine Belval auprès de l'autorité militaire, avec l'appui de la préfecture, un nouvel ordre de choses fut établi dans la maison de la rue Raynouard. Reconnue comme annexe numéro deux de l'ambulance des Champs-Elysées, elle devint, sous la surveillance de Mme Essarès, la résidence exclusive du capitaine Belval et de ses sept mutilés.

Ainsi, Coralie demeura là toute seule. Plus de femme de chambre ni de cuisinière. Les sept mutilés suffirent à toutes les besognes. L'un fut concierge, un autre cuisinier, un autre maître d'hôtel. Ya-Bon, nommé femme de chambre, se chargea du service personnel de maman Coralie. La nuit, il couchait dans le couloir, devant sa porte. Le jour, il montait la garde devant sa fenêtre.

« Que personne n'approche ni de cette porte, ni de cette fenêtre ! lui dit Patrice. Que personne n'entre ! Si seulement un moustique réussit à pénétrer près d'elle, ton compte est réglé. »

Malgré tout, Patrice n'était pas tranquille. Il avait eu trop de preuves de ce que pouvait oser l'ennemi pour croire que des mesures quelconques fussent capables d'assurer une protection absolument efficace. Le danger s'insinue toujours par où il n'est pas attendu, et il était d'autant moins facile de s'en garer qu'on ignorait d'où venait la menace. Essarès bey étant mort, qui poursuivait son œuvre ? Et qui reprenait contre maman Coralie le plan de vengeance qu'il annonçait dans sa dernière lettre ?

M. Desmalions avait commencé aussitôt son œuvre d'investigation, mais le côté dramatique de l'affaire semblait lui être indifférent. N'ayant pas retrouvé le cadavre de l'homme dont Patrice avait entendu les cris d'agonie, n'ayant recueilli aucun indice sur l'agresseur mystérieux qui avait tiré sur Patrice et Coralie, à la fin de la journée, n'ayant pu établir d'où provenait l'échelle qui avait servi à cet agresseur, il ne s'occupait plus de ces questions, et limitait ses efforts à l'unique recherche des dix-huit cents sacs. Cela seul lui importait.

« Nous avons toutes les raisons de croire qu'ils sont là, disait-il, entre les quatre côtés du quadrilatère formé par le jardin et par les bâtiments d'habitation. Evidemment un sac d'or de cinquante kilos n'a pas, à beaucoup près, le volume d'un sac de charbon du même poids. Mais, tout de même, dix-huit cents sacs, cela représente peut-être une masse de sept à huit mètres cubes, et cette masse-là ne se dissimule pas aisément. »

Au bout de deux jours, il avait acquis la certitude

que la cachette ne se trouvait ni dans la maison, ni sous la maison. Lorsque, certains soirs, le chauffeur de l'automobile d'Essarès bey amenait rue Raynouard le contenu des coffres de la Banque Franco-Orientale, Essarès bey, le chauffeur de l'automobile et le nommé Grégoire faisaient passer par le soupirail dont les complices du colonel avaient parlé un gros fil de fer que l'on retrouva. Le long de ce fil de fer glissaient des crochets, que l'on retrouva également, et auxquels on suspendait les sacs qui s'empilaient dès lors dans une grande cave exactement située sous la bibliothèque.

Inutile de dire tout ce que M. Desmalions et ses agents déployèrent d'ingéniosité, de minutie et de patience pour interroger tous les recoins de cette cave. Leurs efforts aboutirent tout au moins à savoir — et cela sans aucune espèce de doute — qu'elle n'offrait aucun secret, sauf le secret d'un escalier qui descendait de la bibliothèque et dont l'issue supérieure était fermée par une trappe que recouvrait le tapis. Outre le soupirail de la rue Raynouard, il y en avait un autre qui donnait sur le jardin, au niveau de la première terrasse. Ces deux ouvertures se barricadaient de l'intérieur, à l'aide de volets de fer très lourds, de sorte que des milliers et des milliers de rouleaux d'or avaient pu être entassés dans la cave jusqu'au moment de leur expédition.

« Mais comment cette expédition avait-elle lieu ? se demandait M. Desmalions. Mystère. Et pourquoi cette halte dans le sous-sol de la rue Raynouard ? Mystère également. Et puis voilà que Fakhi, Bournef et consorts affirment que cette fois il n'y a pas eu d'expédition, que l'or est ici, et qu'il suffit de chercher pour l'y découvrir. Nous avons cherché dans la maison. Reste le jardin. Cherchons de ce côté. »

C'est un admirable vieux jardin qui faisait jadis partie du vaste domaine où, à la fin du XVIIIe siècle, on venait prendre les eaux de Passy. De la rue Raynouard jusqu'au quai, sur une largeur de deux cents mètres, il descend, par quatre terrasses superposées, vers des pelouses harmonieuses que soulignent des massifs d'arbustes verts et que dominent des groupes de grands arbres.

Mais la beauté du jardin provient avant tout de ses quatre terrasses et de la vue qu'elles offrent sur le fleuve, sur les plaines de la rive gauche et sur les collines lointaines. Vingt escaliers les font communiquer entre elles, et vingt sentiers montent de l'une à l'autre, creusés parmi les murs de soutènement et engloutis parfois sous les vagues de lierre qui déferlent du haut en bas.

Çà et là émergent une statue, une colonne tronquée, les débris d'un chapiteau. Le balcon de pierre qui borde la terrasse supérieure est orné de très vieux vases en terre cuite. On y voit aussi, sur cette terrasse, les ruines de deux petits temples ronds qui étaient autrefois des buvettes. Il y a devant les fenêtres de la bibliothèque une vasque circulaire, au centre de laquelle un enfant lance un mince filet d'eau par l'entonnoir d'une conque.

C'est le trop-plein de cette vasque, recueilli en un ruisseau, qui glissait sur les rochers contre lesquels Patrice s'était heurté au premier soir.

« Somme toute, trois ou quatre hectares à fouiller », dit M. Desmalions.

A cette besogne, il employa, outre les mutilés de Patrice, une douzaine de ses agents. Besogne assez facile au fond, et qui devait aboutir à des résultats certains. Comme M. Desmalions ne cessait de le répéter, dix-huit cents sacs ne peuvent pas rester invisibles. Toute excavation laisse des traces. Il faut une issue pour y entrer et pour en sortir. Or, le gazon des pelouses, comme le sable des allées, ne révélait aucun vestige de terre remuée fraîchement. Le lierre ? Les murailles de soutien ? Les terrasses ? Tout cela fut visité. Inutilement. On trouva de place en place, dans les tranchées que l'on pratiqua, d'anciennes canalisations vers la Seine, et des tronçons d'aqueduc qui servaient jadis à l'écoulement des eaux de Passy. Mais quelque chose qui fût un abri, une casemate, une voûte de maçonnerie, quelque chose qui eût l'apparence d'une cachette, cela ne se trouva point.

Patrice et Coralie suivaient ces recherches. Pourtant, bien qu'ils en comprissent tout l'intérêt, et bien que, d'autre part, ils subissent encore l'anxiété des heures dramatiques qui venaient de s'écouler, au fond, ils ne se passionnaient que pour le problème inexplicable de leur destin, et presque toutes leurs paroles s'en allaient vers les ténèbres du passé.

La mère de Coralie, fille d'un consul de France à Salonique, avait épousé là-bas un homme d'un certain âge, très riche, le comte Odolavitz, d'une vieille famille serbe, lequel était mort un an après la naissance de Coralie. La veuve et l'enfant se trouvaient alors en France, précisément dans cet hôtel de la rue Raynouard, que le comte Odolavitz avait acheté par l'intermédiaire d'un jeune Egyptien, Essarès, qui lui servait de secrétaire et de factotum.

Coralie avait donc vécu là trois années de son enfance. Puis, subitement, elle perdait sa mère. Restant seule au monde, elle était emmenée par Essarès à Salonique, où son grand-père, le consul, avait laissé une sœur beaucoup plus jeune que lui et qui se chargea d'elle. Malheureusement, cette femme tomba sous la domination d'Essarès, signa des papiers, en fit signer à sa petite nièce, de sorte que toute la fortune de l'enfant, administrée par l'Egyptien, disparut peu à peu.

Enfin, vers l'âge de dix-sept ans, Coralie fut la victime d'une aventure qui lui laissa le plus affreux souvenir et qui eut sur sa vie une influence fatale. Enlevée un matin, dans la campagne de Salonique, par une bande de Turcs, elle passa deux semaines au fond d'un palais en butte aux désirs du gouverneur de la province. Essarès la délivra. Mais cette délivrance s'effectua d'une façon si bizarre que, bien souvent, depuis, Coralie devait se demander s'il n'y avait pas eu un coup monté entre le Turc et l'Egyptien.

Toujours est-il que, malade, déprimée, redoutant une nouvelle agression, contrainte par sa tante, elle épousait un mois plus tard cet Essarès qui, déjà, lui faisait la cour et qui, maintenant, en définitive, prenait à ses yeux figure de sauveur. Union lamentable, dont l'horreur lui apparut le jour même où elle fut consommée. Coralie était la femme d'un homme qu'elle détestait et dont l'amour s'exaspéra de toute la haine et de tout le mépris qui lui furent opposés.

L'année même du mariage, ils venaient s'installer dans l'hôtel de la rue Raynouard. Essarès, qui, depuis longtemps, avait fondé et dirigeait à Salonique la succursale de la Banque Franco-Orientale, ramassait presque toutes les actions de cette banque, achetait pour l'établissement de la maison principale l'immeuble de la rue La Fayette, devenait à Paris l'un des maîtres de la finance, et recevait en Egypte le titre de bey.

Telle était l'histoire qu'un jour, dans le beau jardin de Passy, Coralie raconta, et, en ce morne passé qu'ils interrogèrent ensemble, en le confrontant avec celui de Patrice, ni Patrice ni Coralie ne purent découvrir un seul point qui leur fût commun. L'un et l'autre avaient vécu dans des lieux différents. Aucun nom ne les frappait d'un même souvenir. Aucun détail ne pouvait leur faire comprendre pourquoi ils possédaient l'un et l'autre des morceaux de la même boule d'améthyste, pourquoi leurs images réunies se trouvaient enfermées dans le même médaillon, ou collées sur les pages du même album.

« A la rigueur, dit Patrice, on peut expliquer que le médaillon recueilli dans la main d'Essarès avait été arraché par lui à cet inconnu qui veillait sur nous et qu'il a assassiné. Mais l'album, cet album qu'il portait dans une poche cousue d'un sous-vêtement ?... »

Ils se turent. Patrice demanda :

« Et Siméon ?

— Siméon a toujours habité ici.

— Même du temps de votre mère ?

— Non, c'est un an ou deux après la mort de ma mère et après mon départ pour Salonique, qu'il a été chargé par Essarès bey de garder cette propriété et de veiller à son entretien.

— Il était le secrétaire d'Essarès ?

— Je n'ai jamais su son rôle exact. Secrétaire ? Non. Confident ? Non plus. Ils ne conversaient jamais ensemble. Trois ou quatre fois, il est venu nous voir à Salonique. Je me rappelle une de ses visites. J'étais tout enfant, et je l'ai entendu qui parlait à Essarès d'une façon très violente et semblait le menacer.

— De quoi ?

— Je l'ignore. J'ignore tout de Siméon. Il vivait ici très à part, et presque toujours dans le jardin, fumant sa pipe, rêvassant, soignant les arbres ou les fleurs avec l'aide de deux ou trois jardiniers qu'il faisait venir de temps à autre.

— Quelle conduite observait-il à votre égard ?

— Là encore, je ne puis rien dire de précis. Nous ne causions jamais, et ses occupations ne le rapprochaient guère de moi. Cependant, j'ai eu quelquefois l'impression que, à travers ses lunettes jaunes, son regard me cherchait avec une certaine insistance, et peut-être même avec intérêt. En outre, dans ces derniers temps, il se plaisait à m'accompagner jusqu'à l'ambulance, et il se montrait alors, soit là-bas, soit en route, plus attentif, plus empressé... à tel point que je me demande, depuis un jour ou deux... »

Après un instant d'indécision, elle continua :

« Oh ! c'est une idée bien vague... mais, tout de même... Tenez, il y a quelque chose que je n'ai pas pensé à vous dire... Pourquoi suis-je entrée à l'ambulance des Champs-Élysées, à cette ambulance où vous vous trouviez déjà, blessé, malade ? Pourquoi ? Parce que Siméon m'y a conduite. Il savait que je voulais m'engager comme infirmière, et il m'a indiqué cette ambulance... où il ne doutait pas que les circonstances nous mettraient l'un en face de l'autre...

« Et puis, réfléchissez... Plus tard la photographie du médaillon, celle qui nous représente ensemble, vous en uniforme, moi en infirmière, n'a pu être prise qu'à l'ambulance... Or, des gens d'ici, de cette maison, Siméon était le seul qui s'y rendît.

« Vous rappellerai-je aussi qu'il est venu à Salonique, qu'il m'y a vue enfant, puis jeune fille, et qu'il a pu, là, également, prendre les instantanés de l'album ? De sorte que, si nous admettons qu'il ait eu quelque correspondant qui, de son côté, vous suivît dans la vie, il ne serait pas impossible de croire que l'ami inconnu dont vous avez supposé l'intervention entre nous, qui vous a envoyé la clef du jardin...

— Que cet ami fût le vieux Siméon ? interrompit vivement Patrice. L'hypothèse est inadmissible.

— Pourquoi ?

— Parce que cet ami est mort. Celui qui cherchait, comme vous dites, à intervenir entre nous, celui qui m'a envoyé la clef du jardin, celui qui m'appelait au téléphone pour m'apprendre la vérité, celui-là a été assassiné... Aucun doute à ce propos. J'ai perçu les cris d'un homme qu'on égorgeait... des cris d'agonie... de ceux que l'on pousse quand on expire.

— Est-on jamais sûr ?...

— Je le suis absolument. Ma certitude n'est atténuée par aucune hésitation. Celui que j'appelle notre ami inconnu est mort avant d'avoir achevé son œuvre. Il est mort assassiné. Or, Siméon est vivant. »

Et Patrice ajouta :

« D'ailleurs celui-là avait une autre voix que Siméon, une voix que je n'avais jamais entendue et que je n'entendrai plus jamais. »

Coralie n'insista pas, convaincue à son tour.

Ils étaient assis sur un des bancs du jardin, profitant d'un beau soleil d'avril. Les bourgeons des marronniers luisaient aux pointes des rameaux. Les lourds parfums des giroflées montaient des plates-bandes, et leurs fleurs jaunes ou mordorées, comme des robes de guêpes ou d'abeilles serrées les unes contre les autres, ondulaient au gré d'une brise légère.

Soudain, Patrice frissonna. Coralie avait posé sa main sur la sienne, en un geste d'abandon charmant, et, tout de suite, l'ayant observée, il vit qu'elle était émue jusqu'aux larmes.

« Qu'y a-t-il donc, maman Coralie ? »

La tête de la jeune femme s'inclina, et sa joue toucha l'épaule de l'officier. Patrice n'osa pas bouger, pour ne point paraître donner à ce mouvement fraternel une valeur de tendresse qui eût peut-être froissé Coralie. Il répéta :

« Qu'y a-t-il ? Qu'avez-vous, mon amie ?

— Oh ! murmura-t-elle, c'est si étrange ! Regardez, Patrice, regardez ces fleurs. »

Ils se trouvaient sur la troisième terrasse et dominaient donc la quatrième terrasse, et cette dernière, la plus basse, au lieu de plates-bandes de giroflées, offrait des parterres où s'entremêlaient toutes les fleurs de printemps, tulipes, mères-de-famille, corbeille d'argent. Et au milieu, il y avait un grand rond planté de pensées.

« Là, là ! dit-elle en désignant ce rond de son bras tendu, là, regardez bien... vous voyez ?... des lettres... »

En effet, peu à peu, Patrice se rendait compte que les touffes de pensées étaient disposées de manière à inscrire sur le sol quelques lettres qui se détachaient parmi d'autres touffes de fleurs. Cela n'apparaissait pas du premier coup. Il fallait un certain temps pour voir, mais, quand on avait vu, les lettres s'assemblaient d'elles-mêmes et formaient sur une même ligne, trois mots : *Patrice et Coralie*.

« Ah ! dit-il à voix basse, je vous comprends !... »

C'était si étrange, en effet, et si émouvant de lire

leurs deux noms, qu'une main amie avait pour ainsi dire semés, leurs deux noms réunis en fleurs de pensées ! C'était si étrange et si émouvant de se retrouver toujours ainsi l'un et l'autre, liés par des volontés mystérieuses, liés maintenant par l'effort laborieux des petites fleurs qui surgissent, s'éveillent à la vie, et s'épanouissent dans un ordre déterminé !

Coralie se redressa et dit :

« C'est le vieux Siméon qui s'occupe du jardin.

— Evidemment, dit-il un peu ébranlé, cela ne change certes pas mon idée. Notre ami inconnu est mort, mais Siméon a pu le connaître, lui. Siméon était peut-être de connivence avec lui sur certains points, et il doit en savoir long. Ah ! s'il pouvait parler et nous mettre dans la bonne voie. »

Une heure plus tard, comme le soleil penchait à l'horizon, ils montèrent sur les terrasses.

En arrivant à la terrasse du haut, ils avisèrent M. Desmalions qui leur fit signe de venir, et qui leur dit :

« Je vous annonce quelque chose d'assez curieux, une trouvaille d'un intérêt spécial pour vous, madame... et pour vous, mon capitaine. »

Il les mena tout au bout de la terrasse, devant la partie inhabitée qui faisait suite à la bibliothèque. Il y avait là deux agents, une pioche à la main. Au cours des recherches, ils avaient d'abord, comme l'expliqua M. Desmalions, écarté le lierre qui recouvrait le petit mur orné de vases en terre cuite. Or, un détail attira l'attention de M. Desmalions. Le petit mur était revêtu, sur une longueur de quelques mètres, d'une couche de plâtre qui semblait de date plus récente que la pierre elle-même.

« Pourquoi ? dit M. Desmalions. N'était-ce pas un indice dont je devais tenir compte ? Je fis démolir cette couche de plâtre et, dessous, j'en ai trouvé une seconde moins épaisse, mêlée aux aspérités de la pierre. Tenez, approchez-vous... ou plutôt non, reculez un peu... on distingue mieux. »

La couche inférieure, en effet, ne servait qu'à retenir une série de petits cailloux blancs qui faisaient comme une mosaïque encadrée de cailloux noirs, et qui formaient de grandes lettres, largement écrites, lesquelles formaient trois mots. Et ces trois mots c'était encore : *Patrice et Coralie*.

« Qu'est-ce que vous en dites ? interrogea M. Desmalions. Remarquez que l'inscription remonte à plusieurs années... au moins dix ans, étant donné la disposition du lierre qui était accroché là...

— Au moins dix ans... répéta Patrice, lorsqu'il fut seul avec la jeune femme. Dix ans, c'est-à-dire à une époque où vous n'étiez pas mariée, où vous habitiez encore à Salonique, et où personne ne venait en ce jardin... personne, excepté Siméon et ceux qu'il voulait bien y laisser pénétrer. »

Et Patrice conclut :

« Et parmi ceux-là, Coralie, il y avait notre ami inconnu qui est mort. Et Siméon sait la vérité. »

Ils le virent, en cette fin d'après-midi, le vieux Siméon, comme ils le voyaient depuis le drame, errant dans le jardin ou dans les couloirs de la maison, l'attitude inquiète et désemparée, son cache-nez toujours enroulé autour de la tête, les lunettes serrées aux tempes. Il bégayait des mots incompréhensibles. La nuit, son voisin, un des mutilés, l'entendit plusieurs fois qui chantonnait.

A deux reprises, Patrice essaya de le faire parler. Siméon hochait la tête et ne répondait pas, ou bien riait d'un rire d'innocent.

Ainsi, le problème se compliquait, et rien ne laissait prévoir qu'il pût être résolu. Qui les avait, depuis leur enfance, promis l'un à l'autre comme des fiancés dont une loi inflexible a disposé d'avance ? Qui avait, à l'automne dernier, alors qu'ils ne se connaissaient pas, préparé la corbeille de pensées ? Et qui avait, dix ans plus tôt, inscrit leurs deux noms en cailloux blancs dans l'épaisseur d'un mur !

Questions troublantes pour deux êtres chez qui

l'amour s'était éveillé spontanément, et qui, tout à coup, apercevaient derrière eux un long passé qui leur était commun. Chaque pas qu'ils faisaient ensemble dans le jardin leur semblait un pèlerinage parmi des souvenirs oubliés, et, à chaque détour d'allée, ils s'attendaient à découvrir une nouvelle preuve du lien qui les avait unis à leur insu.

Et de fait, en ces quelques jours, deux fois sur le tronc d'un arbre, une fois sur le dossier d'un banc, ils virent leurs initiales entrelacées. Et, deux fois encore, leurs noms apparurent inscrits sur de vieux murs et masqués par une couche de plâtre que voilait un rideau de lierre.

Et ces deux fois-là, leurs deux noms étaient accompagnés de deux dates : « *Patrice et Coralie*, 1904 »... « *Patrice et Coralie*, 1907. »

« Il y a onze ans, et il y a huit ans, dit l'officier. Toujours nos deux noms... Patrice et Coralie. »

Leurs mains se serraient. Le grand mystère de leur passé les rapprochait l'un de l'autre, autant que le profond amour qui les emplissait et dont ils s'abstenaient de parler.

Malgré eux, cependant, ils recherchaient la solitude, et c'est ainsi qu'un jour, deux semaines après l'assassinat d'Essarès bey, comme ils passaient devant la petite porte de la ruelle, ils se décidèrent à sortir et à descendre jusqu'aux berges de la Seine. On ne les vit point, les abords de cette porte et le chemin qui y conduit étant cachés par de grands buis, et M. Desmalions explorant alors, avec ses hommes, les anciennes serres situées de l'autre côté du jardin, ainsi que la vieille cheminée qui avait servi aux signaux.

Mais, dehors, Patrice s'arrêta. Il y avait, presque en face, dans le mur opposé, une porte exactement semblable. Il en fit la réflexion, et Coralie lui dit :

« Cela n'a rien d'étonnant. Ce mur limite un jardin qui dépendait autrefois de celui que nous venons de quitter.

— Qui est-ce qui l'habite ?
— Personne. La petite maison qui le domine et qui précède la mienne, rue Raynouard, est toujours fermée. »

Patrice murmura :

« Même porte... même clef, peut-être ? »

Il introduisit dans la serrure la clef rouillée qui lui avait été adressée.

La serrure fonctionna.

« Allons-y, dit-il, la suite des miracles continue. Celui-ci nous sera-t-il favorable ? »

C'était une bande de terrain assez étroite et livrée à tous les caprices de la végétation. Cependant, au milieu de l'herbe exubérante, un sentier de terre battue, où l'on devait passer souvent, partait de la porte et montait en biais vers l'unique terrasse, sur laquelle était bâti un pavillon aux volets clos, délabré, sans étage, surmonté d'un tout petit belvédère en forme de lanterne.

Il avait son entrée particulière dans la rue Raynouard, dont une cour et un mur très haut le séparaient. Cette entrée était comme barricadée de planches et de poutres clouées les unes aux autres.

Ils contournèrent la maison et furent surpris par le spectacle qui les attendait sur le côté droit. C'était une espèce de cloître de verdure, rectangulaire, soigneusement entretenu, avec des arcades régulières, taillées dans des haies de buis et d'ifs. Un jardin en miniature était dessiné en cet espace où semblaient s'accumuler le silence et la paix. Là aussi il y avait des ravenelles fleuries, et des pensées, et des mères-de-famille. Et quatre sentiers qui venaient des quatre coins du cloître aboutissaient à un rond-point central, où se dressaient les cinq colonnes d'un petit temple ouvert, construit grossièrement avec des cailloux et des moellons en équilibre.

Sous le dôme de ce petit temple, une pierre tombale. Devant cette pierre tombale, un vieux prie-Dieu en bois, aux barreaux duquel étaient suspendus, à gauche, un christ d'ivoire, à droite, un chapelet composé de grains en améthyste et en filigrane d'or.

« Coralie, Coralie, murmura Patrice, la voix tremblante d'émotion... qui donc est enterré là ? »

Ils s'approchèrent. Des couronnes de perles étaient alignées sur la pierre tombale. Ils en comptèrent dix-neuf qui portaient les dix-neuf millésimes des dix-neuf dernières années. Les ayant écartées, ils lurent cette inscription en lettres d'or usées et salies par la pluie :

Ici reposent
PATRICE ET CORALIE
tous deux assassinés
le 14 *avril* 1895.
Ils seront vengés.

X

LA CORDELETTE ROUGE

Coralie avait senti ses jambes fléchir sous elle et elle s'était jetée sur le prie-Dieu, où, ardemment, éperdument, elle priait. En faveur de qui ? Pour le repos de quelles âmes inconnues ? Elle ne savait pas. Mais tout son être était embrasé de fièvre et d'exaltation et les mots seuls de la prière pouvaient l'apaiser. Patrice lui dit à l'oreille :

« Comment s'appelait votre mère, Coralie ?

— Louise, répondit-elle.

— Et mon père s'appelait Armand. Il ne s'agit donc ni d'elle ni de lui, et pourtant... »

Patrice aussi montrait une agitation extrême.

S'étant baissé, il examina les dix-neuf couronnes, puis de nouveau la pierre tombale, et il reprit :

« Pourtant, Coralie, la coïncidence est vraiment trop anormale. Mon père est mort en cette année 1895.

— Ma mère est morte également en cette même année, dit-elle, sans qu'il me soit possible de préciser la date.

— Nous le saurons, Coralie, affirma-t-il. Tout cela peut se vérifier. Mais, dès maintenant, voici une vérité qui apparaît. Celui qui entrelaçait les noms de Patrice et de Coralie ne pensait pas seulement à nous, et ne regardait pas seulement l'avenir. Peut-être plus encore songeait-il au passé, à cette Coralie et à ce Patrice dont il savait la mort violente, et qu'il avait pris l'engagement de venger. Venez, Coralie, et que l'on ne puisse pas soupçonner que nous sommes venus jusqu'ici. »

Ils redescendirent le sentier et franchirent les deux portes de la ruelle. Personne ne les vit rentrer. Patrice conduisit aussitôt Coralie chez elle, recommanda à Ya-Bon et à ses camarades de redoubler de surveillance, et sortit.

Il ne revint que le soir pour repartir dès le matin, et ce n'est que le jour suivant, vers trois heures, qu'il demandait à Coralie de le recevoir.

Tout de suite, elle lui dit :

« Vous savez ?...

— Je sais beaucoup de choses, Coralie, qui ne dissipent pas les ténèbres du présent — je serais presque tenté de dire : au contraire —, mais qui jettent des lueurs très vives sur le passé.

— Et qui expliquent ce que nous avons vu avant-hier ? demanda-t-elle anxieusement.

— Ecoutez-moi, Coralie. »

Il s'assit en face d'elle et prononça :

« Je ne vous raconterai pas toutes les démarches que j'ai faites. Je vous résumerai simplement le résultat de celles qui ont abouti. Avant tout, j'ai couru jusqu'à la mairie de Passy, puis à la légation de Serbie.

— Alors, dit-elle, vous persistez à supposer qu'il s'agissait de ma mère ?

— Oui, j'ai pris copie de son acte de décès, Coralie. Votre mère est morte le 14 avril 1895.

— Oh ! fit-elle, c'est la date inscrite sur la tombe.

— La même date.

— Mais ce nom de Coralie ?... Ma mère s'appelait Louise.

— Votre mère s'appelait Louise-Coralie, comtesse Odolavitch. »

Elle répéta entre ses dents :

« Oh ! ma mère... ma mère chérie... c'est donc elle qui a été assassinée... c'est donc pour elle que j'ai prié, là-bas.

— C'est pour elle, Coralie, et pour mon père. Mon père s'appelait Armand-Patrice Belval. J'ai trouvé son nom exact à la mairie de la rue Drouot. Il est mort le 14 avril 1895. »

Patrice avait eu raison de dire que des lueurs singulières illuminaient maintenant le passé. Il était établi, de la façon la plus formelle, que l'inscription de la tombe concernait son père à lui et sa mère à elle, tous deux assassinés le même jour. Par qui ? Pour quels motifs ? A la suite de quels drames ? C'est ce que la jeune femme demanda à Patrice.

« Je ne puis encore répondre à vos questions, dit-il. Mais il y en a une autre que je me suis posée, plus facile à résoudre celle-là, et qui nous apporte également une certitude sur un point essentiel. A qui appartient le pavillon ? Extérieurement, sur la rue Raynouard, aucune indication. Vous avez pu voir le mur de la cour et la porte de cette cour : rien de particulier. Mais le numéro de la propriété me suffisait. J'ai été chez le percepteur du quartier et j'ai appris que les impositions étaient payées par un notaire habitant l'avenue de l'Opéra. J'ai fait visite à ce notaire et j'ai appris ceci... »

Il s'arrêta un moment et déclara :

« Le pavillon a été acheté, il y a vingt et un ans, par mon père. Deux années plus tard, mon père mourait, et ce pavillon, qui faisait donc partie de son héritage, fut mis en vente par le prédécesseur du notaire actuel et acheté par un sieur Siméon Diodokis, sujet grec.

— C'est lui ! s'écria Coralie. Diodokis est le nom de Siméon.

— Or, continua Patrice, Siméon Diodokis était l'ami de mon père, puisque mon père, sur le testament que l'on trouva, l'avait désigné comme légataire universel, et puisque ce fut Siméon Diodokis qui, par l'entremise du notaire précédent et d'un solicitor de Londres, réglait mes frais de pension et me fit remettre, à ma majorité, la somme de deux cent mille francs, solde de l'héritage paternel. »

Ils gardèrent un long silence. Bien des choses leur apparaissaient, mais indistinctes encore, estompées, comme ces spectacles que l'on aperçoit dans la brume du soir.

Et une de ces choses dominait toutes les autres. Patrice murmura :

« Votre mère et mon père se sont aimés, Coralie. »

Cette idée les unissait davantage et les troublait profondément. Leur amour se doublait d'un autre amour, comme le leur meurtri par les épreuves, plus tragique encore, et qui avait fini dans le sang et dans la mort.

« Votre mère et mon père se sont aimés, reprit-il. Sans doute furent-ils de ces amants un peu exaltés dont l'amour a des puérilités charmantes, car ils voulurent s'appeler entre eux d'une façon dont personne ne les avait appelés, et ils choisirent leurs seconds prénoms, *qui étaient le vôtre et le mien* également. Un jour votre mère laissa tomber son chapelet en grains d'améthyste. Le plus gros se cassa en deux morceaux. Mon père fit monter l'un de ces morceaux en breloque qu'il suspendit à la chaîne de sa montre. Votre mère et mon père étaient tous deux veufs. Vous aviez deux ans et moi huit ans. Pour se consacrer entièrement à celle qu'il aimait, mon père m'envoya en Angleterre, et il acheta le pavillon où votre mère, qui habitait l'hôtel voisin, allait le rejoindre en traversant la ruelle et en usant de cette même clef. C'est dans ce pavillon ou dans le jardin qui l'entoure qu'ils furent sans doute assassinés. Nous le saurons d'ailleurs, car il doit rester des preuves visibles de cet assassinat, des preuves que Siméon Diodokis a trouvées, puisqu'il n'a pas craint de l'affirmer par l'inscription de la pierre tombale.

— Et qui fut l'assassin ? murmura la jeune femme.

— Comme moi, Coralie, vous le soupçonnez. Le nom abhorré se présente à votre esprit, bien qu'aucun indice ne nous permette la certitude.

— Essarès ! dit Coralie en un cri d'angoisse.

— Très probablement. »

Elle se cacha la tête entre les mains.

« Non, non... cela ne se peut pas... il ne se peut pas que j'ai été la femme de celui qui a tué ma mère.

— Vous avez porté son nom, mais vous n'avez jamais été sa femme. Vous le lui avez dit la veille même de sa mort, en ma présence. N'affirmons rien au-delà de ce que nous pouvons affirmer, mais tout de même rappelons-nous qu'il fut votre mauvais génie, et rappelons-nous aussi que Siméon, l'ami et le légataire universel de mon père, l'homme qui acheta le pavillon des deux amants, l'homme qui jura sur la tombe de les venger, rappelons-nous que Siméon, quelques mois après la mort de votre mère, se faisait engager par Essarès comme gardien de sa propriété, devenait son secrétaire et, peu à peu, entrait dans sa vie. Pourquoi ? sinon pour mettre à exécution des projets de vengeance ?

— Il n'y a pas eu vengeance.

— Qu'en savons-nous ? Savons-nous comment est mort Essarès bey ? Certes, ce n'est pas Siméon qui l'a tué, puisque Siméon se trouvait à l'ambulance. Mais peut-être l'a-t-il fait tuer ? Et puis, la vengeance a mille façons de se traduire. Enfin, Siméon obéissait sans doute à des ordres de mon père. Sans doute voulait-il d'abord atteindre un but que mon père et que votre mère s'étaient proposé : l'union de nos destinées, Coralie. Et ce but a dominé sa vie. C'est lui, évidemment, qui plaça parmi mes petits bibelots d'enfant cette moitié d'améthyste dont l'autre moitié formait un grain de votre chapelet. C'est lui qui collectionna nos photographies. C'est lui, enfin, notre ami inconnu, qui m'envoya la clef, accompagnée d'une lettre... que je n'ai pas reçue, hélas !

— Alors, Patrice, vous ne pensez plus qu'il est mort, cet ami inconnu, et que vous avez entendu ses cris d'agonie ?

— Je ne sais pas. Siméon a-t-il agi seul ? Avait-il un confident, un assistant dans l'œuvre qu'il a entreprise ? Et est-ce celui-là qui est tombé à sept heures dix-neuf ? Je ne sais pas. Tout ce qui s'est passé en cette matinée sinistre reste dans une ombre que rien n'atténue. La seule conviction que nous puissions avoir, c'est que, depuis vingt ans, Siméon Diodokis a poursuivi, en notre faveur et contre l'assassin de nos parents, une tâche obscure et patiente, et que Siméon Diodokis est vivant. »

Et Patrice ajouta :

« Vivant, mais fou ! De sorte que nous ne pouvons ni le remercier, ni l'interroger sur la sombre histoire qu'il connaît ou sur les périls qui vous menacent. Et pourtant, pourtant, lui seul... »

Une fois de plus, Patrice voulut tenter l'épreuve, bien qu'assuré d'un échec nouveau. Siméon occupait, dans l'aile naguère réservée au logement des domestiques, une chambre où il était le voisin de deux mutilés. Patrice y alla. Siméon s'y trouvait.

A moitié endormi dans un fauteuil, tourné vers le jardin, il tenait à sa bouche une pipe éteinte. La chambre était petite, à peine meublée, mais propre et claire. Toute la vie secrète de ce vieillard s'y était écoulée. A diverses reprises, en son absence, M. Desmalions l'avait visitée. Patrice également, chacun à son point de vue.

L'unique découverte qui valût d'être notée consistait en un dessin sommaire, fait au crayon, derrière une commode : trois lignes qui se croisaient, formant un vaste triangle régulier. Au milieu de cette figure géométrique, un barbouillage effectué grossièrement, avec de l'or adhésif. Le triangle d'or ! Sauf cela, qui n'avançait en rien les recherches de M. Desmalions, aucun indice.

Patrice marcha directement sur le vieux et lui frappa sur l'épaule.

« Siméon », dit-il.

L'autre leva sur lui ses lunettes jaunes, et Patrice eut une envie soudaine de lui arracher cet obstacle de verre qui cachait les yeux du bonhomme et empêchait de pénétrer au fond de son âme et de ses souvenirs lointains.

Siméon se mit à rire stupidement.

« Ah ! songea Patrice, c'est là mon ami et l'ami de mon père. Il a aimé mon père, il a respecté ses volontés, il a été fidèle à sa mémoire, il lui a consacré une tombe sur laquelle il priait, il a juré de le venger. Et sa raison n'est plus. »

Patrice sentit l'inutilité de toute parole. Mais si le son de la voix n'éveillait aucun écho dans le cerveau égaré, peut-être les yeux gardaient-ils quelque mémoire. Il écrivit sur une feuille blanche les mots que Siméon avait dû contempler tant de fois :

Patrice et Coralie. — 14 *avril* 1895.

Le vieux regarda, hocha la tête, et recommença son petit ricanement douloureux et stupide. L'officier continua :

Armand Belval.

Toujours, chez le vieux, même torpeur. Patrice tenta l'épreuve encore. Il traça les noms d'Essarès et du colonel Fakhi, dessina un triangle. Le vieux ne comprenait pas et ricanait.

Mais, soudain, son rire eut quelque chose de moins enfantin. Patrice avait écrit le nom du complice Bournef, et l'on aurait dit que, cette fois, un souvenir agitait le vieux secrétaire. Il essaya de se lever, retomba sur son fauteuil, puis se dressa de nouveau et saisit son chapeau qui était accroché au mur. Il quitta sa chambre et, suivi de Patrice, il sortit de la maison, et tourna sur la gauche du côté d'Auteuil.

Il avait l'air d'avancer comme ces gens endormis que la suggestion contraint à marcher sans savoir où ils vont. Il prit par la rue de Boulainvilliers, traversa la Seine, et s'engagea dans le quartier de Grenelle d'un pas qui n'hésitait jamais.

Puis sur un boulevard il s'arrêta, et, de son bras tendu, fit signe à Patrice de s'arrêter également.

Un kiosque les dissimulait. Il passa la tête. Patrice l'imita.

En face, à l'angle de ce boulevard et d'un autre boulevard, il y avait un café, avec une terrasse que limitaient des caisses de fusains.

Derrière ces fusains, quatre consommateurs étaient assis. Trois tournaient le dos. Patrice vit le seul qui fût de face et reconnut Bournef.

A ce moment, le vieux Siméon s'éloignait déjà, comme un homme qui a terminé son rôle et qui laisse à d'autres le soin d'en finir. Patrice chercha des yeux, aperçut un bureau de poste et y entra vivement. Il savait que M. Desmalions se trouvait rue Raynouard. Par téléphone, il lui annonça la présence de Bournef. M. Desmalions répondit qu'il arrivait aussitôt.

Depuis l'assassinat d'Essarès bey, l'enquête de M. Desmalions n'avait pas avancé en ce qui concernait les quatre complices du colonel Fakhi. On découvrit bien la retraite du sieur Grégoire, et les chambres aux placards, mais tout cela était vide. Les complices avaient disparu.

« Le vieux Siméon, se dit Patrice, était au courant de leurs habitudes. Il devait savoir que, tel jour de la semaine, à telle heure, ils se réunissaient dans ce café, et il s'est souvenu, tout à coup, à l'évocation du nom de Bournef. »

Quelques minutes plus tard, M. Desmalions descendait d'automobile avec ses agents. L'affaire ne traîna pas. La terrasse fut cernée. Les complices n'opposèrent pas de résistance. M. Desmalions en expédia trois, sous bonne garde, au Dépôt et poussa Bournef dans une salle particulière.

« Venez, dit-il à Patrice. Nous allons l'interroger. »

Patrice objecta :

« Mme Essarès est seule là-bas...

— Seule, non. Il y a tous vos hommes.

— Oui, mais j'aime mieux y être. C'est la première fois que je la quitte, et toutes les craintes sont permises.

— Il s'agit de quelques minutes, insista M. Desmalions. Il faut toujours profiter du désarroi que cause l'arrestation. »

Patrice le suivit, mais ils purent se rendre compte que Bournef n'était pas de ces hommes qui se déconcertent aisément. Aux menaces, il répliqua en haussant les épaules.

« Inutile, monsieur, de me faire peur. Je ne risque rien. Fusillé ? Des blagues ! En France on ne fusille pas pour un oui ou pour un non, et nous sommes tous quatre sujets d'un pays neutre. Un procès ? Une condamnation ? La prison ? Jamais de la vie. Vous comprenez bien que, si vous avez étouffé l'affaire jusqu'ici, et si vous avez escamoté le meurtre de Mustapha, celui de Fakhi et celui d'Essarès, ce n'est pas pour ressusciter cette même affaire, sans raison valable. Non, monsieur, je suis tranquille. Le camp de concentration, voilà tout ce qui m'attend.

— Alors, dit M. Desmalions, vous refusez de répondre ?

— Fichtre non ! Le camp de concentration, soit. Mais il y a vingt degrés de régimes, dans ces camps, et je tiens à mériter vos faveurs, et par là à gagner confortablement la fin de la guerre. Mais d'abord que savez-vous ?

— A peu près tout.

— Tant pis, ma valeur diminue. Vous connaissez la dernière nuit d'Essarès ?

— Oui, et le marché des quatre millions. Que sont-ils devenus ? »

Bournef eut un geste de rage.

« Repris ! Volés ! C'était un piège !

— Qui les a repris ?

— Un nommé Grégoire.

— Qui était-ce ?

— Son âme damnée, nous l'avons su depuis. Nous avons découvert que ce Grégoire n'était autre qu'un individu qui lui servait de chauffeur à l'occasion.

— Qui lui servait, par conséquent, à transporter les sacs d'or de sa banque à son hôtel ?

— Oui, et nous croyons même savoir... tenez, autant dire que c'est une certitude. Eh bien... Grégoire, c'est une femme.

— Une femme !

— Parfaitement. Sa maîtresse. Nous en avons plusieurs preuves. Mais une femme solide, d'aplomb, forte comme un homme, et qui ne recule devant rien.

— Vous connaissez son adresse ?

— Non.

— Et l'or, vous n'avez aucun indice, aucun soupçon ?

— Non. L'or est dans le jardin ou dans l'hôtel de la rue Raynouard. Durant toute une semaine, nous l'avons vu rentrer, cet or. Depuis, il n'en est pas sorti. Nous faisions le guet, chaque nuit. Les sacs y sont, je l'affirme.

— Aucun indice non plus relativement au meurtrier d'Essarès ?

— Aucun.

— Est-ce bien sûr ?

— Pourquoi mentirais-je ?

— Et si c'était vous ?... ou l'un de vos amis ?

— Nous avons bien pensé qu'on le supposerait. Par hasard, et c'est heureux, nous avons un alibi.

— Facile à prouver ?

— Irréfutable.

— Nous examinerons cela. Donc pas d'autre révélation ?

— Non. Mais une idée... ou plutôt une question à laquelle vous répondrez à votre guise. Qui nous a trahis ? Votre réponse peut m'éclairer, car une seule personne connaissait nos rendez-vous de chaque semaine, ici, de quatre à cinq heures... une seule personne, Essarès bey... et lui-même il y venait souvent pour conférer avec nous. Essarès est mort. Qui donc nous a dénoncés ?

— Le vieux Siméon.

— Comment ! Siméon ! Siméon Diodokis !

— Siméon Diodokis, le secrétaire d'Essarès bey.

— Lui ! Ah ! le gredin, il me le paiera... Mais non, c'est impossible !

— Pourquoi dites-vous que c'est impossible ?

— Pourquoi ? Mais parce que... »

Il réfléchit assez longtemps, sans doute pour être bien sûr qu'il n'y avait pas d'inconvénient à parler. Puis il acheva sa phrase :

« Parce que le vieux Siméon était d'accord avec nous.

— Qu'est-ce que vous dites ? s'écria Patrice fort surpris à son tour.

— Je dis et j'affirme que Siméon Diodokis était d'accord avec nous. C'était notre homme. C'est lui qui nous tenait au courant des manœuvres équivoques d'Essarès bey. C'est lui qui, par un coup de téléphone, donné à neuf heures du soir, nous a prévenus qu'Essarès avait allumé le fourneau des anciennes serres et que le signal des étincelles allait fonctionner. C'est lui qui nous a ouvert la porte en affectant, bien entendu, la résistance et tout en se laissant attacher dans la loge du concierge. C'est lui, enfin, qui avait congédié et payé les domestiques.

— Mais le colonel Fakhi ne s'est pas adressé à lui comme à un complice...

— Comédie pour donner le change à Essarès. Comédie d'un bout à l'autre !

— Soit. Mais pourquoi Siméon trahissait-il Essarès ? Pour de l'argent ?

— Non, par haine. Il avait contre Essarès bey une haine qui nous a souvent donné le frisson.

— Le motif ?

— Je ne sais pas. Siméon est un silencieux, mais cela remontait très haut.

— Connaissait-il la cachette de l'or ? demanda M. Desmalions.

— Non. Et ce n'est pas faute d'avoir cherché ! Il n'a jamais su comment les sacs sortaient de la cave, laquelle n'était qu'une cachette provisoire.

— Pourtant, ils sortaient de la propriété. En ce cas, qui nous dit qu'il n'en fut pas de même cette fois ?

— Cette fois-là nous faisions le guet dehors, de tous les côtés, ce que Siméon ne pouvait faire à lui tout seul. »

Patrice reprit à son tour :

« Vous n'en savez pas davantage sur lui ?

— Ma foi non. Ah ! cependant, il est arrivé ceci d'assez curieux. L'après-midi qui précéda le fameux soir, je reçus une lettre dans laquelle Siméon me donnait certains renseignements. Dans la même enveloppe il y avait une autre lettre, mise là, évidemment, par une erreur incroyable, car elle semblait fort importante.

— Et que disait-elle ? fit Patrice anxieusement.

— Il y était question d'une clef.

— Ne pouvez-vous préciser ?
— Voici la lettre. Je l'avais conservée pour la lui rendre et le mettre en garde. Tenez, c'est bien son écriture... »

Patrice saisit la feuille de papier, et tout de suite il vit son nom. La lettre lui était adressée, comme il l'avait pressenti. C'était celle qu'il n'avait point reçue.

« Patrice,

« Tu recevras ce soir une clef. Cette clef ouvre, au milieu d'une ruelle qui descend vers la Seine, deux portes, l'une à droite, celle du jardin de la femme que tu aimes ; l'autre, à gauche, celle d'un jardin où je te donne rendez-vous le 14 avril, à 9 heures du matin. Celle que tu aimes sera là également. Vous saurez qui je suis et le but que je veux atteindre. Vous apprendrez tous deux sur le passé des choses qui vous rapprocheront plus encore l'un de l'autre.

« D'ici le 14 avril, la lutte qui commence ce soir sera terrible. Si je succombe, il est certain que celle que tu aimes va courir les plus grands dangers. Veille sur elle, Patrice, et que ta protection ne la quitte pas un instant. Mais je ne succomberai pas, et vous aurez le bonheur que je prépare pour vous depuis si longtemps.

« Toute mon affection. »

« Ce n'est pas signé, reprit Bournef, mais, je le répète, l'écriture est de Siméon. Quant à la dame, il s'agit évidemment de Mme Essarès.
— Mais quel danger court-elle ? s'écria Patrice avec inquiétude. Essarès est mort. Donc, rien à craindre.
— Est-ce qu'on sait ? C'était un rude homme.
— A qui aurait-il donné mission de le venger ? Qui poursuivrait son œuvre ?

— Je l'ignore, mais il faut se méfier. »

Patrice n'écoutait plus. Il tendit vivement la lettre à M. Desmalions, et, sans vouloir rien entendre, s'échappa.

« Rue Raynouard, et rondement », dit-il au chauffeur, quand il eut sauté dans une auto.

Il avait hâte d'arriver. Les dangers dont parlait le vieux Siméon lui semblaient soudain suspendus sur la tête de Coralie. Déjà l'ennemi, profitant de son absence, attaquait sa bien-aimée. « Et qui pourrait la défendre si je succombe ? » avait dit Siméon. Or, cette hypothèse s'était réalisée en partie, puisqu'il avait perdu la raison.

« Voyons, quoi, murmurait Patrice, c'est idiot... Je me forge des idées... Il n'y a aucun motif... »

Mais son tourment croissait à chaque minute. Il se disait que le vieux Siméon l'avait prévenu à dessein que la clef devait ouvrir la porte du jardin de Coralie, afin que lui, Patrice, pût exercer une surveillance efficace en pénétrant, en cas de besoin, jusqu'auprès de la jeune femme.

Il le vit de loin, Siméon. La nuit était venue, le bonhomme rentrait dans l'hôtel. Patrice le dépassa devant la loge du concierge et l'entendit qui fredonnait. Patrice demanda au soldat de faction :

« Rien de nouveau ?

— Rien, mon capitaine.

— Maman Coralie ?

— Elle a fait un tour dans le jardin. Elle est remontée il y a une demi-heure.

— Ya-Bon ?

— Ya-Bon suivait maman Coralie. Il doit être à sa porte. »

Patrice grimpa l'escalier, plus calme. Mais, quand il parvint au premier étage, il fut très étonné de voir que l'électricité n'était pas allumée. Il fit jouer l'interrupteur. Alors, il aperçut, au bout du couloir, Ya-Bon à genoux devant la chambre de maman Coralie, la tête appuyée contre le mur. La chambre était ouverte.

« Qu'est-ce que tu fais là ? » cria-t-il en accourant.

Ya-Bon ne répondit pas. Patrice constata qu'il y avait du sang sur l'épaule de son dolman. A cet instant, le Sénégalais s'affaissa.

« Tonnerre ! Il est blessé !... Mort peut-être ! »

Il sauta par-dessus le corps, et se précipita dans la chambre dont il alluma aussitôt l'électricité.

Coralie était étendue sur un canapé. L'affreuse petite cordelette de soie rouge entourait son cou. Et cependant Patrice n'avait pas en lui cette étreinte horrible du désespoir que l'on éprouve devant des malheurs irréparables. Il lui semblait que la figure de Coralie n'avait pas la pâleur de la mort. Et, de fait, la jeune femme respirait.

« Elle n'est pas morte... Elle n'est pas morte, se dit Patrice. Elle ne mourra pas, j'en suis sûr... et Ya-Bon non plus... Le coup est manqué. »

Il desserra la cordelette.

Au bout de quelques secondes, la jeune femme respirait largement et reprenait connaissance. Elle lui sourit.

Mais aussitôt, se souvenant, elle le saisit de ses deux bras, si faibles encore, et lui dit, d'une voix tremblante :

« Oh ! Patrice, j'ai peur... j'ai peur pour vous...

— Peur de quoi, Coralie ? Quel est le misérable... ?

— Je ne l'ai pas vu... Il avait éteint... et il m'a prise à la gorge tout de suite, et il m'a dit à voix basse : "Toi d'abord... cette nuit ce sera le tour de ton amant..." Oh ! Patrice, j'ai peur pour vous... J'ai peur pour toi, Patrice... »

XI

VERS LE GOUFFRE

La décision de Patrice fut immédiate. Il transporta la jeune femme sur son lit et la pria de ne pas bouger et de ne pas appeler. Puis il s'assura que Ya-Bon n'était pas blessé grièvement. Enfin, il sonna violemment, faisant vibrer tous les timbres qui communiquaient avec les postes placés par lui en divers endroits de la maison.

Les hommes arrivèrent en hâte. Il leur dit :

« Vous n'êtes que des brutes. Quelqu'un a pénétré ici. Maman Coralie et Ya-Bon ont failli être tués... »

Et, comme ils s'exclamaient :

« Silence ! commanda-t-il. Vous méritez des coups de bâton. Je vous pardonne à une condition, c'est que, durant toute cette soirée et toute cette nuit, vous parliez de maman Coralie comme si elle était morte. »

L'un d'eux protesta :

« Mais à qui parler, mon capitaine ? Il n'y a personne ici.

— Il y a quelqu'un, bougre d'idiot, puisque maman Coralie et Ya-Bon ont été attaqués. A moins que ce ne soit par vous... Non ? Alors... Et puis, trêve de bêtises ! Il ne s'agit pas de parler à d'autres personnes, mais de parler entre vous... et même d'y penser dans le secret de votre conscience. On vous écoute, on vous épie, on entend ce que vous dites et l'on devine ce que vous ne dites pas. Donc, jusqu'à demain, maman Coralie ne sortira pas de sa chambre. On veillera sur elle à tour de rôle. Les autres se coucheront, sitôt après le dîner. Pas d'allées et venues dans la maison. Le silence.

— Et le vieux Siméon, mon capitaine ?

— Qu'on l'enferme dans sa chambre. Comme fou,

il est dangereux. On a pu profiter de sa démence, se faire ouvrir par lui. Qu'on l'enferme ! »

Le plan de Patrice était simple. Comme l'ennemi, croyant Coralie sur le point de mourir, avait dévoilé à la jeune femme son but, qui était de le tuer, lui aussi, Patrice, il fallait que l'ennemi se crût libre d'agir, sans que personne soupçonnât ses projets et fût en garde contre lui. L'ennemi viendrait. Il engagerait la lutte et serait pris au piège.

En attendant cette lutte, qu'il appelait de tous ses vœux, Patrice fit soigner Ya-Bon, dont la blessure en effet n'avait aucun caractère de gravité, et il l'interrogea, ainsi que maman Coralie.

Leurs réponses furent identiques. La jeune femme raconta que, étendue, un peu lasse, elle lisait, et que Ya-Bon demeurait dans le couloir devant la porte ouverte, accroupi à la mode arabe. Ni l'un ni l'autre ils n'entendirent rien de suspect. Et soudain, Ya-Bon vit une ombre s'interposer entre lui et la lumière du couloir. Cette lumière, qui provenait d'une ampoule électrique, fut éteinte pour ainsi dire en même temps que l'ampoule qui éclairait la chambre. Ya-Bon, à moitié dressé déjà, reçut un coup violent à la nuque et perdit connaissance. Coralie essaya de s'enfuir par la porte de son boudoir, ne put l'ouvrir, se mit à crier, et aussitôt fut saisie et renversée. Tout cela en l'espace de quelques secondes.

La seule indication que Patrice put obtenir, c'est que l'homme venait non de l'escalier, mais du côté de l'aile que l'on nommait l'aile des domestiques. Cette aile était desservie par un escalier plus petit et communiquait par la cuisine avec un office où se trouvait la porte de service sur la rue Raynouard.

Cette porte, Patrice la trouva fermée à clef. Mais quelqu'un pouvait avoir cette clef.

Le soir, Patrice passa un moment au chevet de Coralie, puis, à neuf heures, se retira dans sa chambre, laquelle était située un peu plus loin, et sur le même côté. C'était auparavant une pièce qu'Essarès bey se réservait comme fumoir.

Comme il n'attendait pas l'attaque, dont il espérait de si bons résultats, avant le milieu de la nuit, Patrice s'assit devant un bureau-cylindre placé contre le mur, et en sortit le registre sur lequel il avait commencé le journal détaillé des événements.

Durant trente à quarante minutes, il écrivit, et il était près de fermer ce registre lorsqu'il crut entendre comme un frôlement confus, qu'il n'eût certes pas perçu si ses nerfs n'avaient été tendus au plus haut point. Cela venait de la fenêtre, du dehors. Et il se rappela le jour où l'on avait déjà tiré sur Coralie et sur lui. Cependant la fenêtre n'était pas entrouverte ni même entrebâillée.

Il continua donc d'écrire sans tourner la tête et sans que rien pût laisser croire que son attention eût été mise en éveil, et il inscrivait, pour ainsi dire à son insu, les phrases mêmes de son anxiété.

« Il est là, il me regarde. Que va-t-il faire ? Je ne pense pas qu'il brise une vitre et qu'il m'envoie une balle. Le procédé est incertain et ne lui a pas réussi. Non, son plan doit être établi de façon différente et plus intelligente. Je suppose plutôt qu'il guette le moment où je me coucherai, qu'il épiera mon sommeil, et que seulement alors il entrera, par quelque moyen que j'ignore.

« D'ici là, j'éprouve une véritable volupté à me sentir sous ses yeux. Il me hait, et nos deux haines vont à l'encontre l'une de l'autre, comme deux épées qui se cherchent et qui battent le fer. Il me regarde, comme une bête fauve, tapie dans l'ombre, regarde sa proie et choisit la place où ses crocs mordront. Mais moi, je sais que c'est lui qui est la proie, vouée d'avance à la défaite et à l'écrasement. Il prépare son couteau ou sa cordelette rouge. Et ce sont mes deux mains qui termineront la bataille. Elles sont fortes, vigoureuses déjà. Elles seront implacables... »

Patrice rabattit le cylindre. Puis il alluma une cigarette, qu'il fuma tranquillement, comme chaque soir. Puis il ôta ses habits, les plia avec soin sur le dossier d'une chaise, remonta sa montre, se coucha, éteignit l'électricité.

« Enfin, se disait-il, je vais savoir. Je vais savoir qui est cet homme. Un ami d'Essarès ? Le continuateur de son œuvre ? Mais pourquoi cette haine contre Coralie ? Il l'aime donc, puisqu'il cherche à m'atteindre, moi aussi ? Je vais savoir... je vais savoir... »

Une heure s'écoula pourtant, puis une autre heure, et rien ne se produisit du côté de la fenêtre. Un seul craquement, qui eut lieu du côté du bureau. Mais c'était sans doute un de ces craquements de meuble que l'on entend la nuit dans le silence.

Patrice commença à perdre le bel espoir qui l'avait soutenu. Au fond, il se rendait compte que toute sa comédie relativement à la mort supposée de maman Coralie était de valeur médiocre, et qu'un homme de la taille de son ennemi avait bien pu ne pas s'y laisser prendre. Assez déconcerté, il était sur le point de s'endormir, lorsque le même craquement eut lieu au même endroit.

Le besoin d'agir le fit sauter du lit. Il alluma. Tout semblait dans le même ordre. Nulle trace d'une présence étrangère.

« Allons, se dit Patrice, décidément je ne suis pas de force. L'ennemi aura deviné mes desseins et flairé le piège qui lui était tendu. Dormons, il n'y aura rien cette nuit. »

Il n'y eut, en effet, aucune alerte.

Le lendemain, en examinant sa fenêtre, il remarquait que tout le long de la façade du jardin une corniche de pierre courait au-dessus du rez-de-chaussée, assez large pour qu'un homme pût y marcher en se retenant aux balcons et aux gouttières.

Il visita toutes les pièces auxquelles cette corniche donnait accès. L'une d'elles était la chambre du vieux Siméon.

« Il n'a pas bougé de là ? demanda-t-il aux deux soldats chargés de la surveillance.

— C'est à croire, mon capitaine. En tout cas, nous ne lui avons pas ouvert la porte. »

Patrice entra, et, sans s'occuper du bonhomme, lequel fumait toujours sa pipe éteinte, il fouilla la chambre, avec cette arrière-pensée qu'elle pouvait servir de refuge à l'ennemi.

Il n'y trouva personne. Mais il découvrit dans un placard plusieurs objets qu'il n'y avait point vus dans les perquisitions effectuées en compagnie de M. Desmalions : une échelle de corde, un rouleau de tuyaux en plomb qui semblaient être des tuyaux de gaz, et une petite lampe à souder.

« Tout cela est bougrement louche, pensa-t-il. Comment ces objets sont-ils entrés ici ? Est-ce Siméon qui les a rassemblés sans but précis, machinalement ? Ou bien dois-je supposer que Siméon n'est que l'instrument de l'ennemi ? Avant de perdre la raison, il le connaissait, cet ennemi, et aujourd'hui il subit son influence. »

Siméon, assis devant la fenêtre, lui tournait alors le dos. Patrice s'approcha de lui et tressaillit. Le bonhomme tenait entre ses mains une couronne mortuaire en perles noires et blanches. Elle portait comme date : 14 *Avril* 1915. C'était la vingtième, celle que Siméon devait mettre sur la tombe de ses amis morts.

« Il la mettra, dit Patrice à haute voix. Son instinct d'ami et de vengeur, qui l'a conduit toute sa vie, persiste à travers la démence. Il la mettra. N'est-ce pas, Siméon, que vous irez la porter demain ? Car c'est demain, le 14 avril, l'anniversaire sacré... »

Il se pencha vers l'être incompréhensible en qui venaient se rencontrer, comme des chemins qui aboutissent à un carrefour, toutes les intrigues bonnes ou mauvaises, favorables ou perfides, dont se composait l'inextricable drame. Siméon crut qu'on voulait lui prendre sa couronne, et la serra fortement contre lui, d'un geste farouche.

« N'aie pas peur, dit Patrice, je te la laisse. A demain, Siméon, à demain. Coralie et moi, nous serons exacts au rendez-vous que tu nous as donné. Et demain peut-être le souvenir de l'horrible passé délivrera ton cerveau. »

La journée parut longue à Patrice. Il avait tellement hâte d'arriver à quelque chose qui fût comme une lueur dans les ténèbres ! Et cette lueur n'allait-elle pas justement jaillir des circontances que ferait naître ce vingtième anniversaire du 14 avril ?

Vers la fin de l'après-midi, M. Desmalions passa rue Raynouard et dit à Patrice :

« Tenez, voici ce que j'ai reçu, c'est assez curieux... une lettre anonyme à écriture déguisée... Ecoutez cela : "Monsieur, vous êtes prévenu que l'or va s'en aller. Faites attention. Demain soir les dix-huit cents sacs auront pris le chemin de l'étranger. — Un ami de la France."

— Et c'est demain le 14 avril, dit Patrice, qui fit aussitôt le rapprochement.

— Oui. Pourquoi cette remarque ?

— Oh ! rien... une idée... »

Il fut près de raconter à M. Desmalions tous les faits qui se rapportaient à cette date du 14 avril, et tous ceux qui concernaient l'étrange personnalité du vieux Siméon. S'il ne parla pas, ce fut pour des raisons obscures, peut-être parce qu'il voulait mener seul et jusqu'au bout cette partie de l'affaire, peut-être aussi par une sorte de pudeur qui l'empêchait d'initier M. Desmalions à tous les secrets du passé. Il garda donc le silence à ce propos et dit :

« Alors, cette lettre ?

— Ma foi, je ne sais que penser. Est-ce un avertissement justifié ? ou bien un stratagème pour nous imposer une conduite plutôt qu'une autre ? J'en causerai avec Bournef.

— Toujours rien de spécial de ce côté ?

— Non, et je n'attends rien de plus. L'alibi qu'il m'a fourni est réel. Ses amis et lui ne sont que des comparses dont le rôle est terminé. »

De cette conversation, Patrice ne retint qu'une chose : la coïncidence des dates.

Les deux directions que M. Desmalions et lui suivaient dans cette affaire se rejoignaient tout à coup en cette date depuis si longtemps marquée par le sort. Le passé et le présent allaient se réunir. Le dénouement approchait. C'était le jour même du 14 avril que l'or devait disparaître à jamais, et qu'une voix inconnue convoquait Patrice et Coralie au même rendez-vous que leurs parents avaient pris vingt ans auparavant.

Et le lendemain, ce fut le 14 avril.

Dès neuf heures, Patrice demandait des nouvelles du vieux Siméon.

« Sorti, mon capitaine, lui répondit-on. Vous aviez levé la consigne. »

Patrice entra dans la chambre et chercha la couronne. Elle n'y était plus. Mais les trois objets du placard, l'échelle de corde, le rouleau de plomb et la lampe à souder n'y étaient plus non plus. Il interrogea :

« Siméon n'a rien emporté ?

— Si, mon capitaine, une couronne.

— Pas autre chose ?

— Non, mon capitaine. »

La fenêtre était ouverte. Patrice en conclut que les objets avaient pris ce chemin, et son hypothèse d'une complicité inconsciente du bonhomme en fut confirmée.

Un peu avant dix heures, Coralie le rejoignit dans le jardin. Patrice l'avait mise au courant des derniers incidents. La jeune femme était pâle et inquiète.

Ils firent le tour des pelouses et gagnèrent sans être vus les bosquets de fusains qui dissimulaient la porte de la ruelle. Patrice ouvrit cette porte.

Au moment d'ouvrir l'autre, il eut une hésitation.

Il regrettait de n'avoir pas prévenu M. Desmalions, et d'accomplir, seul avec Coralie, ce pèlerinage que certains symptômes annonçaient comme dangereux. Mais il secoua cette impression. Il avait eu soin de prendre deux revolvers. Qu'y avait-il à craindre ?

« Nous entrons, n'est-ce pas, Coralie ?

— Oui, dit-elle.

— Cependant, vous semblez indécise, anxieuse...

— C'est vrai, murmura la jeune femme, j'ai le cœur serré.

— Pourquoi ? Vous avez peur ?

— Non... ou plutôt si... Je n'ai pas peur pour aujourd'hui, mais en quelque sorte pour autrefois. Je pense à ma pauvre mère qui a franchi cette porte comme moi, par un matin d'avril. Elle était tout heureuse, elle allait vers l'amour... Et alors c'est comme si je voulais la retenir et lui crier : "N'avance pas... la mort te guette... n'avance pas..." Et, ces mots d'effroi, c'est moi qui les entends... ils bourdonnent à mon oreille... et c'est moi qui n'ose plus avancer. J'ai peur...

— Retournons, Coralie. »

Elle lui saisit le bras, et la voix ferme :

« Marchons. Je veux prier. La prière me fera du bien. »

Hardiment, elle suivit le petit sentier transversal que sa mère avait suivi et monta parmi les herbes folles et les branches envahissantes. Ils laissèrent le pavillon sur leur gauche et gagnèrent le cloître de verdure où reposaient leurs parents. Et tout de suite, au premier regard, ils virent que la vingtième couronne était là.

« Siméon est venu, dit Patrice. L'instinct, plus fort que tout, l'a obligé à venir. Il ne doit pas être loin d'ici. »

Tandis que Coralie s'agenouillait, il chercha autour du cloître, et descendit jusqu'à la moitié du jardin. Mais Siméon demeurait invisible. Il ne restait plus qu'à visiter le pavillon, et c'était évidemment un acte redoutable dont ils retardèrent l'accomplissement, sinon par crainte, du moins par l'espèce de frayeur sacrée que l'on éprouve à pénétrer dans un lieu de mort et de crime.

Ce fut encore la jeune femme qui donna le signal de l'action.

« Venez », dit-elle.

Patrice ne savait comment ils entreraient dans le pavillon dont les fenêtres et les issues lui avaient toutes paru fermées. Mais, en approchant, ils constatèrent que la porte de derrière, sur la cour, était grande ouverte, et ils pensèrent aussitôt que Siméon les attendait à l'intérieur.

Il était exactement dix heures quand ils franchirent le seuil du pavillon. Un petit vestibule conduisait d'un côté à une cuisine, de l'autre à une chambre. En face, ce devait être la pièce principale. La porte en était entrebâillée et Coralie balbutia :

« C'est ici que la chose a dû avoir lieu... autrefois.

— Oui, dit Patrice, nous y trouverons Siméon. Mais, si le cœur vous manque, Coralie, il vaut mieux renoncer. »

Une volonté irréfléchie soutenait la jeune femme. Rien n'eût arrêté son élan. Elle avança.

Quoique grande, la pièce donnait une impression d'intimité par la façon dont elle était meublée. Divans, fauteuils, tapis, tentures, tout concourait à la rendre confortable, et l'on eût dit que l'aspect n'en avait pas changé depuis la mort tragique de ceux qui l'habitaient. Cet aspect était plutôt celui d'un atelier, à cause d'un vitrage qui occupait le milieu du très haut plafond, à l'endroit du belvédère, et par où le jour descendait. Il y avait bien deux fenêtres, mais des rideaux les masquaient.

« Siméon n'est pas là », dit Patrice.

Coralie ne répondit pas. Elle examinait les choses avec une émotion qui contractait sa figure. C'étaient des livres qui tous remontaient au siècle dernier. Quelques-uns portaient sur leur couverture, jaune ou bleue, une signature au crayon : Coralie. C'étaient des ouvrages de dame inachevés, un canevas de broderie, une tapisserie d'où pendait l'aiguille au bout du brin de laine. Et c'étaient aussi des livres avec la signature : Patrice, et une boîte de cigares, et un sous-main, et des porte-plume, et un encrier. Et c'étaient deux petites photographies dans leurs cadres, celles de deux enfants, Patrice et Coralie.

Et ainsi toute la vie de jadis continuait, non point seulement la vie de deux amoureux qui s'aiment d'un amour violent et passager, mais de deux êtres qui se retrouvent dans le calme et dans la certitude d'une longue existence commune.

« Oh ! maman, maman », chuchota Coralie.

Son émotion croissait à chacun des souvenirs recueillis. Elle s'appuya toute palpitante sur l'épaule de Patrice.

« Allons-nous-en, dit-il.

— Oui, oui, cela vaut mieux, mon ami. Nous reviendrons... nous revivrons auprès d'eux... nous reprendrons ici l'intimité de leur vie brisée. Allons-nous-en. Aujourd'hui je n'ai plus de forces. »

Mais à peine avaient-ils fait quelques pas qu'ils s'arrêtèrent, confondus. La porte était close.

Leurs yeux se rencontrèrent, chargés d'inquiétude.

« Nous ne l'avions pas fermée, n'est-ce pas ? dit-il.

— Non, dit-elle, nous ne l'avions pas fermée. »

Il s'approcha pour ouvrir et s'aperçut que la porte n'avait pas de poignée ni de serrure.

C'était une porte à un seul battant, de bois plein, qui semblait dur et massif. On eût dit qu'elle était faite d'un morceau et prise dans le cœur même d'un chêne. Nul vernis, nulle peinture. Çà et là, des éraflures, comme si on l'eût frappée à l'aide d'un instrument.

Et puis... et puis... vers la droite, ces quelques mots au crayon :

Patrice et Coralie — 14 *avril* 1895
Dieu nous vengera.

Au-dessous une croix, et au-dessous de cette croix une autre date, mais d'une écriture différente et plus fraîche :

14 *avril* 1915

« 1915 !... 1915 !... prononça Patrice. C'est effrayant !... La date d'aujourd'hui ! Qui a écrit cela ? Cela vient d'être écrit. Oh ! c'est effrayant !... Voyons... Voyons... nous n'allons pourtant pas... »

Il s'élança jusqu'à l'une des fenêtres, d'un coup tira le rideau qui la voilait, et ouvrit la croisée.

Un cri lui échappa.

La fenêtre était murée, murée avec de gros moellons qui s'interposaient entre les vitres et les volets.

Il courut à l'autre : même obstacle.

Il y avait deux portes, qui devaient donner, à droite, dans la chambre, à gauche sans doute dans une salle attenant à la cuisine.

Il les ouvrit rapidement.

L'une et l'autre étaient murées.

Il courut de tous côtés, en une minute d'effarement, puis se précipita sur la première des trois portes qu'il essaya d'ébranler. Elle ne bougea pas. Elle donnait l'impression d'un bloc immuable.

Alors, de nouveau, ils se regardèrent éperdument, et la même pensée terrible les envahit. La chose d'autrefois se répétait. Le drame recommençait dans des conditions identiques. Après la mère et le père, c'étaient la fille et le fils. Comme les amants de jadis, ceux d'aujourd'hui étaient captifs. L'ennemi les tenait sous sa griffe puissante, et sans doute allaient-ils connaître la façon dont leurs parents étaient morts par la façon dont eux-mêmes allaient mourir... 14 avril 1895... 14 avril 1915...

DEUXIÈME PARTIE

LA VICTOIRE D'ARSÈNE LUPIN

I

L'ÉPOUVANTE

« Ah ! non, non, s'écria Patrice, cela ne sera pas ! »
Il se rejeta contre les fenêtres et contre les portes, saisit un chenet avec lequel il frappa le bois des battants, ou le mur de moellons. Gestes stériles ! C'étaient les mêmes que son père avait exécutés jadis, et il ne pouvait faire dans le bois des battants ou le moellon des murs que les mêmes éraflures, inefficaces et dérisoires.

« Ah ! maman Coralie, maman Coralie, dit-il en un cri de désespoir, c'est ma faute. Dans quel abîme vous ai-je entraînée ! Mais c'est de la folie d'avoir voulu lutter seul. Il fallait demander le secours de ceux qui savent, qui ont l'habitude !... Non, j'ai cru que je pourrais... Pardonnez-moi, Coralie. »

La jeune femme était tombée sur un fauteuil. Lui, presque à genoux, l'entourait de ses bras et la suppliait.

Elle sourit, pour le calmer, et dit doucement :

« Voyons, mon ami, ne perdons pas courage. Peut-être nous trompons-nous... Car enfin, rien ne prouve que tout cela ne soit pas l'effet d'un hasard.

— La date ! prononça-t-il, la date de cette année, la date de ce jour, tracée par une autre main ! c'étaient nos parents qui avaient écrit l'autre... mais celle-ci, Coralie, celle-ci ne montre-t-elle pas la préméditation et la volonté implacable d'en finir avec nous ? »

Elle frissonna. Cependant elle dit encore, s'obstinant à le réconforter :

« Soit, je veux bien. Mais enfin, nous n'en sommes pas là. Si nous avons des ennemis, nous avons des amis... Ils nous chercheront...

— Ils nous chercheront, mais comment pourraient-ils nous trouver, Coralie ? Nous avons pris toutes nos mesures pour qu'on ne sache pas où nous allions, et nul ne connaît cette maison.

— Le vieux Siméon ?

— Siméon est venu, et il a déposé la couronne, mais un autre est venu avec lui, un autre qui le domine et qui s'est peut-être déjà débarrassé de lui, maintenant que Siméon a joué son rôle.

— Et alors, Patrice ? »

Il la sentit bouleversée et eut honte de sa propre faiblesse.

« Alors, dit-il en se maîtrisant, attendons. Somme toute, l'attaque peut ne pas se dessiner. Le fait d'être enfermés ne signifie pas que nous soyons perdus. Et puis, quand même, nous lutterons, n'est-ce pas ? et croyez que je ne suis pas à bout de forces ni de ressources. Attendons, Coralie, et agissons. L'essentiel est de s'enquérir s'il n'existe pas quelque entrée qui permît une agression imprévue. »

Après une heure de recherches, ils n'en découvrirent point. Les murailles rendaient partout le même son. Sous le tapis, qu'ils défirent, c'était du carrelage, dont les carreaux n'offraient rien d'anormal.

Décidément, il n'y avait que la porte, et, comme ils ne pouvaient empêcher qu'on l'ouvrît, puisqu'elle s'ouvrait vers l'extérieur, ils accumulèrent devant elle la plupart des meubles de la pièce, formant ainsi une barricade qui les mettait à l'abri d'une surprise.

Puis Patrice arma ses deux revolvers, et les plaça bien en vue, près de lui.

« Comme cela, dit-il, nous sommes tranquilles. Tout ennemi qui se présente est un homme mort. »

Mais le souvenir du passé pesait sur eux de tout son poids formidable. Toutes leurs paroles et toutes leurs actions, d'autres les avaient déjà dites et déjà accomplies, dans des conditions analogues, avec les mêmes pensées et les mêmes appréhensions. Le père de Patrice avait dû préparer ses armes. La mère de Coralie avait dû joindre les mains et prier. Tous deux ensemble, ils avaient barricadé la porte, et, tous deux ensemble, interrogé les murs et soulevé le tapis.

Quelle angoisse que celle qui se double d'une angoisse pareille !

Pour chasser l'horrible idée, ils feuilletèrent les livres, romans et brochures que leurs parents avaient lus. Sur certaines pages, en fin de chapitre ou en fin de volume, des lignes étaient écrites. C'étaient des lettres que le père de Patrice et la mère de Coralie s'écrivaient.

« Mon Patrice bien-aimé, j'ai couru jusqu'ici ce matin pour revivre notre vie d'hier et pour rêver à notre vie de tantôt. Comme tu arriveras avant moi, tu liras ces lignes. Tu liras que je t'aime... »

Et, sur un autre livre :

« Ma Coralie bien-aimée,

« Tu viens de partir, je ne te verrai pas avant demain, et je ne veux pas quitter le refuge où notre amour a goûté tant de joies, sans te dire, une fois de plus... »

Ils feuilletèrent ainsi la plupart des livres, n'y trouvant d'ailleurs, au lieu des indications qu'ils cherchaient, que de la tendresse et de la passion.

Et plus de deux heures s'écoulèrent dans l'attente et dans le tourment de ce qui pouvait survenir.

« Rien, dit Patrice, il n'y aura rien. Et voilà peut-être le plus redoutable, car si rien ne se produit, c'est que nous sommes condamnés à ne pas sortir d'ici. Et en ce cas... »

La conclusion de la phrase que Patrice n'achevait point, Coralie la comprit, et ils eurent ensemble cette vision de la mort par la faim qui semblait les menacer. Mais Patrice s'écria :

« Non, non, nous n'avons pas à craindre cela. Non. Pour que des gens de notre âge meurent de faim, il faut des journées entières, trois jours, quatre jours, davantage. Et d'ici là, nous serons secourus.

— Comment ? fit Coralie.

— Comment ? Mais par nos soldats, par Ya-Bon, par M. Desmalions. Ils s'inquiéteront d'une absence qui se prolongerait au-delà de cette nuit.

— Vous l'avez dit vous-même, Patrice, ils ne peuvent pas savoir où nous sommes.

— Ils le sauront. C'est facile. La ruelle seule sépare les deux jardins. Et, d'ailleurs, tous nos actes ne sont-ils pas consignés sur le journal que je tiens, et qui est dans le bureau de ma chambre ? Ya-Bon en connaît l'existence. Il ne peut manquer d'en parler à M. Desmalions. Et puis... et puis, il y a Siméon... Qu'est-il devenu, lui ? Ne remarquera-t-on pas ses allées et venues ? Ne donnera-t-il pas un avertissement quelconque ? »

Mais les mots étaient impuissants à les rassurer. S'ils ne devaient pas mourir de faim, c'est que l'ennemi avait imaginé un autre supplice. Leur inaction les torturait. Patrice recommença ses investigations qu'un hasard curieux dirigea dans un sens nouveau.

Ayant ouvert un des livres qu'ils n'avaient pas encore feuilletés, un livre publié en l'année 1895, Patrice aperçut deux pages cornées ensemble. Il les détacha l'une de l'autre, et lut une note qui lui était adressée par son père :

« Patrice, mon fils, si jamais le hasard te met cette note sous les yeux, c'est que la mort violente qui nous guette ne m'aura pas permis de l'effacer. Alors, à propos de cette mort, Patrice, cherche la vérité sur le mur de l'atelier, entre les deux fenêtres. J'aurai peut-être le temps de l'y inscrire. »

Ainsi, à cette époque, les deux victimes avaient prévu le destin tragique qui leur était réservé, et le père de Patrice et la mère de Coralie connaissaient le danger qu'ils couraient en venant dans ce pavillon.

Restait à savoir si le père de Patrice avait pu exécuter son projet.

Entre les deux fenêtres, il y avait, comme tout autour de la pièce, un lambris de bois verni, surmonté, à la hauteur de deux mètres, d'une corniche. Au-dessus de la corniche, c'était le simple mur de plâtre. Patrice et Coralie avaient déjà remarqué, sans y porter une attention particulière, que le lambris, à cet endroit, semblait avoir été refait, le vernis des planches n'ayant pas la même teinte uniforme. Patrice se servit comme d'un ciseau d'un des chenets, démolit la corniche et souleva la première planche.

Elle se cassa aisément. Sous cette planche, sur le plâtre même du mur, il y avait des lignes écrites.

« C'est le même procédé que, depuis, emploie le vieux Siméon. Ecrire sur les murs, puis recouvrir de bois ou de plâtre. »

Il cassa le haut des autres planches, et, de la sorte, plusieurs lignes complètes apparurent, lignes tracées au crayon, hâtivement, et que le temps avait fortement altérées.

Avec quelle émotion Patrice les déchiffra ! Son père les avait écrites au moment où la mort rôdait autour de lui. Quelques heures plus tard, il ne vivait plus. C'était le témoignage de son agonie, et peut-être son imprécation contre l'ennemi qui le tuait et qui tuait sa bien-aimée.

Il lut à demi-voix :

« J'écris ceci pour que le dessein du bandit ne puisse s'exécuter jusqu'au bout et pour assurer son châtiment. Sans doute allons-nous mourir, Coralie et moi, mais du moins nous ne mourrons pas sans qu'on sache la cause de notre mort.

« Il y a peu de jours, il disait à Coralie :

« — Vous repoussez mon amour, vous m'accablez de votre haine. Soit, mais je vous tuerai, votre amant et vous, et de telle façon que l'on ne pourra m'accuser d'une mort qui semblera un suicide. Tout est prêt. Défiez-vous, Coralie ! »

« Tout était prêt, en effet. Il ne me connaissait point, mais devait savoir que Coralie avait ici des rendez-vous quotidiens, et c'est dans ce pavillon qu'il a préparé notre tombeau.

« Quelle sera notre mort ? Nous l'ignorons. Le manque de nourriture, sans doute. Voilà quatre heures que nous sommes emprisonnés. La porte s'est refermée sur nous, une lourde porte qu'il a dû placer cette nuit. Toutes les autres ouvertures, portes et fenêtres, sont également bouchées par des blocs de pierre accumulés et cimentés depuis notre dernière entrevue. Une évasion est impossible. Qu'allons-nous devenir ? »

La partie découverte s'arrêtait là. Patrice prononça :

« Vous voyez, Coralie, ils ont passé par les mêmes affres que nous. Eux aussi, ils ont redouté la faim. Eux aussi, ils ont connu les longues heures d'attente où l'inaction est si douloureuse, et c'est un peu pour se distraire de leurs pensées qu'ils ont écrit ces lignes. »

Il ajouta après un instant d'examen.

« Ils pouvaient croire — et c'est ce qui est arrivé — que celui qui les tuait ne lirait pas ce document. Tenez, un seul grand rideau était tendu devant ces fenêtres et devant l'intervalle qui les sépare, un seul rideau comme le prouve l'unique tringle qui domine tout cet espace. Après la mort de nos parents, personne n'ayant songé à écarter ce voile, la vérité demeura cachée... jusqu'au jour où Siméon la découvrit, et, par précaution, la dissimula de nouveau sous une cloison de bois, et posa deux rideaux à la place de l'unique rideau. De la sorte, tout semblait normal. »

Patrice se remit à l'œuvre. Quelques lignes encore apparurent.

« Ah ! si j'étais seul à souffrir, seul à mourir ! mais l'horreur de tout cela, c'est que j'entraîne avec moi ma chère Coralie. Elle s'est évanouie et repose en ce moment, terrassée par l'épouvante qu'elle cherche à dominer. Ma pauvre bien-aimée ! Je crois voir déjà, sur son doux visage, la pâleur de la mort. Pardon, pardon, ma bien-aimée. »

Patrice et Coralie se regardèrent. C'étaient les mêmes sentiments qui les agitaient, les mêmes scrupules, les mêmes délicatesses, le même oubli de soi devant la douleur de l'autre.

Patrice murmura :

« Il aimait votre mère comme je vous aime. Moi non plus, la mort ne m'effraie pas. Je l'ai bravée tant de fois, et en souriant ! Mais vous, vous Coralie, vous pour qui je subirais toutes les tortures... »

Il se mit à marcher. La colère le reprenait.

« Je vous sauverai, Coralie, je le jure. Et quelle joie ce sera alors de se venger ! Il aura le sort même qu'il nous réservait, vous entendez, Coralie. C'est ici qu'il mourra... C'est ici. Ah ! comme je m'y emploierai de toute ma haine ! »

Il arracha de nouveau des morceaux de planche avec l'espoir d'apprendre des choses qui pourraient lui être utiles, puisque la lutte reprenait dans des conditions identiques.

Mais les phrases suivantes étaient, comme celles qu'il venait de prononcer, des serments de vengeance :

« Coralie, il sera châtié. Si ce n'est pas par nous,

ce sera par la justice divine. Non, son plan infernal ne réussira pas. Non, on ne croira pas que nous avons recouru au suicide pour nous délivrer d'une existence qui n'était que joie et bonheur. On connaîtra son crime. Heure par heure, j'en donnerai ici les preuves irrécusables... »

« Des mots ! Des mots ! s'écria Patrice exaspéré. Des mots de menace et de douleur. Mais aucun fait qui nous guide... Mon père, n'allez-vous rien me dire pour sauver la fille de votre Coralie ? Si la vôtre a succombé, que la mienne échappe au malheur, grâce à vous, mon père ! Aidez-moi ! Conseillez-moi ! »

Mais le père ne répondait au fils que par d'autres mots d'appel et de désespoir.

« Qui va nous secourir ? Nous sommes murés dans ce tombeau, enterrés vivants et condamnés au supplice sans pouvoir nous défendre. J'ai là, sur une table, mon revolver. A quoi bon ? L'ennemi ne nous attaque pas. Il a pour lui le temps, le temps implacable qui tue par sa seule force, et par cela seul qu'il est le temps. Qui va nous secourir ? Qui sauvera ma bien-aimée Coralie ? »

Situation effrayante et dont ils sentaient toute l'horreur tragique. Il leur semblait qu'ils étaient déjà morts une fois, que l'épreuve, subie par d'autres, c'était eux qui l'avaient subie, et qu'ils la subissaient encore dans les mêmes conditions, et sans que rien leur permît d'échapper à toutes les phases par lesquelles avaient passé les autres — leur père et leur mère. L'analogie de leur sort et du sort de leurs parents était telle qu'ils souffraient deux souffrances et que leur deuxième agonie commençait.

Coralie, vaincue, se mit à pleurer. Patrice, bouleversé par la vue des larmes, s'acharna contre le lambris, dont les planches, consolidées par des traverses, résistaient à son effort.

Enfin il lut :

« Qu'y a-t-il ? Nous avons l'impression que quelqu'un a marché dehors, devant la façade du jardin. Oui, en collant notre oreille contre la muraille de moellons élevée dans l'embrasure de la fenêtre, nous avons cru entendre des pas. Est-ce possible ? Oh ! si cela pouvait être ! Ce serait enfin la lutte... Et tout, plutôt que le silence étouffant et l'incertitude qui ne finit pas.

« ... C'est cela !... C'est cela !... Le bruit se précise... un autre bruit qui est celui que l'on fait quand on creuse la terre avec une pioche. Quelqu'un creuse la terre, non pas devant la maison, mais sur le côté droit, près de la cuisine. »

Patrice redoubla d'efforts. Coralie s'était approchée et l'aidait. Cette fois, il sentait qu'un coin du voile allait se soulever. Et l'inscription se poursuivait :

« Une heure encore, avec des alternatives de bruit et de silence... le même bruit de terre remuée et le même silence où l'on devine une œuvre qui se continue.

« Et puis on est entré dans le vestibule... Une seule personne... lui, évidemment. Nous avons reconnu son pas... Il marche sans essayer de l'assourdir... Puis il s'est dirigé vers la cuisine, où il a travaillé comme auparavant, avec une pioche, mais en pleine pierre. Nous avons entendu aussi le bruit d'un carreau cassé.

« Et maintenant, il est retourné dehors, c'est un autre bruit qui semble monter le long de la maison comme si le misérable était obligé de s'élever pour mettre son projet à exécution... »

Patrice s'arrêta de lire et regarda.

Tous deux, ils prêtèrent l'oreille. Il dit à voix basse :
« Ecoute...
— Oui, oui, dit-elle, j'entends... Des pas dehors... Des pas devant la maison ou dans le jardin... »

L'un et l'autre, ils avancèrent jusqu'à l'une des fenêtres dont la croisée n'avait pas été refermée sur les moellons, et ils écoutèrent.

On marchait réellement, et ils éprouvèrent, à deviner l'approche de l'ennemi, le soulagement que leurs parents avaient éprouvé.

On fit le tour de la maison deux fois. Mais ils ne reconnurent point, comme leurs parents, le bruit des pas. C'étaient les pas d'un inconnu, ou des pas dont on changeait la cadence.

Puis, durant quelques minutes, il n'y eut plus rien. Et soudain, un autre bruit s'éleva, et, quoique, au fond d'eux, ils s'attendissent à le percevoir, ils furent, malgré tout, confondus de l'entendre. Et Patrice prononça sourdement, en scandant la phrase inscrite par son père, vingt années auparavant :

« C'est celui que l'on fait quand on creuse la terre avec une pioche. »

Oui, ce devait être cela. Quelqu'un creusait la terre, non pas devant la maison, mais sur le côté droit de la cuisine.

Ainsi donc le miracle abominable du drame renouvelé continuait. Là encore le fait d'autrefois se représentait, fait tout simple en lui-même, mais qui devenait sinistre, parce qu'il était un de ceux qui s'étaient produits déjà, et qu'il annonçait et préparait la mort jadis annoncée et préparée.

Une heure s'écoula. La besogne s'achevait avec des répits et des recrudescences. On eût dit un tombeau que l'on creuse. Le fossoyeur n'est pas pressé. Il se repose, puis reprend son travail.

Patrice et Coralie écoutaient debout, l'un près de l'autre, les mains et les yeux mêlés.

« Il s'arrête, dit Patrice tout bas...

— Oui, dit-elle, seulement on dirait...

— Oui, Coralie, on entre dans le vestibule... Ah ! il n'est même pas nécessaire d'écouter... Il n'y a qu'à se souvenir... Tenez... "Il se dirige vers la cuisine, et il creuse comme tout à l'heure avec la pioche, mais en pleine pierre..." Et puis... et puis... Oh ! Coralie, le même bruit de carreau cassé... »

C'étaient des souvenirs en effet, des souvenirs qui se mêlaient à la réalité macabre. Le présent et le passé ne faisaient qu'un. Ils prévoyaient les événements à l'instant même où ils se produisaient.

L'ennemi retourna dehors, et tout de suite « le bruit sembla monter le long de la maison, comme si le misérable était obligé de s'élever pour mettre son projet à exécution ».

Et puis... et puis... qu'allait-il advenir ? Ils ne pensaient plus à interroger l'inscription du mur, ou peut-être ne l'osaient-ils pas. Toute leur attention était portée sur les actes invisibles et, par moments, imperceptibles, qui s'accomplissaient en dehors d'eux et contre eux, effort sournois et ininterrompu, plan mystérieux dont les moindres détails étaient réglés comme un mouvement d'horlogerie, et cela depuis vingt ans !

L'ennemi entra dans la maison, et ils entendirent un frôlement au bas de la porte, un frôlement de choses molles que l'on paraissait accumuler et presser par-dessous le bois du battant. Ensuite, il y eut aussi des bruits confus dans les deux pièces voisines, contre les portes murées, et les mêmes bruits au-dehors entre les moellons des fenêtres et les volets ouverts. Et ensuite, du bruit sur le toit.

Ils levèrent les yeux. Cette fois, ils ne pouvaient douter que le dénouement approchât, ou du moins une des scènes du dénouement. Le toit, pour eux, c'était le châssis vitré qui occupait le centre du plafond, et par où provenait la seule lumière dont la pièce s'éclairât.

Et toujours la même question angoissante se posait à eux. Qu'allait-il advenir ? L'ennemi allait-il montrer son visage au-dessus de ce châssis et se démasquer enfin ?

Assez longtemps, ce travail se poursuivit sur le toit. Les pas ébranlaient les plaques de zinc qui le recouvraient, selon une direction qui reliait le côté droit de la maison aux abords de la lucarne.

Et, tout à coup, cette lucarne, ou plutôt une partie de cette lucarne, un rectangle de quatre carreaux, fut soulevée très légèrement, par une main qui assujettit un bâton pour que l'entrebâillement demeurât.

Et l'ennemi traversa de nouveau le toit et redescendit.

Ce fut presque une déception, et un tel besoin d'en savoir davantage les secoua que Patrice se remit à casser les planches du lambris, les derniers morceaux, la fin de l'inscription.

Et cette inscription leur fit revivre les dernières minutes qui venaient de s'écouler. La rentrée de l'ennemi, le frôlement contre les portes et contre les fenêtres murées, le bruit sur le toit, l'entrebâillement de la lucarne, la façon de la maintenir, tout s'était arrangé suivant le même ordre, et, pour ainsi dire, dans les mêmes limites de temps. Le père de Patrice et la mère de Coralie avaient connu les mêmes impressions. Le destin s'appliquait à repasser par les mêmes sentiers, en faisant les mêmes gestes et en recherchant le même but.

Et cela continuait :

« Il remonte... il remonte... voilà son pas encore sur le toit... Il s'approche de la lucarne... Va-t-il regarder ?... Verrons-nous son visage abhorré ?... »

« Il remonte... il remonte... » balbutia Coralie en se serrant contre Patrice.

Les pas de l'ennemi, en effet, martelaient le zinc.

« Oui, dit Patrice... il remonte comme autrefois, sans s'écarter du programme que l'autre a suivi. Seulement, nous ne savons pas quel visage va nous apparaître... Nos parents, eux, connaissaient leur ennemi. »

Elle frissonna en évoquant l'image de celui qui avait tué sa mère et demanda :

« C'était lui, n'est-ce pas ?

— Oui, c'était lui... Voilà son nom que mon père a tracé. »

Patrice avait découvert l'inscription presque entièrement.

A moitié courbé, il montrait du doigt :

« Tenez... lisez ce nom... Essarès... vous voyez... là ? C'est un des derniers mots que mon père avait écrits... Lisez, Coralie :

« La lucarne s'est soulevée davantage... une main la poussait... Et nous avons vu... il nous a regardés en riant... Ah ! le misérable... Essarès... Essarès...

« Et puis il a passé quelque chose par l'ouverture, quelque chose qui a descendu, qui s'est déroulé au milieu de la pièce, sur nos têtes... une échelle, une échelle de corde...

« Nous ne comprenons pas... Elle se balance devant nous... Et puis, à la fin, j'aperçois... Il y a, épinglée et enroulée autour de l'échelon inférieur, une feuille de papier... Et, sur cette feuille, je lis ces mots qui sont de l'écriture d'Essarès :

"Que Coralie monte seule. Elle aura la vie sauve. Je lui donne dix minutes pour accepter. Sinon..."

— Ah ! fit Patrice en se relevant, est-ce que cela également va recommencer ? Et cette échelle... cette échelle de corde que j'ai trouvée dans le placard du vieux Siméon. »

Coralie ne quittait pas la lucarne des yeux, car les pas tournaient alentour. Il y eut un arrêt là-haut. Patrice et Coralie ne doutaient pas que la minute ne fût arrivée, et qu'eux aussi ne fussent sur le point de voir...

Et Patrice disait sourdement, d'une voix altérée :

« Qui ? Il n'y a que trois êtres qui auraient pu jouer ce rôle sinistre, déjà joué autrefois. Deux sont morts : Essarès et mon père. Et le troisième, Siméon, est fou. Est-ce lui, qui, dans sa folie, a continué toute cette machination ? Mais comment supposer qu'il eût pu le faire d'une manière si précise ? Non... non... C'est l'autre, celui qui le dirige et qui, jusqu'ici, est resté dans l'ombre. »

Il sentit sur son bras les doigts crispés de Coralie.

« Taisez-vous, le voici...

— Non... non... dit-il.

— Si... j'en suis sûre... »

Elle devinait l'autre événement qui se préparait, et, de fait, comme jadis, la lucarne se souleva davantage... Une main la poussait. Et tout à coup ils virent...

Ils virent une tête qui se glissait sous le châssis entrouvert.

C'était la tête du vieux Siméon.

En vérité, ce qu'ils virent ne les étonna pas outre mesure. Que ce fût *celui-là* plutôt qu'un autre qui les persécutait, cela ne pouvait pas leur paraître extraordinaire, puisque *celui-là* était mêlé à leur existence depuis quelques semaines comme un acteur au drame qui se joue. Quoi qu'ils fissent, ils le retrouvaient toujours et partout, remplissant son rôle mystérieux et incompréhensible. Complice inconscient ? Force aveugle du destin ? Qu'importe ! il était celui qui agit, qui attaque inlassablement, et contre lequel on ne peut pas se défendre. Patrice chuchota :

« Le fou... le fou... »

Mais Coralie insinua :

« Il n'est peut-être pas fou... Il ne doit pas être fou. »

Elle tremblait, secouée par un frisson interminable.

Là-haut, l'homme les regardait, caché derrière ses lunettes jaunes sans qu'aucune expression de haine ou de joie satisfaite parût sur son visage impassible.

« Coralie, dit Patrice, à voix basse... laisse-toi faire... viens... »

Il la poussait doucement, en ayant l'air de la soutenir et de la conduire vers un fauteuil. En réalité, il n'avait qu'une idée, se rapprocher de la table sur laquelle il avait posé son revolver, saisir cette arme et tirer.

Siméon ne bougeait pas, pareil à quelque génie du mal venu pour déchaîner la tempête... Coralie ne pouvait s'affranchir de ce regard qui pesait sur elle.

« Non, murmurait-elle en résistant, comme si elle

eût peur que le projet de Patrice ne précipitât le dénouement redouté ; non, il ne faut pas... »

Mais, plus résolu qu'elle, Patrice atteignait le but. Encore un effort et sa main touchait au revolver.

Il se décida rapidement. L'arme fut braquée d'un coup. La détonation retentit.

En haut, la tête disparut.

« Ah ! fit Coralie, vous avez eu tort, Patrice, il va se venger...

— Non... peut-être pas... dit Patrice, le revolver au poing. Non, qui sait si je ne l'ai pas touché !... la balle a frappé le bord du châssis... Mais un ricochet peut-être, et alors... »

Ils attendirent, la main dans la main, avec un peu d'espoir.

Espoir qui dura peu. Sur le toit le bruit recommença.

Puis, *comme autrefois*, et cela, vraiment, ils eurent l'impression de l'avoir déjà vu, *comme autrefois quelque chose passa par l'ouverture, quelque chose qui descendait, qui se déroula au milieu de la pièce... une échelle... une échelle de corde...* celle-là même que Patrice avait avisée dans le placard du vieux Siméon.

Comme autrefois, ils regardaient, et ils savaient si bien que tout recommençait et que les faits s'enchaînaient les uns aux autres avec une rigueur implacable, que leurs yeux cherchèrent aussitôt l'inévitable feuille qui devait être épinglée à l'échelon inférieur.

Elle s'y trouvait, formant comme un rouleau de papier. Elle était jaunie, sèche, usée.

C'était la feuille d'autrefois, écrite vingt ans auparavant par Essarès, et qui servait *comme autrefois* à la même œuvre de tentation et de menace.

« *Que Coralie monte seule. Elle aura la vie sauve. Je lui donne dix minutes pour accepter. Sinon...* »

II

LES CLOUS DU CERCUEIL

Sinon... Ce mot, Patrice le répéta machinalement, à diverses reprises, tandis que la signification redoutable leur en apparaissait à tous deux. Sinon... cela voulait dire que si Coralie n'obéissait pas et ne se livrait pas à l'ennemi, si elle ne s'enfuyait pas de la prison pour suivre celui qui tenait les clefs de la prison, c'était la mort.

En cet instant, ils ne songeaient plus ni l'un ni l'autre au genre de mort qui leur était réservé, ni même à cette mort.

Ils ne songeaient qu'à l'ordre de séparation que l'ennemi leur adressait. L'un devait partir et l'autre mourir. La vie était promise à Coralie, si elle sacrifiait Patrice. Mais à quel prix, cette promesse ? et par quoi se payerait le sacrifice imposé ?

Il y eut entre les deux jeunes gens un long silence plein d'incertitude et d'angoisse. Maintenant quelque chose se précisait, et le drame ne se passait plus absolument en dehors d'eux et sans qu'ils y participassent autrement que comme victimes impuissantes. Il se passait en eux et ils avaient la faculté d'en changer le dénouement. Problème terrible ! Déjà il avait été posé à la Coralie d'autrefois, et elle l'avait résolu dans le sens de l'amour, puisqu'elle était morte...

Il se posait de nouveau.

Patrice lut sur l'inscription, et les mots, tracés rapidement, devenaient moins distincts, Patrice lut :

« J'ai supplié Coralie... Elle s'est jetée à mes genoux. Elle veut mourir avec moi... »

Patrice observa la jeune femme. Il avait dit cela très bas, et elle n'avait point entendu.

Alors, il l'attira vivement contre lui, dans un élan de passion, et il s'écria :

« Tu vas partir, Coralie. Tu comprends bien que, si je ne l'ai pas dit tout de suite, ce n'est pas par hésitation. Non... seulement... je songeais à l'offre de cet homme... et j'ai peur pour toi... C'est épouvantable, ce qu'il demande, Coralie. S'il te promet la vie sauve, c'est qu'il t'aime... Et alors, tu comprends... N'importe, Coralie, il faut obéir... il faut vivre... Va-t'en... Inutile d'attendre que les dix minutes soient écoulées... Il pourrait se raviser... te condamner à mort, toi aussi, non, Coralie, va-t'en, va-t'en tout de suite. »

Elle répondit simplement :

« Je reste. »

Il eut un sursaut.

« Mais c'est de la folie ! Pourquoi ce sacrifice inutile ? As-tu donc peur de ce qui pourrait arriver si tu lui obéissais ?

— Non.

— Alors, va-t'en.

— Je reste.

— Mais pourquoi ? pourquoi cette obstination ? Elle ne sert à rien. Pourquoi ?

— Parce que je vous aime, Patrice. »

Il demeura confondu. Il n'ignorait pas que la jeune femme l'aimât, et il le lui avait dit. Mais qu'elle l'aimât jusqu'à mourir à ses côtés, c'était une joie imprévue, délicieuse et terrible en même temps.

« Ah ! fit-il, tu m'aimes, ma Coralie... tu m'aimes...

— Je t'aime, mon Patrice. »

Elle lui entourait le cou de ses bras, et il sentait que cet enlacement était de ceux dont on ne peut se déprendre. Pourtant il ne céda pas, résolu à la sauver.

« Justement, dit-il, si tu m'aimes, tu dois obéir et vivre. Crois bien qu'il m'est cent fois plus douloureux de mourir avec toi que seul. Si je te sais libre et vivante, la mort me sera douce. »

Elle n'écoutait pas, et elle poursuivait son aveu,

heureuse de le faire, heureuse de prononcer des paroles qu'elle gardait en elle depuis si longtemps.

« Je t'aime du premier jour, mon Patrice. Je n'ai pas eu besoin que tu me le dises pour le savoir, et, si je ne te l'ai pas dit plus tôt, c'est que j'attendais un événement solennel, une circonstance où ce serait bon de te le dire en te regardant au fond des yeux et en m'offrant à toi tout entière. Puisque c'est au seuil de la mort que j'ai dû parler, écoute-moi et ne m'impose pas une séparation qui serait pire que la mort.

— Non, non, fit-il en essayant de se dégager, ton devoir est de partir.

— Mon devoir est de rester auprès de celui que j'aime. »

Il fit un effort et lui saisit les mains.

« Ton devoir est de fuir, murmura-t-il, et, quand tu seras libre, de tout tenter pour mon salut.

— Que dis-tu, Patrice ?

— Oui, reprit-il, pour mon salut. Rien ne prouve que tu ne pourras pas t'échapper des griffes de ce misérable, le dénoncer, chercher du secours, avertir nos amis... Tu crieras, tu emploieras quelque ruse... »

Elle le regardait avec un sourire si triste et un tel air de doute qu'il s'interrompit.

« Tu essaies de m'abuser, mon pauvre bien-aimé, dit-elle, mais tu n'es pas plus que moi dupe de tes paroles. Non, Patrice, tu sais bien que si je me livre à cet homme, il me réduira au silence et me gardera dans quelque réduit, pieds et poings liés, jusqu'à ton dernier soupir.

— En es-tu sûre ?

— Comme toi, Patrice, de même que tu es sûr de ce qui arrivera ensuite.

— Qu'arrivera-t-il ?

— Voyons, Patrice, si cet homme me sauve, ce n'est pas par générosité. Son plan, n'est-ce pas, une fois que je serai sa captive, son plan abominable, tu le prévois ? Et tu prévois aussi, n'est-ce pas, le seul moyen que j'aurai de m'y soustraire ? Alors, mon Patrice, si je dois mourir dans quelques heures, pourquoi ne pas mourir maintenant, dans tes bras... en même temps que toi, tes lèvres sur mes lèvres ? Est-ce la mort cela ? N'est-ce pas vivre en un instant la plus belle des vies ? »

Il résistait à son étreinte. Il savait qu'au premier baiser de ces lèvres qui s'offraient il perdrait toute volonté.

« C'est affreux, murmura-t-il... Comment veux-tu que j'accepte ton sacrifice ? Toi, si jeune... avec toutes les années de bonheur qui t'attendent...

— Des années de deuil et de désespoir, si tu n'es plus là...

— Il faut vivre, Coralie. De toute mon âme, je t'en supplie.

— Je ne puis vivre sans toi, Patrice. Tu es ma seule joie. Je n'ai plus d'autre raison d'être que de t'aimer. Tu m'as appris l'amour. Je t'aime... »

Oh ! les divines paroles ! Elles résonnaient pour la seconde fois entre les quatre murs de la pièce. Mêmes paroles d'amour prononcées par la fille, et que la mère avait prononcées avec la même passion et la même ardeur d'immolation ! Mêmes paroles que le souvenir de la mort et que la mort imprégnaient d'une émotion doublement sacrée ! Coralie les disait sans effroi. Toute sa peur semblait se perdre dans son amour, et l'amour seul faisait trembler sa voix et troublait ses beaux yeux.

Patrice la contemplait d'un regard exalté. Maintenant il jugeait, lui aussi, que de telles minutes valaient bien de mourir.

Cependant il fit un effort suprême.

« Et si je t'ordonnais de partir, Coralie ?

— C'est-à-dire, murmura-t-elle, si tu m'ordonnais de rejoindre cet homme et de me livrer à lui ? Voilà ce que tu voudrais, Patrice ? »

Il frémit sous le choc.

« Oh ! l'horreur ! Cet homme... Cet homme. Toi, ma Coralie, si pure... si fraîche... »

Cet homme, ni elle ni lui ne se le représentaient sous l'image très précise de Siméon. L'ennemi gardait, même pour eux, malgré l'affreuse vision apparue là-haut, un caractère mystérieux. C'était peut-être Siméon. C'était un autre, peut-être, dont il n'était que l'instrument. En tout cas, c'était l'ennemi, le génie malfaisant accroupi au-dessus de leurs têtes, qui préparait leur agonie, et dont le désir infâme poursuivait la jeune femme.

Patrice demanda seulement :

« Tu ne t'es jamais aperçue que Siméon te recherchait ?...

— Jamais... Jamais... Il ne me recherchait pas... Peut-être même m'évitait-il...

— C'est qu'il est fou alors...

— Il n'est pas fou... je ne crois pas... Il se venge.

— Impossible. Il était l'ami de mon père. Toute sa vie, il a travaillé pour nous réunir, et maintenant, il nous tuerait volontairement ?

— Je ne sais pas, Patrice, je ne comprends pas... »

Ils ne parlèrent plus de Siméon. Cela n'avait point d'importance que la mort leur vînt de celui-ci ou de celui-là. C'était contre elle qu'il fallait combattre, sans se soucier de ce qui la dirigeait. Or, que pouvaient-ils contre elle ?

« Tu acceptes, n'est-ce pas, Patrice ? » fit Coralie à voix basse.

Il ne répondit pas. Elle reprit :

« Je ne partirai pas, mais je veux que tu sois d'accord avec moi. Je t'en supplie. C'est une torture de penser que tu souffres davantage. Il faut que notre part soit égale. Tu acceptes, n'est-ce pas ?

— Oui, dit-il.

— Donne-moi tes deux mains. Regarde au fond de mes yeux, et sourions, mon Patrice. »

Ils s'abîmèrent un instant dans une sorte d'extase, éperdus d'amour et de désir. Mais elle lui dit :

« Qu'est-ce que tu as, mon Patrice ? Te voilà encore bouleversé...

— Regarde... regarde... »

Il poussa un cri rauque. Cette fois, il était certain de ce qu'il avait vu.

L'échelle remontait. Les dix minutes étaient écoulées.

Il se précipita et saisit violemment un des barreaux.

Elle ne bougea plus.

Que voulait-il faire ? Il l'ignorait. Cette échelle offrait la seule chance de salut pour Coralie. Allait-il y renoncer et se résigner à l'inévitable ? Une minute, deux minutes se passèrent. En haut, on avait dû raccrocher de nouveau l'échelle, car Patrice sentait la résistance qu'offre une chose fixée solidement.

Coralie le supplia :

« Patrice, Patrice, qu'espères-tu ?... »

Il regardait autour de lui et au-dessus de lui, comme s'il eût cherché une idée, et il semblait regarder aussi en lui-même, comme si, cette idée, il l'eût cherchée parmi tous les souvenirs qu'il avait accumulés au moment où *son père tenait aussi l'échelle* dans une tension dernière de sa volonté.

Et soudain, d'un seul élan de sa jambe gauche, il posa le pied sur le cinquième échelon, tout en s'enlevant à bout de bras le long des montants de corde.

Tentative absurde ! Escalader l'échelle ? Atteindre la lucarne ? S'emparer de l'ennemi, et, par là, se sauver et sauver Coralie ? Et si son père avait échoué, comment admettre que, lui, pût réussir ?

Cela ne dura certes pas trois secondes. Brusquement Patrice retomba. L'échelle avait été aussitôt détachée de l'écrou qui, sans doute, la tenait suspendue à la lucarne et retombait également à côté de Patrice.

Et en même temps un éclat de rire strident jaillit là-haut. Puis aussitôt un bruit se fit entendre. La lucarne fut refermée.

Patrice se releva furieux, injuria l'ennemi, et, sa rage croissant, tira deux coups de revolver qui brisèrent deux vitres.

Il s'en prit ensuite aux fenêtres et aux portes, sur lesquelles il cogna à l'aide du chenet. Il frappa les murs, il frappa le parquet, il montra les poings au démon invisible qui se moquait de lui. Mais subitement, après quelques gestes dans le vide, il fut immobilisé. Quelque chose comme un voile épais avait glissé là-haut. Et c'était l'obscurité.

Il comprit. L'ennemi avait rabattu sur la lucarne un volet qui la recouvrait entièrement.

« Patrice ! Patrice ! cria Coralie que les ténèbres affolaient et qui perdit toute sa force d'âme. Patrice ! Où es-tu, mon Patrice ? Ah ! j'ai peur... Où es-tu ? »

Alors, ils se cherchèrent à tâtons, comme des aveugles, et rien ne leur avait paru encore plus affreux que d'être égarés dans cette nuit impitoyable.

« Patrice ! Où es-tu, mon Patrice ? »

Leurs mains se heurtèrent, les pauvres mains glacées de Coralie, et celles de Patrice que la fièvre rendait brûlantes, et elles se pressaient les unes contre les autres, s'enlaçaient et s'agrippaient, comme si elles eussent été les signes palpables de leur existence.

« Ah ! ne me quitte pas, mon Patrice, implorait la jeune femme.

— Je suis là, répondit-il, ne crains rien... on ne peut pas nous séparer. »

Elle balbutia :

« On ne peut pas nous séparer, tu as raison... nous sommes dans notre tombeau. »

Et le mot était si terrible, et Coralie le prononça d'une voix si douloureuse, que Patrice eut un sursaut de révolte.

« Mais non !... Que dis-tu ? Il ne faut pas désespérer... Jusqu'au dernier moment, le salut est possible. »

Il dégagea une de ses mains et braqua son revolver sur la clarté qui filtrait par des interstices autour de la lucarne. Il tira trois fois. Ils entendirent le craquement du bois et le ricanement de l'ennemi. Mais le volet devait être doublé de métal, car aucune fente ne se produisit.

Et tout de suite, d'ailleurs, les interstices furent bouchés, et ils se rendirent compte que l'ennemi exécutait le même travail qu'il avait accompli autour des fenêtres et des portes. Cela fut assez long et dut être fait minutieusement. Puis il y eut un autre travail qui compléta le premier. L'ennemi cloua le volet contre le châssis de la lucarne.

Bruit épouvantable ! Les coups de marteau étaient légers et rapides, mais comme ils pénétraient profondément en leur cerveau ! C'était leur cercueil que l'on clouait, leur grand cercueil qui faisait peser sur eux un couvercle clos hermétiquement. Plus d'espoir ! Plus de secours possible ! Chaque coup de marteau renforçait la prison noire et multipliait les obstacles, élevant, entre le monde et eux, des murs qu'aucune puissance humaine ne pouvait renverser.

« Patrice, bégaya Coralie, j'ai peur... Oh ! ces coups me font mal. »

Elle défaillait entre les bras de Patrice. Il sentait que des pleurs coulaient sur ses joues.

L'œuvre s'achevait cependant là-haut. Ils avaient cette impression effarante que doivent éprouver les condamnés à l'aube de leur dernier jour. Du fond de leurs cellules, ils entendent les préparatifs, la machine sinistre que l'on monte, ou les batteries électriques qui fonctionnent déjà. Des hommes s'ingénient à ce que tout soit prêt, pour qu'aucune chance favorable ne demeure et que le destin s'accomplisse dans toute sa rigueur inflexible.

Le leur allait s'accomplir. La mort était au service de l'ennemi ; la mort et l'ennemi travaillaient ensemble. Il était la mort lui-même, agissant, combinant, et menant la lutte contre ceux qu'il avait résolu de supprimer.

« Ne me quitte pas, dit Coralie en sanglotant, ne me quitte pas...

— Quelques secondes seulement, dit-il... Il faut que nous soyons vengés plus tard.

— A quoi bon, mon Patrice, qu'est-ce que cela peut nous faire ? »

Il avait quelques allumettes dans une boîte. Tout en les allumant les unes après les autres, il conduisit Coralie vers le panneau de l'inscription.

« Que veux-tu ? demanda-t-elle.

— Je ne veux pas que l'on attribue notre mort à un suicide. Je veux répéter ce que nos parents ont fait et préparer l'avenir. Quelqu'un lira ce que je vais écrire et nous vengera. »

Il se baissa et prit un crayon dans sa poche. Il y avait un espace libre, tout en bas, sur le panneau. Il traça :

« *Patrice Belval et sa fiancée Coralie meurent de la même mort, assassinés par Siméon Diodokis, le 14 avril 1915.* »

Mais, comme il finissait d'écrire, il aperçut quelques mots de l'ancienne inscription, qu'il n'avait pas lus jusqu'ici parce qu'ils étaient, pour ainsi dire, placés en dehors, et qu'ils semblaient n'en point faire partie.

« Une allumette encore, prononça-t-il. Tu as vu ?... Il y a là des mots... les derniers sans doute que mon père ait écrits. »

Elle alluma.

A la lueur vacillante, ils déchiffrèrent un certain nombre de lettres, mal formées, visiblement jetées à la hâte et qui composaient deux mots...

« *Asphyxiés... Oxyde...* »

L'allumette s'éteignit. Ils se relevèrent, silencieux. L'asphyxie... C'était de cette façon, ils le comprenaient, que leurs parents avaient péri et qu'eux-mêmes allaient périr. Mais ils ne saisissaient pas bien encore comment la chose se produirait. Le manque d'air ne serait jamais assez absolu pour les asphyxier, dans cette vaste pièce où la quantité d'air pourrait suffire durant des jours et des jours.

« A moins que, murmura Patrice, à moins que la qualité de cet air puisse être modifiée, et que, par conséquent... »

Il s'arrêta, puis reprit :

« Oui... c'est cela... je me souviens... »

Il dit à Coralie ce qu'il soupçonnait, ou plutôt ce qui s'adaptait si bien à la réalité que le doute n'était plus possible.

Dans le placard du vieux Siméon, il n'avait pas vu seulement cette échelle de corde que le fou avait apportée, mais aussi un rouleau de tuyaux en plomb et alors la conduite de Siméon, depuis l'instant même où ils étaient enfermés, ses allées et venues autour du pavillon, le soin avec lequel il avait bouché tous les interstices, son travail le long du mur et sur le toit, tout s'expliquait de la manière la plus précise. Le vieux Siméon avait tout simplement branché sur un compteur à gaz, placé probablement dans la cuisine, le tuyau qu'il avait ensuite amené contre le mur et couché sur le toit.

C'était donc ainsi, de même qu'avaient péri leurs parents, qu'ils allaient périr, eux, asphyxiés par le gaz d'éclairage.

Tous deux ensemble, ils eurent comme un accès d'effarement, et ils coururent dans la pièce au hasard, se tenant par la main, le cerveau en désordre, sans idées, sans volonté, pareils à de petites choses que secoue la plus violente des tempêtes.

Coralie disait des paroles incohérentes. Patrice, qui la suppliait d'être calme, était lui-même emporté dans la tourmente et impuissant à réagir contre l'épouvantable sensation de détresse que donne le poids des ténèbres où la mort vous guette. On veut fuir. On veut échapper à ce souffle froid qui déjà vous glace la nuque. Il faut fuir, il le faut. Mais où ? Par où ? Les murailles sont infranchissables et les ténèbres plus dures encore que les murailles.

Ils s'arrêtèrent, épuisés. Un sifflement fusait de quelque part, le léger sifflement qui sort d'un bec de gaz mal fermé. Ayant écouté, ils se rendirent compte que cela venait d'en haut.

Le supplice commençait. Patrice chuchota :

« Il y en a pour une demi-heure, une heure au plus. »

Elle avait repris conscience d'elle-même, et elle répondit :

« Soyons courageux, Patrice.

— Ah ! si j'étais seul ! mais toi, ma pauvre Coralie... »

Elle dit à voix très basse :

« On ne souffre pas.

— Tu souffriras, toi qui es si faible !

— On souffre d'autant moins qu'on est faible. Et puis, je le sais, nous ne souffrirons pas, mon Patrice. »

Elle semblait tout à coup si sereine qu'à son tour il fut empli d'une grande paix.

Ils se turent, les doigts toujours entrelacés, assis sur un large divan. Ils s'imprégnaient peu à peu du grand calme qui se dégage des événements que l'on considère pour ainsi dire comme accomplis et qui est de la résignation, de la soumission aux forces supérieures. Des natures comme les leurs ne se révoltent plus lorsque l'ordre du destin est manifeste, et qu'il n'y a plus qu'à obéir et à prier.

Elle entoura le cou de Patrice et prononça :

« Devant Dieu, tu es mon fiancé. Qu'il nous accueille comme il accueillerait deux époux. »

Sa douceur le fit pleurer. Elle sécha ses larmes avec des baisers, et ce fut elle-même qui donna ses lèvres à Patrice.

« Ah ! dit-il, tu as raison, c'est vivre que de mourir ainsi. »

Un silence infini les baigna. Ils sentirent les premières odeurs de gaz qui descendirent autour d'eux, mais ils n'en éprouvèrent point de terreur.

Patrice chuchota :

« Tout se passera comme autrefois jusqu'à la dernière seconde, Coralie. Ta mère et mon père, qui s'aimaient comme nous nous aimons, sont morts aussi dans les bras l'un de l'autre, et les lèvres jointes. Ils avaient décidé de nous unir, et ils nous ont unis. »

Elle murmura :

« Notre tombe sera près de la leur. »

Leurs idées se brouillaient peu à peu et ils pensaient ainsi qu'on voit à travers une brume croissante. Comme ils n'avaient pas mangé, la faim ajoutait son malaise à la sorte de vertige où leur esprit sombrait insensiblement, et ce vertige, à mesure qu'il augmentait, perdait tout caractère d'inquiétude ou d'anxiété. C'était plutôt une extase, une torpeur, un anéantissement, un repos où ils oubliaient l'horreur de n'être plus bientôt.

La première, Coralie fut prise de défaillance et prononça des paroles de délire qui d'abord étonnèrent Patrice.

« Mon bien-aimé, ce sont des fleurs qui tombent, des roses. Oh ! c'est délicieux ! »

Mais il éprouva, lui aussi, la même béatitude et une même exaltation qui se traduisait par de la tendresse, par de la joie et de l'émotion.

Sans effroi, il la sentit peu à peu fléchir entre ses bras et s'abandonner, et il eut l'impression qu'il la suivait dans un abîme immense, inondé de lumière, où ils planaient tous les deux, en descendant, doucement et sans effort, vers une région heureuse.

Des minutes ou des heures coulèrent. Ils descendaient toujours, lui la portant par la taille, elle un peu renversée, les yeux clos et souriant. Il se souvenait d'images où l'on voit ainsi des couples de dieux qui glissent dans l'azur, et, ivre de clarté et d'air, il faisait de larges cercles au-dessus de la région heureuse.

Cependant, comme il en approchait, il se sentit

plus las. Coralie était lourde, sur son bras plié. La descente s'accéléra. Les ondes de lumière s'assombrirent. Il vint un nuage épais, et puis d'autres qui formèrent un tourbillon de ténèbres.

Et soudain, exténué, de la sueur au front et le corps tout grelottant de fièvre, il tomba dans un grand trou noir...

III

UN ÉTRANGE INDIVIDU

Ce n'était pas encore tout à fait la mort. En cet état d'agonie, ce qui persistait de sa conscience mêlait, dans une espèce de cauchemar, les réalités de la vie aux réalités imaginaires du monde nouveau où il se trouvait et qui était celui de la mort.

Dans ce monde, Coralie n'existait plus, ce qui lui causait un chagrin fou. Mais il lui semblait entendre et voir quelqu'un dont la présence se révélait par le passage d'une ombre devant ses paupières baissées.

Ce quelqu'un, il se le représentait, sans aucune raison d'ailleurs, sous l'apparence du vieux Siméon, lequel venait constater la mort de ses victimes, commençait par emporter Coralie, puis revenait vers lui, Patrice, l'emporter également et l'étendait quelque part. Et tout cela était si précis que Patrice se demandait s'il n'était pas réveillé.

Ensuite, il s'écoula des heures... ou des secondes. A la fin, Patrice eut l'impression qu'il s'endormait, mais d'un sommeil infernal, durant lequel il souffrait, physiquement et moralement, comme doit souffrir un damné. Il était revenu au fond du trou noir d'où il faisait des efforts désespérés pour sortir, comme un homme tombé à la mer et qui chercherait à regagner la surface. Il traversait ainsi — avec quelles difficultés — des couches d'eau, dont le poids l'étouffait. Il devait les escalader, en s'accrochant des pieds et des mains à des choses qui glissaient, à des échelles de corde qui, n'ayant pas de points de support, s'affaissaient.

Pourtant les ténèbres devenaient moins épaisses. Un peu de jour glauque s'y mêlait. Patrice se sentait moins oppressé. Il entrouvrit les yeux, respira plusieurs fois et vit autour de lui un spectacle qui le surprit : l'embrasure d'une porte ouverte, auprès de laquelle il était couché, en plein air, sur un divan.

Sur un autre divan, à côté de lui, il aperçut Coralie, étendue. Elle remuait et semblait souffrir infiniment.

Il pensa :

« Elle remonte du trou noir... Comme moi, elle s'efforce... Ma pauvre Coralie... »

Entre eux, il y avait un guéridon, et, sur ce guéridon, deux verres d'eau. Très altéré, il en prit un. Mais il n'osa l'avaler. A ce moment, quelqu'un sortit par la porte ouverte qui était, Patrice s'en rendit compte, la porte du pavillon, et ce quelqu'un, Patrice constata que ce n'était pas le vieux Siméon, comme il l'avait cru, mais un étranger qu'il n'avait jamais vu.

Il se dit :

« Je ne dors pas... Je suis sûr que je ne dors pas et que cet étranger est un ami. »

Et il essayait de dire ces choses-là, à haute voix, pour que sa certitude en fût mieux établie. Mais il n'avait pas de force.

Pourtant l'étranger s'approcha de lui et prononça doucement :

« Ne vous fatiguez pas, mon capitaine. Tout va bien. Tenez, il faut boire. »

L'étranger lui présenta alors un des deux verres, que Patrice vida d'un trait, sans défiance, et il fut heureux de voir que Coralie buvait de même.

« Oui, tout va bien, dit-il. Mon Dieu ! comme c'est bon de vivre ! Coralie est bien vivante, n'est-ce pas ? »

Il n'entendit pas la réponse et s'endormit d'un sommeil bienfaisant.

Lorsqu'il se réveilla, la crise était finie, bien qu'il éprouvât encore quelques bourdonnements dans le cerveau et du mal à respirer jusqu'au bout de son souffle. Cependant, il se leva, et il comprit que toutes ses sensations avaient été exactes, qu'il se trouvait à l'entrée du pavillon, que Coralie avait vidé le deuxième verre d'eau et qu'elle dormait paisiblement. Et il répéta, à haute voix :

« Comme c'est bon de vivre ! »

Il voulait agir cependant, mais il n'osa pas pénétrer dans le pavillon, malgré les portes ouvertes. Il s'en éloigna, côtoya le cloître réservé aux tombes, puis — et sans but précis, car il ne savait encore la raison de ses actes, ne comprenait absolument rien à ce qui lui arrivait, et marchait au hasard — il revint vers le pavillon, sur l'autre façade, celle qui dominait le jardin, et, tout à coup, s'arrêta.

A quelques mètres en avant de la façade, au pied d'un arbre qui bordait le sentier oblique, un homme était renversé sur une chaise longue en osier, la tête à l'ombre, les jambes au soleil. Il semblait assoupi. Un livre était entrouvert sur ses genoux.

Alors, et seulement alors, Patrice se rendit compte nettement que Coralie et lui avaient échappé à la mort, qu'ils étaient bien vivants tous deux, et que leur sauveur ce devait être cet homme dont le sommeil indiquait un état de sécurité absolue et de conscience satisfaite.

Il l'examina. Mince, les épaules larges, le teint mat, une fine moustache aux lèvres, quelques cheveux gris aux tempes, l'inconnu semblait avoir tout au plus une cinquantaine d'années. La coupe de ses vêtements indiquait un grand souci d'élégance. Patrice se pencha et regarda le titre du volume : *Les*

Mémoires de Benjamin Franklin. Il lut aussi les initiales qui ornaient la coiffe d'un chapeau posé sur l'herbe : L. P.

« C'est lui qui m'a sauvé, se dit Patrice, je le reconnais. Il nous a transportés tous les deux hors de l'atelier et il nous a soignés. Mais comment un tel miracle s'est-il produit ? Qui nous l'a envoyé ? »

Il lui frappa l'épaule. Tout de suite, l'homme fut debout et sa figure s'éclaira d'un sourire.

« Excusez-moi, mon capitaine, mais ma vie est si remplie que, quand j'ai quelques minutes, j'en profite pour dormir... n'importe où... comme Napoléon, n'est-ce pas ? Mon Dieu, oui, cette petite ressemblance n'est pas pour me déplaire... Mais c'est assez parler de moi. Et vous, mon capitaine, comment ça va-t-il ? Et Mme "maman Coralie", son indisposition est finie ? Je n'ai pas cru, après avoir ouvert les portes et vous avoir transportés dehors, qu'il fût utile de vous éveiller. J'étais tranquille, j'avais fait le nécessaire. Vous respiriez tous les deux. Le bon air pur se chargerait du reste. »

Il s'interrompit, et, devant l'attitude interloquée de Patrice, son sourire fit place à un rire joyeux.

« Ah ! j'oubliais, vous ne me connaissez pas ? C'est vrai, la lettre que je vous ai écrite a été interceptée. Il faut donc que je me présente : don Luis Perenna, d'une vieille famille espagnole, noblesse authentique, papiers en règle... »

Son rire redoubla.

« Mais je vois que cela ne vous dit rien. Sans doute, Ya-Bon m'aura désigné autrement quand il écrivait mon nom sur le mur de cette rue, il y a une quinzaine de jours, un soir ? Ah ! ah ! vous commencez à comprendre... Ma foi, oui, le monsieur que vous appeliez à votre secours... Dois-je prononcer le nom tout crûment ?... Allons-y, mon capitaine. Donc, pour vous servir, Arsène Lupin. »

Patrice était stupéfait. Il avait complètement oublié la proposition de Ya-Bon et l'autorisation distraite qu'il avait donnée au Sénégalais de faire appel au fameux aventurier. Et voilà qu'Arsène Lupin était là devant lui, et voilà qu'Arsène Lupin, d'un seul effort de sa volonté, par un miracle incroyable, l'avait retiré, ainsi que Coralie, du fond même de leur cercueil hermétiquement clos.

Il lui tendit la main et prononça :

« Merci.

— Chut ! dit don Luis gaiement. Pas de merci ! Une bonne poignée de main, ça suffit. Et l'on peut me serrer la main, croyez-le, mon capitaine. Si j'ai sur la conscience quelques peccadilles, j'ai commis en revanche un certain nombre de bonnes actions qui doivent me gagner l'estime des honnêtes gens... à commencer par la mienne. Donc... »

Il s'interrompit de nouveau, sembla réfléchir, et, tout en prenant Patrice par un des boutons de son dolman, il articula :

« Ne bougez pas... on nous espionne...

— Mais qui ?

— Quelqu'un qui se trouve sur le quai, tout au bout du jardin... Le mur n'est pas haut. Il y a une grille en dessus. On regarde à travers les barreaux de cette grille et on cherche à nous voir.

— Comment le savez-vous ? Vous tournez le dos au quai, et il y a les arbres en plus.

— Ecoutez.

— Je n'entends rien de spécial.

— Si, le bruit d'un moteur... le moteur d'une auto arrêtée. Or, que ferait une auto arrêtée sur le quai, en face d'un mur auprès duquel il n'y a point d'habitation ?

— Et alors, selon vous, qui serait-ce ?

— Parbleu ! le vieux Siméon.

— Siméon ?

— Certes. Il se rend compte si décidément je vous ai sauvés tous les deux.

— Il n'est donc pas fou ?

— Fou, lui ? Pas plus que vous et moi.

— Cependant...

— Cependant, vous voulez dire que Siméon vous protégeait, que son but était de vous réunir tous les deux, qu'il vous a envoyé la clef du jardin, etc.

— Vous savez tout cela ?

— Il le faut bien. Sans quoi, comment vous aurais-je secourus ?

— Mais, dit Patrice avec anxiété, si ce bandit revient à la charge, ne devons-nous pas prendre certaines précautions ? Retournons au pavillon. Coralie est seule.

— Aucun danger.

— Pourquoi ?

— Je suis là. »

La stupeur de Patrice augmentait. Il demanda :

« Siméon vous connaît donc ? Il sait donc que vous êtes ici ?

— Oui, par une lettre que je vous ai écrite sous le couvert de Ya-Bon et qu'il a interceptée. J'annonçais mon arrivée et il s'est hâté d'agir. Seulement, suivant mon habitude en ces occasions, j'ai avancé mon arrivée de quelques heures, de sorte que je l'ai surpris en pleine action.

— A ce moment, vous ignoriez que ce fût lui l'ennemi... vous ne saviez rien...

— Rien du tout...

— C'était ce matin ?

— Non, cet après-midi, à une heure trois quarts. »

Patrice tira sa montre.

« Et il en est quatre. Donc, en deux heures...

— Même pas, il y a une heure que je suis ici.

— Vous avez interrogé Ya-Bon ?

— Si vous croyez que j'ai perdu mon temps ! Ya-Bon m'a simplement répondu que vous n'étiez pas là, ce qui commençait à l'étonner.

— Alors.

— J'ai cherché où vous étiez.

— Comment ?

— J'ai d'abord fouillé votre chambre, et, en

191

fouillant votre chambre, comme je sais le faire, j'ai fini par découvrir qu'il y avait une fente au fond de votre bureau à cylindre, et que cette fente s'ouvrait en regard d'une autre fente pratiquée dans le mur de la pièce voisine. J'ai donc pu attirer le registre sur lequel vous teniez votre journal et prendre connaissance des événements. C'est ainsi, d'ailleurs, que Siméon était au courant de vos moindres intentions. C'est ainsi qu'il a su votre projet de venir ici, en pèlerinage, le 14 avril. C'est ainsi que, la nuit dernière, vous voyant écrire, il a préféré, avant de vous attaquer, savoir ce que vous écriviez. Le sachant, et apprenant, par vous-même, que vous étiez sur vos gardes, il s'est abstenu. Vous voyez combien tout cela est facile. M. Desmalions, inquiet de votre absence, aurait tout aussi bien réussi, mais il aurait réussi... demain.

— C'est-à-dire trop tard, fit Patrice.

— Oui, trop tard. Ce n'est pas son affaire, ni celle de la police. Aussi j'aime mieux qu'elle ne s'en mêle pas. J'ai demandé le silence à vos mutilés sur tout ce qui peut leur paraître équivoque. De sorte que, si M. Desmalions vient aujourd'hui, il croira que tout est en ordre. Et puis, tranquille de ce côté, muni par vous des renseignements nécessaires, j'ai, en compagnie de Ya-Bon, franchi la ruelle et pénétré dans ce jardin.

— La porte en était ouverte ?

— Non, mais au même moment, Siméon sortait du jardin. Malchance pour lui, n'est-ce pas ? et dont j'ai profité hardiment. J'ai mis la main sur la clenche, et nous sommes entrés, sans qu'il osât protester. Et certes il a bien su qui j'étais.

— Mais vous, vous ignoriez alors que ce fût lui l'ennemi ?

— Comment, je l'ignorais ?... Et votre journal ?

— Je ne me doutais pas...

— Mais, mon capitaine, chaque page est une accusation contre lui. Il n'y a pas un incident auquel il n'ait été mêlé, pas un forfait qu'il n'ait préparé !

— En ce cas, il fallait le prendre au collet.

— Et après ? A quoi cela m'aurait-il servi ? L'aurais-je contraint à parler ? Non, c'est en le laissant libre que je le tiendrai le mieux. C'est alors qu'il se perdra. Vous voyez bien, le voilà déjà qui rôde autour de la maison, au lieu de filer. Et puis, j'avais mieux à faire, vous secourir d'abord tous les deux... s'il en était temps encore. Ya-Bon et moi, nous avons donc galopé jusqu'à la porte du pavillon. Elle était ouverte, mais l'autre, celle de l'escalier, était fermée à clef et au verrou. Je tirai les deux verrous, et ce fut un jeu pour nous de forcer la serrure.

« Alors, rien qu'à l'odeur du gaz, j'ai compris. Siméon avait dû brancher un vieux compteur sur quelque conduite extérieure, probablement celle qui alimente les réverbères de la ruelle, et il vous asphyxiait. Il ne nous restait plus qu'à vous sortir tous les deux et à vous donner les soins habituels, massages, tractions, etc. Vous étiez sauvés. »

Patrice demanda :

« Sans doute a-t-il enlevé toute son installation de mort ?

— Non. Il se réservait évidemment de revenir et de mettre tout en ordre, afin que son intervention ne pût être établie et que l'on crût à votre suicide... suicide mystérieux, décès sans cause apparente, bref, le même drame qu'autrefois, entre votre père et la mère de maman Coralie.

— Vous savez donc quelque chose ?...

— Eh quoi, n'ai-je pas des yeux pour lire ? Et l'inscription du mur, les révélations de votre père ? J'en sais autant que vous, mon capitaine... et peut-être davantage.

— Davantage ?

— Mon Dieu, l'habitude... l'expérience. Bien des problèmes, indéchiffrables pour les autres, me semblent à moi les plus simples et les plus clairs du monde. Ainsi...

— Ainsi ?... »

Don Luis hésita, puis, à la fin, répondit :

« Non, non... il est préférable que je ne parle pas... L'ombre se dissipera peu à peu. Attendons. Pour l'instant... »

Il prêta l'oreille.

« Tenez, il a dû vous voir. Et, maintenant qu'il est renseigné, il s'en va. »

Patrice s'émut :

« Il s'en va ! Vous voyez... Il eût mieux valu s'emparer de lui. Le retrouvera-t-on jamais, le misérable ? Pourrons-nous nous venger ? »

Don Luis sourit.

« Voilà que vous traitez de misérable l'homme qui veille sur vous depuis vingt ans, et qui vous a rapproché de maman Coralie ! Votre bienfaiteur !

— Ah ! est-ce que je sais ! Tout cela est tellement obscur ! Je ne puis que le haïr... Je suis désolé de sa fuite... Je voudrais le torturer, et cependant... »

Il avait eu un geste de désespoir et se tenait la tête entre les mains. Don Luis le réconforta.

« Ne craignez rien. Jamais il n'a été plus près de sa perte qu'à la minute actuelle. Je l'ai sous la main comme cette feuille d'arbre.

— Mais comment ?

— L'homme qui conduit son automobile est à moi.

— Quoi ? Que dites-vous ?

— Je dis que j'ai mis l'un de mes hommes sur un taxi ; que ce taxi, selon mon ordre, rôdait au bas de la ruelle et que Siméon n'a pas manqué de sauter dedans.

— C'est-à-dire que vous le supposez... précisa Patrice, de plus en plus interloqué.

— J'ai reconnu le bruit du moteur au bas du jardin, quand je vous ai averti.

— Et vous êtes sûr de votre homme ?

— Certain.

— Qu'importe ! Siméon peut se faire conduire loin de Paris, donner un mauvais coup à cet homme... Et alors, quand serons-nous prévenus ?

— Si vous croyez que l'on sort de Paris et qu'on se balade sur les grandes routes sans un permis spécial !... Non, s'il quitte Paris, Siméon se fera conduire d'abord à une gare quelconque, et nous le saurons vingt minutes après. Et aussitôt, nous filons.

— Comment ?

— En auto.

— Vous avez donc un sauf-conduit, vous ?

— Oui, valable pour toute la France.

— Est-ce possible ?

— Parfaitement, et un sauf-conduit authentique encore : au nom de don Luis Perenna, signé par le ministre de l'Intérieur et contresigné...

— Et contresigné ?...

— Par le président de la République. »

L'ahurissement de Patrice se changea tout à coup en une violente émotion. Dans l'aventure terrible où il se trouvait engagé, et où, jusque-là, subissant la volonté implacable de l'ennemi, il n'avait guère connu que la défaite et les affres d'une mort toujours menaçante, il advenait soudain qu'une volonté plus puissante surgissait en sa faveur. Et, brusquement, tout se modifiait. Le destin semblait changer de direction, comme un navire qu'un bon vent imprévu amène vers le port.

« Vraiment, mon capitaine, lui dit don Luis, on croirait que vous allez pleurer, comme maman Coralie. Vous avez les nerfs trop tendus, mon capitaine... Et puis, la faim, peut-être... Il va falloir vous restaurer. Allons... »

Il l'entraîna vers le pavillon à pas lents, en le soutenant, et il prononça, d'une voix un peu grave :

« Sur tout cela, mon capitaine, je vous demande la discrétion la plus absolue. Sauf quelques anciens amis, et sauf Ya-Bon, que j'ai rencontré en Afrique et qui m'a sauvé la vie, personne, en France, ne me connaît sous mon véritable nom. Je m'appelle don Luis Perenna. Au Maroc, où j'ai combattu, j'ai eu l'occasion de rendre service au très sympathique roi d'une nation voisine de la France, et neutre, lequel, bien qu'obligé de cacher ses vrais sentiments, souhaite ardemment notre victoire. Il m'a fait venir, et, comme conséquence, je lui ai demandé de m'accréditer et d'obtenir pour moi un sauf-conduit. J'ai donc officieusement une mission secrète, qui expire dans deux jours. Dans deux jours, je retourne... d'où je venais et où, pendant la guerre, je sers la France à ma façon... qui n'est pas mauvaise, croyez-le bien, comme on le verra un jour ou l'autre[1]. »

Ils arrivaient tous deux près du siège où dormait maman Coralie. Don Luis arrêta Patrice.

« Un mot encore, mon capitaine. Je me suis juré, et j'ai donné ma parole à celui qui a eu confiance en moi, que mon temps, durant cette mission, serait exclusivement consacré à défendre, dans la mesure de mes moyens, les intérêts de mon pays. Je dois donc vous avertir que, malgré toute ma sympathie pour vous, je ne saurais prolonger mon séjour d'une seule minute à partir du moment où j'aurai découvert les dix-huit cents sacs d'or. Je n'ai répondu à l'appel de mon ami Ya-Bon que pour cette unique raison. Lorsque les sacs d'or seront en notre possession, c'est-à-dire au plus tard après-demain soir, je m'en irai. D'ailleurs, les deux affaires sont liées. Le dénouement de l'une sera la conclusion de l'autre. Et maintenant, assez de paroles, assez d'explications, présentez-moi à maman Coralie, et travaillons ! »

Il se mit à rire :

« Pas de mystère avec elle, mon capitaine. Dites-lui mon vrai nom. Je n'ai rien à craindre : Arsène Lupin a toutes les femmes pour lui. »

Quarante minutes plus tard, maman Coralie était dans sa chambre, bien soignée et bien gardée.

1. Voir *Les Dents du tigre* dans les *Aventures d'Arsène Lupin*.

Patrice avait pris un repas substantiel, tandis que don Luis se promenait sur la terrasse en fumant des cigarettes.

« Ça y est, mon capitaine ? Nous commençons ? »

Il regarda sa montre.

« Cinq heures et demie. Nous avons encore plus d'une heure de jour ; c'est suffisant.

— Suffisant ?... Vous n'avez pas la prétention, je suppose, d'arriver au but en une heure ?

— Au but définitif, non, mais au but que je m'assigne, oui... et même avant. Une heure ? Pour quoi faire, mon Dieu ? Dans quelques minutes, nous serons renseignés sur la cachette de l'or. »

Don Luis se fit conduire à la cave creusée sous la bibliothèque et où Essarès Bey enfermait les sacs d'or jusqu'au moment de leur expédition.

« C'est bien par ce soupirail que les sacs étaient jetés, mon capitaine ?

— Oui.

— Pas d'autre issue ?

— Pas d'autre que l'escalier qui monte à la bibliothèque et que le soupirail correspondant.

— Lequel ouvre sur la terrasse ?

— Oui.

— Donc, c'est clair. Les sacs entraient par le premier et sortaient par le second.

— Mais...

— Il n'y a pas de mais, mon capitaine. Comment voulez-vous qu'il en soit autrement ? Voyez-vous, le tort qu'on a toujours, c'est d'aller chercher midi à quatorze heures. »

Ils regagnèrent la terrasse. Don Luis se posta près du soupirail et inspecta les alentours immédiats. Ce ne fut pas long. Il y avait, à quatre mètres en avant des fenêtres de la bibliothèque, un bassin rond, orné, en son centre, d'une statue d'enfant qui lançait un jet d'eau par l'entonnoir d'une conque.

Don Luis s'approcha, examina le bassin, et, se penchant, atteignit la statuette qu'il fit tourner sur elle-même, de droite à gauche.

Le piédestal tourna en même temps d'un quart de cercle.

« Nous y sommes, dit-il en se relevant.

— Quoi ?

— Le bassin va se vider. »

De fait, très rapidement, l'eau baissa et le fond de la vasque apparut.

Don Luis descendit et s'accroupit. La paroi intérieure était recouverte d'une mosaïque de marbre à larges dessins blancs et rouges, composant ce que l'on appelle une grecque. Au milieu de l'un de ces dessins, s'encastrait un anneau que don Luis souleva et tira. Toute la portion de la paroi que formait l'ensemble du dessin répondit à cet appel, et s'abattit, laissant un orifice d'environ trente centimètres sur vingt-cinq.

Don Luis affirma :

« Les sacs s'en allaient par là. Seconde étape. On les expédiait de la même manière, au moyen d'un crochet qui glissait sur un fil de fer. Voilà, en haut de cette canalisation, le fil de fer.

— Crebleu ! s'écria le capitaine Belval. Mais le fil de fer, nous ne pouvons le suivre !

— Non, mais il nous suffit de savoir où il aboutit. Tenez, mon capitaine, allez jusqu'au bas du jardin, près du mur, en suivant une ligne perpendiculaire à la maison. Là, vous couperez une branche d'arbre un peu haute. Ah ! j'oubliais, il me faudra sortir par la ruelle. Vous avez la clef de la porte ? Oui ? Donnez-la-moi. »

Patrice donna la clef, puis se rendit auprès du mur qui bordait le quai.

« Un peu plus à droite, commanda don Luis. Encore un peu. Bien. Maintenant, attendez. »

Il sortit du jardin par la ruelle, gagna le quai, et, de l'autre côté du mur, appela :

« Vous êtes là, mon capitaine ?

— Oui.

— Plantez votre branche d'arbre de façon que je la voie d'ici... A merveille ! »

Patrice rejoignit alors don Luis, qui traversa le quai.

Tout le long de la Seine, en contrebas, s'étendent des quais, construits sur la berge même du fleuve, et réservés au cabotage. Les péniches y abordent, déchargent leurs cargaisons, en reçoivent d'autres, et souvent restent amarrées les unes auprès des autres.

A l'endroit où Patrice et don Luis descendaient par les marches d'un escalier, le quai offrait une série de chantiers, dont l'un, celui auquel ils accédèrent, paraissait abandonné, sans doute depuis la guerre. Il y avait, parmi des matériaux inutiles, plusieurs tas de moellons et de briques, une cabane aux vitres brisées, et le soubassement d'une grue à vapeur. Une pancarte suspendue à un poteau portait cette inscription : « Chantier Berthou, construction. »

Don Luis longea le mur de soutènement, au-dessus duquel le quai formait terrasse.

Un tas de sable en occupait la moitié et l'on apercevait dans le mur les barreaux d'une grille en fer dont le sable, maintenu par des planches, cachait la partie inférieure.

Don Luis dégagea la grille et dit en plaisantant :

« Avez-vous remarqué que, dans cette aventure, aucune porte n'est fermée ?... Espérons qu'il en sera de même pour celle-ci. »

L'hypothèse se trouva confirmée, ce qui ne manqua pas, malgré tout, d'étonner don Luis, et ils pénétrèrent dans un de ces réduits où les ouvriers serrent leurs instruments.

« Jusqu'ici, rien d'anormal, murmura don Luis, qui alluma une lampe électrique. Des seaux, des pioches, des brouettes, une échelle... Ah ! ah ! voilà bien ce que je pensais... Des rails... tout un système de rails à petit écartement... Aidez-moi, capitaine, débarrassons le fond. Parfait... Nous y sommes. »

Au ras du sol, et face à la grille, s'ouvrait un orifice rectangulaire exactement semblable à celui du bassin. On apercevait le fil de fer en haut. Une suite de crochets y étaient suspendus.

Don Luis expliqua :

« Donc, ici, arrivée des sacs. Ils tombaient pour ainsi dire dans un de ces petits wagonnets que vous voyez en ce coin. Les rails étaient déployés, la nuit bien entendu, traversaient la berge, et les wagonnets étaient dirigés vers une péniche où ils déchargeaient leur contenu... simple mouvement de bascule !

— De sorte que ?...

— De sorte que l'or de la France s'en allait par là... je ne sais où... à l'étranger.

— Et vous croyez que les dix-huit cents derniers sacs ont été expédiés aussi ?

— J'en ai peur.

— Alors, nous arrivons trop tard ? »

Il y eut un assez long moment de silence entre les deux hommes. Don Luis réfléchissait. Patrice, bien que déçu par un dénouement qu'il ne prévoyait point, demeurait confondu de l'extraordinaire habileté avec laquelle, en si peu de temps, son compagnon était parvenu à débrouiller une partie de l'écheveau.

Il murmura :

« C'est un vrai miracle. Comment avez-vous pu ? »

Sans un mot, don Luis sortit de sa poche le livre que Patrice avait avisé sur ses genoux, *Les Mémoires de Benjamin Franklin*, et lui fit signe de lire quelques lignes qu'il montra du doigt.

Ces lignes avaient été écrites durant les dernières années du règne de Louis XVI. Elles disaient :

« Chaque jour, nous allons au village de Passy qui touche à mon habitation, et où l'on prend les eaux dans un jardin admirable. Les ruisseaux et les cascades y coulent de toutes parts, amenés et reconduits par des canaux fort bien aménagés.

« Comme on me sait amateur de belle mécanique,

on m'a montré le bassin où toutes les eaux des sources sont recueillies. Il suffit de tourner d'un quart de cercle vers la gauche un petit bonhomme de marbre, et tout s'en va, en droite ligne, jusqu'à la Seine, par un aqueduc qui s'ouvre dans la paroi... »

Patrice ferma le livre. Don Luis expliqua :

« Les choses ont changé depuis, sans doute du fait d'Essarès bey. L'eau s'échappe autrement, et l'aqueduc servait à l'écoulement de l'or. En outre, le lit du fleuve a été resserré. Des quais ont été construits, sous lesquels passe la canalisation. Vous voyez, mon capitaine, que tout cela était facile à trouver, étant donné que ce livre me renseignait. *Doctus cum libro*.

— Oui, certes, mais encore fallait-il le lire, ce livre.

— Un hasard. Je l'ai déniché dans la chambre de Siméon et je l'ai mis dans ma poche, curieux de savoir les raisons pour lesquelles il le lisait. »

Patrice s'écria :

« Eh ! c'est justement ainsi qu'il aura découvert, lui également, le secret d'Essarès bey, secret qu'il ignorait. Il a trouvé le livre parmi les papiers de son maître, et il s'est documenté de cette façon. Qu'en pensez-vous ? Non ? On croirait que vous n'êtes pas de mon avis ? Avez-vous quelque idée ? »

Don Luis Perenna ne répondit pas. Il regardait le fleuve. Le long des quais et un peu à l'écart du chantier, il y avait une péniche amarrée, où il semblait qu'il n'y eût personne. Mais un mince filet de fumée commençait à monter d'un tuyau qui émergeait du pont.

« Allons donc voir », dit-il.

La péniche portait l'inscription : *La Nonchalante-Troyes*.

Il leur fallut enjamber l'espace qui la séparait du quai et franchir des cordages et des barriques vides dont étaient couvertes les parties plates du pont. Une échelle les conduisit dans une sorte de cabine qui servait de chambre et de cuisine. Un homme s'y trouvait, solide d'aspect, le buste large, les cheveux noirs et bouclés, la figure imberbe. Comme vêtements, une blouse et un pantalon de treillis, sales et rapiécés.

Don Luis lui tendit un billet de vingt francs que l'homme prit avec vivacité.

« Un renseignement, camarade. As-tu vu, ces jours-ci, devant le chantier Berthou, une péniche ?

— Oui, une péniche à moteur qui est partie hier.

— Le nom de cette péniche ?

— La *Belle-Hélène*. Les gens qui l'habitaient, deux hommes et une femme, étaient des gens de l'étranger qui causaient... je ne sais pas en quelle langue... anglais, je crois, ou espagnol... à moins que... bref, je ne sais pas...

— Le chantier Berthou ne travaille pourtant plus ?

— Non, le patron est mobilisé, qu'on m'a dit... et puis les contremaîtres... Tout le monde y passe, n'est-ce pas, même moi. J'attends une convocation... quoique le cœur soit malade.

— Mais si l'on ne travaille plus au chantier, qu'est-ce que ce bateau faisait là ?

— Je l'ignore. Cependant, ils ont travaillé toute une nuit. Ils avaient déployé des rails sur le quai. J'entendais les wagonnets, et on chargeait... quoi ? j'ignore. Et puis, au petit matin, démarrage.

— Où allaient-ils ?

— Ils descendaient la rivière du côté de Mantes.

— Merci, camarade, c'est ce que je voulais savoir. »

Dix minutes plus tard, en arrivant à l'hôtel Essarès, Patrice et don Luis trouvaient le chauffeur de l'automobile où Siméon Diodokis avait pris place après sa rencontre avec don Luis. Selon la prévision de don Luis, Siméon s'était fait conduire à une gare, la gare Saint-Lazare, où il avait pris son billet.

« Pour quelle destination ? » demanda don Luis.

Le chauffeur répondit :

« Pour Mantes ! »

IV

LA « BELLE-HÉLÈNE »

« Pas d'erreur, fit Patrice. L'avertissement même qui fut donné à M. Desmalions que l'or était expédié... la rapidité avec laquelle le travail fut exécuté, de nuit, sans préparatifs et par les gens mêmes du bateau... la nationalité étrangère de ces gens... la direction qu'ils ont prise... tout concorde. Il est probable qu'il y a, entre la cave où on le jetait et le réduit où il aboutissait, une cachette intermédiaire où l'or séjournait, à moins que les dix-huit cents sacs aient pu attendre leur expédition, suspendus les uns derrière les autres le long de la canalisation ?...

« Mais cela importe peu. L'essentiel est de savoir que la *Belle-Hélène*, blottie dans quelque coin de banlieue, attendait l'occasion propice. Jadis, Essarès bey, par prudence, lui lançait un signal à l'aide de cette pluie d'étincelles que j'ai observée. Cette fois-ci, le vieux Siméon, qui continue l'œuvre d'Essarès, sans doute pour son propre compte, a prévenu l'équipage, et les sacs d'or filent du côté de Rouen et du Havre, où quelque vapeur les emmènera vers l'Orient. Après tout, quelques dizaines de tonnes à fond de cale sous une couche de charbon, ce n'est rien. Qu'en dites-vous ? Nous y sommes, n'est-ce pas ? Pour moi, il y a là une certitude...

« Et Mantes, cette ville pour laquelle il a pris son billet et vers laquelle navigue la *Belle-Hélène* ? Est-ce clair ? Mantes, où il rattrapera sa cargaison d'or, et où il s'embarquera sous quelque déguisement de matelot... Ni vu ni connu... L'or et le bandit s'évanouissent. Qu'en dites-vous ? Pas d'erreur ? »

Cette fois encore, don Luis ne répondit pas. Cependant, il devait acquiescer aux idées de Patrice, car, au bout d'un instant, il déclara :

« Soit, j'y vais. Nous verrons bien... »

Et il dit au chauffeur :

« File au garage, et ramène la quatre-vingts chevaux. Avant une heure, je veux être à Mantes. Quant à vous, mon capitaine...

— Quant à moi, je vous accompagne.

— Et qui gardera... ?

— Maman Coralie ? Quel danger court-elle ? Personne ne peut plus l'attaquer maintenant. Siméon a manqué son coup et ne songe qu'à sa sûreté personnelle... et à ses sacs d'or.

— Vous insistez ?

— Absolument.

— Vous avez peut-être tort. Mais enfin, cela vous regarde. Partons... Ah ! cependant, une précaution... »

Il appela :

« Ya-Bon ! »

Le Sénégalais accourut.

Si Ya-Bon éprouvait pour Patrice un attachement de bête fidèle, il semblait professer à l'égard de don Luis un culte religieux. Le moindre geste de l'aventurier le plongeait dans l'extase. Il ne cessait pas de rire en présence du grand chef.

« Ya-Bon, tu vas tout à fait bien ? Ta blessure est finie ? Plus de fatigue ? Parfait. En ce cas, suis-moi. »

Il le conduisit jusqu'au quai, un peu à l'écart du chantier Berthou.

« Dès neuf heures, ce soir, tu prendras la garde ici, sur ce banc. Tu apporteras de quoi manger et boire, et tu surveilleras particulièrement ce qui se passe là, en contrebas. Que se passera-t-il ? Peut-être rien du tout. N'importe, tu ne bougeras pas avant que je sois revenu... à moins... à moins qu'il ne se passe quelque chose... auquel cas tu agiras en conséquence. »

Il fit une pause et reprit :

« Surtout, Ya-Bon, méfie-toi de Siméon. C'est lui qui t'a blessé. Si tu l'apercevais, saute-lui à la gorge... et amène-le ici... Mais ne le tue pas, fichtre ! Pas de blague, hein ! Je ne veux pas que tu me livres un cadavre... mais un homme vivant. Compris, Ya-Bon ? »

Patrice s'inquiéta :

« Vous craignez donc quelque chose de ce côté ? Voyons, c'est inadmissible, puisque Siméon est parti...

— Mon capitaine, dit don Luis, quand un bon général se met à la poursuite de l'ennemi, cela ne l'empêche pas d'assurer le terrain conquis et de laisser des garnisons dans les places fortes. Le chantier Berthou est évidemment un des points de ralliement, le plus important, peut-être, de notre adversaire. Je le surveille. »

Don Luis prit également des précautions sérieuses à l'égard de maman Coralie. Très lasse, la jeune femme avait besoin de repos et de soins. On l'installa dans l'automobile, et, après une pointe vers le centre de Paris, exécutée à toute allure, afin de dépister un espionnage possible, on la conduisit à l'annexe du boulevard Maillot, où Patrice la remit aux mains de la surveillante et la recommanda au docteur. Défense était faite d'introduire auprès d'elle aucune personne étrangère. Elle ne devait répondre à aucune lettre, à moins qu'elle ne fût signée : « Capitaine Patrice. »

A neuf heures du soir, l'auto filait sur la route de Saint-Germain et de Mantes. Placé dans le fond, près de don Luis, Patrice éprouvait l'exaltation de la victoire et se dépensait en hypothèses qui, d'ailleurs, avaient toutes pour lui la valeur de certitudes irréfutables. Quelques doutes cependant persistaient en son esprit, des points demeuraient obscurs sur lesquels il eût été bien aise de recueillir l'opinion d'Arsène Lupin.

« Pour moi, disait-il, deux choses restent absolument incompréhensibles. D'abord, qui est-ce qui a été assassiné par Essarès, le 4 avril, à 7 heures 19 du matin ? J'ai entendu les cris d'agonie. Qui est mort ? et qu'est devenu le cadavre ? »

205

Don Luis ne répondait toujours pas, et Patrice reprenait :

« Deuxième point, plus étrange encore, la conduite de Siméon. Comment, voilà un homme qui consacre sa vie à un seul but, venger l'assassinat de son ami Belval, et, en même temps assurer mon bonheur et celui de Coralie. Pas un fait ne dément l'unité de sa vie. On devine en lui l'obsession, la manie même. Et puis, le jour où son ennemi Essarès bey succombe, tout à coup, il fait volte-face, et nous persécute, Coralie et moi, jusqu'à ourdir et mettre à exécution cette affreuse machination qu'Essarès bey avait réussie contre nos parents !

« Voyons, avouez qu'il y a là quelque chose d'inouï. Est-ce l'appât de l'or qui lui a tourné la tête, le trésor prodigieux mis à sa disposition, du jour où il a pénétré le secret ? Est-ce là l'explication de ses forfaits ? L'honnête homme est-il devenu bandit pour assouvir des instincts subitement éveillés ? Qu'en pensez-vous ? »

Silence de don Luis. Patrice, qui s'attendait à ce que toutes les énigmes fussent résolues en un tournemain par l'illustre aventurier, en concevait de l'humeur et de l'étonnement.

Il fit une dernière tentative.

« Et le triangle d'or ? Encore un mystère ? Car enfin, dans tout cela, pas de trace d'un triangle ! Où est-il le triangle d'or ? Avez-vous une idée à ce propos ? »

Silence de don Luis. A la fin, l'officier ne put s'empêcher de dire :

« Mais qu'y a-t-il donc ? Vous ne répondez pas... Vous avez l'air soucieux...

— Peut-être, fit don Luis.

— Mais pour quelle raison ?

— Oh ! il n'y a pas de raison.

— Cependant...

— Eh bien, je trouve que cela marche trop bien.

— Qu'est-ce qui marche trop bien ?

— Notre affaire. »

Et, comme Patrice allait encore l'interroger, il prononça :

« Mon capitaine, j'ai pour vous la plus franche sympathie, et je porte le plus vif intérêt à tout ce qui vous concerne, mais, je vous l'avouerai, il y a un problème qui domine toutes mes pensées, et un but où tendent maintenant tous mes efforts. C'est la poursuite de l'or qu'on nous a volé, et, cet or-là, je ne veux pas qu'il nous échappe... J'ai réussi de votre côté. De l'autre, pas encore. Vous êtes sains et saufs tous les deux, mais je n'ai pas les dix-huit cents sacs, et il me les faut... il me les faut...

— Mais vous les aurez, puisque vous savez où ils sont.

— Je les aurai, dit don Luis, lorsqu'ils seront sous mes yeux, étalés. Jusque-là, c'est l'inconnu. »

A Mantes, les recherches ne furent pas longues. Ils eurent presque aussitôt la satisfaction d'apprendre qu'un voyageur dont le signalement correspondait à celui du vieux Siméon était descendu à l'hôtel des Trois-Empereurs, et qu'à l'heure actuelle il dormait dans une chambre du troisième étage.

Don Luis s'installa au rez-de-chaussée, tandis que Patrice qui, à cause de sa jambe, eût plus facilement attiré l'attention, se rendait au Grand-Hôtel.

Il s'éveilla tard, le lendemain. Un coup de téléphone de don Luis annonça que Siméon, après avoir passé à la poste, était allé au bord de la Seine, puis à la gare, d'où il avait ramené une dame, assez élégante, dont une voilette épaisse cachait le visage. Tous deux déjeunaient dans la chambre du troisième étage.

A quatre heures, nouveau coup de téléphone. Don Luis priait le capitaine de le rejoindre sans retard dans un petit café situé au sortir de la ville, en face du fleuve. Là, Patrice put voir Siméon qui se promenait sur le quai.

Il se promenait les mains au dos, de l'air d'un homme qui flâne et qui n'a point de but précis.

« Cache-nez, lunettes, toujours le même accoutrement, toujours la même allure », dit Patrice.

Et il ajouta :

« Regardez-le bien, il affecte l'insouciance, mais on devine que ses yeux se portent en amont du fleuve, vers le côté par où la *Belle-Hélène* doit arriver.

— Oui, oui, murmura don Luis. Tenez, voici la dame.

— Ah ! c'est celle-là ? fit Patrice. Je l'ai rencontrée déjà deux ou trois fois dans la rue. »

Un manteau de gabardine dessinait sa taille et ses épaules qui étaient larges et un peu fortes. Autour de son feutre à grands bords, un voile tombait. Elle tendit à Siméon le papier bleu d'un télégramme qu'il lut aussitôt.

Puis ils s'entretinrent un moment, semblèrent s'orienter, passèrent devant le café et, un peu plus loin, s'arrêtèrent.

Là, Siméon écrivit quelques mots sur une feuille de papier qu'il donna à sa compagne. Celle-ci le quitta et rentra en ville. Siméon continua de suivre le cours du fleuve.

« Vous allez rester, mon capitaine, fit don Luis.

— Pourtant, protesta Patrice, l'ennemi ne semble pas sur ses gardes. Il ne se retourne pas.

— Il vaut mieux être prudent, mon capitaine. Mais quel dommage que nous ne puissions pas prendre connaissance du papier que Siméon a écrit.

— Et si je rejoignais...

— Si vous rejoigniez la dame ? Non, non, mon capitaine. Sans vous offenser, vous n'êtes pas de force. C'est tout juste si moi-même... »

Il s'éloigna.

Patrice attendit. Quelques barques montaient ou descendaient la rivière. Machinalement, il regardait leurs noms. Et, tout à coup, une demi-heure après l'instant où don Luis l'avait quitté, il entendit la cadence très nette, le martèlement rythmé d'un de ces forts moteurs que l'on a, depuis quelques années, adaptés à certaines péniches.

De fait, une péniche débouchait au détour de la rivière. Quand elle passa devant lui, il lut distinctement, et avec quelle émotion : *Belle-Hélène* !

Elle glissait assez rapidement, dans un fracas d'explosions régulières. Elle était épaisse, ventrue, lourde, et assez profondément enfoncée, bien qu'elle ne semblât porter aucune cargaison.

Patrice vit deux mariniers, assis, et qui fumaient distraitement. Amarrée derrière, une barque flottait.

La péniche s'éloigna et atteignit le tournant.

Patrice attendit encore une heure avant que don Luis fût de retour. Il lui dit aussitôt :

« Eh bien, la *Belle-Hélène* ?

— A deux kilomètres d'ici, ils ont détaché leur barque et sont venus chercher Siméon.

— Alors il est parti avec eux ?

— Oui.

— Sans se douter de rien ?

— Vous m'en demandez un peu trop, mon capitaine.

— N'importe ! la victoire est gagnée. Avec l'auto, nous allons les rattraper, les dépasser, et, à Vernon, par exemple, prévenir les autorités, militaires et autres, afin qu'elles procèdent à l'arrestation, à la saisie...

— Nous ne préviendrons personne, mon capitaine. Nous procéderons nous-mêmes à ces petites opérations.

— Nous-mêmes ? Comment ? Mais... »

Les deux hommes se regardèrent. Patrice n'avait pu dissimuler la pensée qui s'était présentée à son esprit.

Don Luis ne se fâcha pas.

« Vous avez peur que je n'emporte les trois cents millions ? Bigre, c'est un paquet difficile à cacher dans un veston.

— Cependant, dit Patrice, puis-je vous demander quelles sont vos intentions à cet égard ?

— Vous le pouvez, mon capitaine ; mais permettez-moi de retarder ma réponse jusqu'au moment où nous aurons réussi. A l'heure présente, il faut d'abord retrouver la péniche. »

Ils revinrent à l'hôtel des Trois-Empereurs, et repartirent en auto dans la direction de Vernon. Cette fois, tous deux se taisaient.

La route rejoignait le fleuve quelques kilomètres plus loin, au bas de la côte escarpée qui commence à Rosny. Au moment où ils arrivaient à Rosny, la *Belle-Hélène* entrait déjà dans la grande boucle au sommet de laquelle se trouve la Roche-Guyon et qui revient vers la route nationale à Bonnières. Il lui fallait au moins trois heures pour effectuer ce trajet, tandis que l'auto, escaladant la colline, et coupant droit, débouchait dans Bonnières quinze minutes après.

Ils traversèrent le village.

Un peu plus loin, à droite, il y avait une auberge. Don Luis s'y arrêta et dit à son chauffeur :

« Si, à minuit, nous ne sommes pas revenus, retourne à Paris. Vous m'accompagnez, capitaine ? »

Patrice le suivit vers la droite et ils aboutirent, par un petit chemin, aux berges du fleuve qu'ils suivirent durant un quart d'heure. Enfin, don Luis trouva ce qu'il semblait chercher : une barque, attachée à un pieu, non loin d'une villa dont les volets étaient clos.

Don Luis défit la chaîne.

Il était environ sept heures du soir. La nuit venait rapidement, mais un beau clair de lune illuminait l'espace.

« Tout d'abord, dit don Luis, un mot d'explication. Nous allons guetter la péniche, qui débouchera sur le coup de dix heures. Elle nous rencontrera en travers du fleuve et, à la lueur de la lune... ou de ma lampe électrique, nous lui ordonnerons de stopper, ce à quoi, sans doute, étant donné votre uniforme, elle obéira. Alors nous montons.

— Si elle n'obéit pas ?

— C'est l'abordage. Ils sont trois, mais nous sommes deux. Donc...

— Et après ?

— Après ? Il y a tout lieu de croire que les deux hommes de l'équipage ne sont que des comparses, au service de Siméon, mais ignorants de ses actes, et ne sachant pas la nature de la cargaison. Siméon réduit à l'impuissance, eux-mêmes payés largement par moi, ils conduiront la péniche où je voudrai. Mais — et c'est là que je voulais en venir, mon capitaine — je dois vous avertir que je ferai de cette péniche ce qu'il me plaira. J'en livrerai le chargement à l'heure qui me conviendra. C'est mon butin, ma prise. Personne n'a de droit sur elle que moi. »

L'officier se cabra :

« Cependant, je ne puis accepter un tel rôle...

— En ce cas, donnez-moi votre parole d'honneur que vous garderez un secret qui ne vous appartient pas. Et alors, bonsoir, chacun de son côté. Je vais seul à l'abordage et vous retournez à vos affaires. Notez d'ailleurs que je n'exige nullement une réponse immédiate. Vous avez tout le temps de réfléchir et de prendre la décision que vous dicteront vos intérêts et vos très honorables scrupules.

« Pour ma part, excusez-moi, mais je vous ai confié mes petites faiblesses : quand les circonstances m'accordent un peu de répit, j'en profite pour dormir. *Carpe somnum*, a dit le poète. Bonsoir, mon capitaine. »

Et, sans un mot de plus, don Luis s'enveloppa dans son manteau, sauta dans la barque, et s'y coucha.

Patrice avait dû faire un violent effort pour refréner sa colère. Le calme ironique de don Luis, son intonation polie, où il y avait un peu de persiflage, lui donnaient d'autant plus sur les nerfs qu'il subissait l'influence de cet homme étrange, et qu'il se reconnaissait incapable d'agir sans son assistance. Et puis, comment oublier que don Luis lui avait sauvé la vie, ainsi qu'à Coralie ?

Les heures passèrent. L'aventurier dormait dans la nuit fraîche. Patrice hésitait, cherchant un plan de conduite qui lui permît d'atteindre Siméon et de se débarrasser de cet ennemi implacable en empêchant don Luis de mettre la main sur l'énorme trésor. Il s'effarait d'être complice. Et pourtant, lorsque les premiers battements du moteur se firent entendre au loin et que don Luis s'éveilla, Patrice était auprès de lui, prêt à l'action.

Ils n'échangèrent aucune parole. Une horloge de village sonna onze heures. La *Belle-Hélène* avançait.

Patrice sentait grandir son émotion. La *Belle-Hélène*, c'était la capture de Siméon, les millions repris, Coralie hors de danger, la fin du plus abominable cauchemar, l'œuvre d'Essarès à jamais abolie. Le moteur tapait, de plus en plus près. Son rythme régulier et puissant s'élargissait sur la Seine immobile. Don Luis avait pris les avirons et ramait vigoureusement pour gagner le milieu du fleuve.

Et tout à coup on vit au loin une masse noire qui surgissait dans la lumière blanche. Encore douze ou quinze minutes, et elle était là.

« Voulez-vous que je vous aide ? murmura Patrice. On dirait que le courant vous entraîne et que vous avez du mal à vous redresser.

— Aucun mal, dit don Luis qui se mit à fredonner.

— Mais enfin... »

Patrice était stupéfait. La barque avait viré sur place et revenait vers la berge.

« Mais enfin... mais enfin... répéta-t-il... Enfin quoi ? vous lui tournez le dos... Quoi ? vous renoncez ?... Je ne comprends pas... ou plutôt, c'est que nous ne sommes que deux, n'est-ce pas ? deux contre trois... et vous craignez... ? Est-ce cela ? »

D'un bond, don Luis sauta sur la rive, et tendit la main à Patrice.

Celui-ci le repoussa et grogna :

« M'expliquerez-vous ?...

— Trop long, répondit don Luis. Une seule question : ce livre que j'ai trouvé dans la chambre du vieux Siméon, *Les Mémoires de Benjamin Franklin*, l'aviez-vous aperçu lors de vos investigations ?

— Sacrebleu ! il me semble que nous avons autre chose...

— Question urgente, capitaine.

— Eh bien, non, il n'y était pas.

— Alors, dit don Luis, c'est bien ça, nous sommes roulés, ou plutôt, pour être juste, j'ai été roulé. En route, mon capitaine, et rondement. »

Patrice n'avait pas bougé de la barque. D'un coup brusque, il la poussa et saisit la rame en marmottant :

« Nom de Dieu ! je crois qu'il se fiche de moi, le client ! »

Et, à dix mètres du bord, déjà, il s'écria :

« Si vous avez peur, j'irai seul. Besoin de personne ! »

Don Luis répondit :

« A tout à l'heure, mon capitaine, je vous attends à l'auberge. »

L'expédition de Patrice ne se heurta à aucune difficulté. Au premier ordre qu'il lança d'une voix impérieuse, la *Belle-Hélène* stoppa, de sorte que l'abordage s'effectua de la manière la plus paisible.

Les deux mariniers, des hommes d'un certain âge, originaires de la côte basque et auxquels il se présenta comme agent délégué par l'autorité militaire, lui firent visiter leur péniche.

Il n'y trouva pas le vieux Siméon et pas davantage le plus petit sac d'or. La cale était à peu près vide.

L'interrogatoire fut bref.

« Où allez-vous ?

— A Rouen. On est réquisitionné par le service de ravitaillement.

— Mais vous avez pris quelqu'un en cours de route ?

— Oui, à Mantes.

— Son nom ?

— Siméon Diodokis.

— Qu'est-il devenu ?

— Il s'est fait descendre un peu après pour reprendre le train.

— Que voulait-il ?

— Nous payer.

— De quoi ?

— D'un chargement que nous avions fait à Paris il y a deux jours.

— Des sacs ?

— Oui.

— De quoi ?

— Nous ne savons pas. On nous payait bien. Ça suffisait.

— Et où est-il, ce chargement ?

— Nous l'avons passé la nuit dernière à un petit vapeur qui nous a accosté en aval de Poissy.

— Le nom de ce vapeur ?

— Le *Chamois*. Six hommes d'équipage.

— Et où est-il ?

— En avant. Il filait vite. Il doit être plus loin que Rouen. Siméon Diodokis va le rejoindre.

— Depuis quand connaissez-vous Siméon Diodokis ?

— C'était la première fois qu'on le voyait. Mais on le savait au service de M. Essarès.

— Ah ! vous avez travaillé pour M. Essarès ?

— Plusieurs fois... Le même travail et le même voyage.

— Il vous faisait venir au moyen d'un signal ?

— Une vieille cheminée d'usine qu'il allumait.

— Toujours des sacs ?

— Oui, des sacs. On ne savait pas quoi. Il payait bien. »

Patrice n'en demanda pas davantage. En hâte il

redescendit dans sa barque, regagna la rive et trouva don Luis attablé devant un souper confortable.

« Vite, dit-il. La cargaison est à bord d'un vapeur, le *Chamois*, que nous rattraperons entre Rouen et le Havre. »

Don Luis se leva et tendit à l'officier un paquet enveloppé de papier blanc.

« Voilà deux sandwiches, mon capitaine. La nuit va être dure. Je regrette bien que vous n'ayez pas dormi comme moi. Filons et, cette fois, je prends le volant. Ça va ronfler. Asseyez-vous près de moi, mon capitaine. »

Ils montèrent tous deux dans l'auto, ainsi que le chauffeur. Mais, à peine sur la route, Patrice s'écria :

« Eh ! dites donc, attention ! Pas de ce côté ! Nous retournons sur Mantes et sur Paris.

— C'est bien ce que je veux, ricana don Luis.

— Hein ? Quoi ? Sur Paris ?

— Evidemment.

— Ah ! non ! non ! Cela devient un peu trop raide. Puisque je vous dis que les deux mariniers...

— Vos mariniers ? des fumistes.

— Ils m'ont affirmé que le chargement...

— Le chargement ? Une charge.

— Mais enfin, le *Chamois*...

— Le *Chamois* ? Un bateau. Je vous répète que nous sommes roulés, mon capitaine, roulés jusqu'à la gauche ! Le vieux Siméon est un bonhomme prodigieux ! Voilà un adversaire, le vieux Siméon ! On s'amuse avec lui ! Il m'a tendu un traquenard où je m'embourbais jusqu'au cou. A la bonne heure ! Seulement, n'est-ce pas ? la meilleure plaisanterie a des limites. Fini de rire !

— Cependant...

— Vous n'êtes pas content, mon capitaine ? Après la *Belle-Hélène*, vous voulez attaquer le *Chamois* ? A votre aise, vous descendrez à Mantes. Seulement, je vous en préviens, Siméon est à Paris, avec trois ou quatre heures d'avance sur nous. »

215

Patrice frissonna. Siméon à Paris ! à Paris, où Coralie se trouvait. Il ne protesta plus, et don Luis continuait :

« Ah ! le gueux ! a-t-il bien joué sa partie ? Un coup de maître, *Les Mémoires de Franklin* !... Connaissant mon arrivée, il s'est dit : "Arsène Lupin ? Voilà un gaillard dangereux, capable de débrouiller l'affaire et de me mettre dans sa poche ainsi que les sacs d'or. Pour me débarrasser de lui, un seul moyen : faire en sorte qu'il s'élance sur la vraie piste, et d'un tel élan qu'il ne s'aperçoive pas de la minute psychologique où la vraie piste devient une fausse piste." Hein ? Est-ce fort cela ? Et alors, c'est le volume de Franklin tendu comme un appât, c'est la page qui s'ouvre toute seule, à l'endroit voulu, c'est mon inévitable et facile découverte de la canalisation, c'est le fil d'Ariane qui m'est offert en toute obligeance et que je suis docilement, conduit par la main même de Siméon, depuis la cave jusqu'au chantier Berthou. Et, jusque-là, tout est bien. Mais à partir de là, attention ! Au chantier Berthou, personne. Seulement, à côté, une péniche, donc une possibilité de renseignement, donc la certitude que je me renseignerai. Et je me renseigne. Et une fois renseigné, je suis perdu.

— Mais alors, cet homme ?...

— Eh ! oui, un complice de Siméon, lequel Siméon, se doutant bien qu'il serait suivi jusqu'à la gare Saint-Lazare, me fait ainsi donner par deux fois la direction de Mantes.

« A Mantes, la comédie continue. La *Belle-Hélène* passe, avec la double charge de Siméon et des sacs d'or ; nous courons après la *Belle-Hélène*. Bien entendu, sur la *Belle-Hélène*, rien, ni Siméon, ni sacs d'or. "Courez donc après le *Chamois*. Nous avons transbordé tout cela sur le *Chamois*." Nous courons après le *Chamois*, jusqu'à Rouen, jusqu'au Havre, jusqu'au bout du monde, et, bien entendu, poursuite vaine, puisque le *Chamois* n'existe pas. Mais nous croyons *mordicus* qu'il existe et qu'il a échappé à nos investigations. Et alors, le tour est joué. Les millions sont partis. Siméon a disparu. Et nous n'avons plus qu'une chose à faire, c'est de nous résigner et d'abandonner nos recherches. Vous entendez, l'abandon de nos recherches, voilà le but du bonhomme. Et ce but, il l'aurait atteint si... »

L'auto marchait à toute allure. De temps en temps, avec une adresse inouïe, don Luis l'arrêtait net. Un poste de territoriaux. Demande de sauf-conduit. Puis un bond en avant, et de nouveau la course folle, vertigineuse.

— Si... quoi ?... demanda Patrice à moitié convaincu. Quel est l'indice qui vous a mis sur la voie ?

— La présence de cette femme à Mantes. Indice vague d'abord. Mais, tout à coup, je me suis souvenu que, dans la première péniche, la *Nonchalante*, l'individu qui nous a donné ces renseignements... vous vous rappelez... le chantier Berthou ! Eh bien, en face de cet individu... j'avais eu l'impression bizarre... inexplicable, que j'étais peut-être en face d'une femme déguisée. Cette impression a surgi de nouveau en moi. J'ai fait le rapprochement avec la femme de Mantes... Et puis... et puis, ce fut un coup de lumière... »

Don Luis réfléchit, et, à voix basse, il reprit :

« Mais qui diable ça peut-il bien être que cette femme-là ? »

Il y eut un silence, et Patrice prononça instinctivement :

« Grégoire, sans doute...

— Hein ? Que dites-vous ? Grégoire ?

— Ma foi, puisque ce Grégoire est une femme.

— Voyons, quoi ! Qu'est-ce que vous chantez là ?

— Evidemment... Rappelez-vous... C'est ce que les complices m'ont révélé, le jour où je les ai fait arrêter, sur la terrasse d'un café.

— Comment ! mais votre journal n'en souffle pas mot !

— Ah !... en effet... j'ai oublié ce détail.

— Un détail ! il appelle ça un détail. Mais c'est de la dernière importance, mon capitaine ! Si j'avais su, j'aurais deviné que ce batelier n'était autre que Grégoire, et nous ne perdions pas toute une nuit. Nom d'un chien, vous en avez de bonnes, mon capitaine ! »

Mais ceci ne pouvait altérer la bonne humeur de don Luis. A son tour, et tandis que Patrice, assailli de pressentiments, devenait plus sombre, à son tour, il chantait victoire.

« A la bonne heure ! La bataille prend de la gravité ! Aussi, vraiment, c'est trop commode, et voilà pourquoi j'étais maussade, moi, Lupin ! Est-ce que les choses marchent ainsi dans la réalité ? Est-ce que tout s'enchaîne avec cette rigueur ? Franklin, le canal d'or, la filière ininterrompue, les pistes qui se révèlent toutes seules, le rendez-vous à Mantes, la *Belle-Hélène*, non, tout cela me gênait. Trop de fleurs, madame, n'en jetez plus ! Et puis aussi, cette fuite de l'or sur une péniche !... Bon en temps de paix, mais durant la guerre, en plein régime de sauf-conduits, de bateaux patrouilleurs, de visites, de prises... Comment se fait-il qu'un bonhomme comme Siméon risque un pareil voyage ? Non, je me méfiais, et c'est pour cela, mon capitaine, qu'à tout hasard j'ai mis Ya-Bon de faction devant le chantier Berthou. Une idée comme ça... Ce chantier me semblait bien au centre de l'aventure ! Hein ? ai-je eu raison ? Et M. Lupin a-t-il perdu son flair ? Mon capitaine, je vous confirme mon départ pour demain soir. D'ailleurs, je vous l'ai dit, il le faut : vainqueur ou vaincu, je m'en vais... Mais nous vaincrons... Tout s'éclaircira... Plus de mystère... Pas même celui du triangle d'or... Ah ! je ne prétends pas vous apporter un beau triangle en métal précieux. Non, il ne faut pas se laisser éblouir par les mots. C'est peut-être une disposition géométrique des sacs d'or, un entassement en forme de triangle... ou bien le trou dans la terre qui est creusé de la sorte. N'importe, on l'aura ! Et les sacs d'or seront à nous ! Et Patrice et Coralie iront devant M. le maire, et ils recevront ma bénédiction, et ils auront beaucoup d'enfants ! »

On arrivait aux portes de Paris. Patrice, qui devenait de plus en plus soucieux, demanda :

« Ainsi donc, vous croyez qu'il n'y a plus rien à craindre ?

— Oh ! oh ! je ne dis pas cela, le drame n'est pas fini. Après la grande scène du troisième acte, que nous appellerons la scène de l'oxyde de carbone, il y aura sûrement un quatrième acte, et peut-être un cinquième. L'ennemi n'a pas désarmé, fichtre ! »

On longeait les quais.

« Descendons ici », fit don Luis.

Il donna un léger coup de sifflet, qu'il répéta trois fois.

« Aucune réponse, murmura-t-il, Ya-Bon n'est plus là. La lutte a commencé.

— Mais Coralie...

— Que craignez-vous pour elle ? Siméon ignore son adresse. »

Au chantier Berthou, personne. Sur le quai en contrebas, personne. Mais, au clair de la lune, on apercevait l'autre péniche, la *Nonchalante*.

« Allons-y, dit don Luis. Cette péniche est-elle l'habitation ordinaire de la dénommée Grégoire ? Et y est-elle déjà revenue, nous croyant sur la route du Havre ? Je l'espère. En tout cas, Ya-Bon, a dû passer par là et, sans doute, laisser quelque signal. Vous venez, capitaine ?

— Voilà. Seulement, c'est étrange comme j'ai peur !

— De quoi ? fit don Luis, qui était assez brave pour comprendre cette impression.

— De ce que nous allons voir...

— Ma foi, peut-être rien. »

Chacun alluma sa lampe de poche et tâta la crosse de son revolver.

Ils franchirent la planche qui reliait le bateau à la berge. Quelques marches. La cabine.

La porte en était fermée.

« Eh ! camarade, il faudrait ouvrir. »

Aucune réponse. Ils se mirent alors en devoir de la démolir, ce qui leur fut difficile, car elle était massive et n'avait rien d'une porte habituelle de cabine.

Enfin, elle céda.

« Crebleu ! fit don Luis, qui avait pénétré le premier, je ne m'attendais pas à celle-là !

— Quoi ?

— Regardez... Cette femme qu'on nommait Grégoire... Elle semble morte... »

Elle était renversée sur un petit lit de fer, sa blouse d'homme échancrée, la poitrine découverte. La figure gardait une expression de frayeur extrême. Le désordre de la cabine indiquait que la lutte avait été furieuse.

« Je ne me suis pas trompé. Voici tout près d'elle les vêtements qu'elle portait à Mantes. Mais qu'y a-t-il, capitaine ? »

Patrice avait étouffé un cri.

« Là... en face de nous... au-dessous de la fenêtre... »

C'était une petite fenêtre qui donnait sur le fleuve. Les carreaux en étaient cassés.

« Eh bien, fit don Luis. Quoi ? Oui, en effet, quelqu'un a dû être jeté par là...

— Ce voile... Ce voile bleu..., bégaya Patrice, c'est son voile d'infirmière... le voile de Coralie... »

Don Luis s'irrita :

« Impossible ! Voyons, personne ne connaissait son adresse.

— Cependant...

— Cependant, quoi ? Vous ne lui avez pas écrit ? Vous ne lui avez pas télégraphié ?

— Si... Je lui ai télégraphié... de Mantes...

— Qu'est-ce que vous dites ? Mais alors... Voyons, voyons... c'est de la folie... Vous n'avez pas fait cela !

— Si...
— Vous avez télégraphié du bureau de poste de Mantes ?
— Oui.
— Et il y avait quelqu'un dans ce bureau de poste ?
— Oui, une femme.
— Laquelle ? Celle qui est là, assassinée ?
— Oui.
— Mais elle n'a pas lu ce que vous écriviez ?
— Non, mais j'ai recommencé deux fois ma dépêche.
— Et le brouillon, vous l'avez jeté au hasard, par terre... De sorte que le premier venu... Ah ! vraiment, vous avouerez, mon capitaine... »

Patrice était déjà loin. A toute vitesse, il courait vers l'auto.

Une demi-heure plus tard, il revenait avec deux télégrammes en main, deux télégrammes trouvés sur la table de Coralie.

Le premier, envoyé par lui, contenait ces mots :

« *Tout va bien. Soyez tranquille et ne sortez pas. Vous envoie ma tendresse.* — CAPITAINE PATRICE. »

Le second, envoyé évidemment par Siméon, était ainsi conçu :

« *Evénements graves. Projets modifiés. Nous revenons. Vous attends ce soir à neuf heures à la petite porte de votre jardin.* — CAPITAINE PATRICE. »

Cette seconde dépêche, Coralie l'avait reçue à huit heures. Elle était partie aussitôt.

V

LE QUATRIÈME ACTE

« Mon capitaine, nota don Luis, cela fait à votre actif deux jolies gaffes. La première, c'est de ne m'avoir pas prévenu que Grégoire était une femme. La seconde... »

Mais don Luis vit l'officier dans un tel état d'abattement qu'il n'acheva pas son réquisitoire. Il lui posa la main sur l'épaule et prononça :

« Allons, mon capitaine, ne vous déballez pas. La situation est moins mauvaise que vous ne croyez. »

Patrice murmura :

« Pour échapper à cet homme, Coralie s'est jetée par cette fenêtre. »

Don Luis haussa les épaules.

« Maman Coralie est vivante... entre les mains de Siméon, mais vivante.

— Eh ! qu'en savez-vous ? Et puis, quoi, entre les mains de ce monstre, n'est-ce pas la mort, l'horreur même de la mort ?

— C'est la menace de la mort. Mais c'est la vie, si nous arrivons à temps. Et nous arriverons.

— Vous avez une piste ?

— Pensez-vous que je me sois croisé les bras ? Et qu'une demi-heure n'ait pas suffi à un vieux routier comme moi pour déchiffrer les énigmes qui me sont posées dans cette cabine ?

— Alors, allons-nous-en, s'écria Patrice déjà prêt à la lutte. Courons à l'ennemi.

— Pas encore, dit don Luis, qui continuait à chercher autour de lui. Ecoutez-moi. Voici ce que je sais, mon capitaine, et je vous le dirai sèchement, sans essayer de vous éblouir par mes déductions, sans même vous dire les toutes petites choses qui me servent de preuves. La réalité toute nue. Un point, c'est tout. Donc...

— Donc ?

— Maman Coralie est venue à neuf heures au rendez-vous. Siméon s'y trouvait avec sa complice. A eux deux, ils l'ont attachée et bâillonnée, et ils l'ont portée jusqu'ici. Remarquez qu'à leurs yeux la retraite était sûre, puisque, selon toute certitude, vous et moi n'avions pas découvert le piège. Cependant, il est à présumer que c'était une retraite provisoire, adoptée pour une partie de la nuit, et que Siméon comptait laisser maman Coralie aux mains de sa complice et se mettre en quête d'un refuge définitif, d'une prison. Mais heureusement — et de cela je conçois quelque fierté — Ya-Bon était là. Ya-Bon, perdu dans l'obscurité, veillait de son banc. Il dut voir ces gens traverser le quai, et, sans doute, de loin, reconnaître la démarche de Siméon.

« Aussitôt, poursuite, Ya-Bon saute sur le pont de la péniche, et il arrive ici en même temps que les deux agresseurs, et avant qu'ils aient pu s'y enfermer. Quatre personnes dans cette pièce exiguë, en pleine obscurité, ce dut être une bousculade effrayante. Je connais Ya-Bon en ces cas-là, il est terrible. Par malheur, ce ne fut pas Siméon qu'il accrocha au bout de sa main qui ne pardonne pas, ce fut... ce fut cette femme. Siméon en profita. Il n'avait pas lâché Coralie. Il la prit dans ses bras, remonta, la jeta au haut des marches, puis revint enfermer à clef les combattants.

— Vous croyez ?... Vous croyez que c'est Ya-Bon, et non pas Siméon, qui a tué cette femme ?

— Certain. S'il n'y avait pas d'autres preuves, il y a celle-ci, cette fracture du larynx, qui est la marque même de Ya-Bon. Ce que je ne comprends pas, c'est la raison pour laquelle Ya-Bon, son adversaire hors de combat, n'a pas renversé la porte d'un coup d'épaule afin de courir après Siméon. Je suppose qu'il a été blessé et qu'il n'a pas pu fournir l'effort nécessaire. Je suppose aussi que la femme n'est pas morte sur-le-champ, et qu'elle aura parlé, et parlé contre Siméon, qui l'avait abandonnée au lieu de la défendre. Toujours est-il que Ya-Bon cassa les carreaux...

— Pour se jeter dans la Seine, blessé, avec un seul bras ? objecta Patrice.

— Nullement. Il y a un rebord tout le long de cette fenêtre. Il put y prendre pied et s'en aller par là.

— Soit, mais il avait bien dix minutes, vingt minutes de retard sur Siméon.

— Qu'importe, si cette femme a eu le temps, avant de mourir, de lui dire où Siméon se réfugiait ?

— Comment le savoir ?

— C'est ce que je cherche depuis que nous bavardons, mon capitaine... et c'est ce que je viens de découvrir.

— Ici ?

— A l'instant, et je n'attendais pas moins de Ya-Bon. Cette femme lui a indiqué un endroit de la cabine — tenez, sans doute ce tiroir, laissé ouvert — où se trouvait une carte de visite portant une adresse. Ya-Bon l'a prise, cette carte, et, pour me prévenir, l'a épinglée sur ce rideau. Je l'avais déjà vue mais c'est seulement à la minute que j'ai remarqué l'épingle qui la tenait. Une épingle en or avec laquelle j'ai moi-même accroché sur la poitrine de Ya-Bon la croix du Maroc.

— Et cette adresse ?

— Amédée Vacherot, 18, rue Guimard. La rue Guimard est toute proche, ce qui confirme le renseignement. »

Ils s'en allèrent aussitôt, laissant le cadavre de la femme. Comme le dit don Luis, la police se débrouillerait.

En traversant le chantier Berthou, ils jetèrent un coup d'œil dans le réduit, et don Luis remarqua :

« Il manque une échelle. Retenons ce détail. Siméon a dû passer par là, et Siméon commence, lui aussi, à faire des gaffes. »

L'auto les conduisit rue Guimard, petite rue de

Passy dont le numéro 18 est une vaste maison de rapport, de construction déjà ancienne et à la porte de laquelle ils sonnèrent, à deux heures du matin.

On mit longtemps à leur ouvrir et lorsqu'ils franchirent la voûte cochère le concierge sortit la tête de sa loge.

« Qui est là ?

— Nous avons absolument besoin de voir M. Amédée Vacherot.

— C'est moi.

— C'est vous ?

— Oui, moi, le concierge. Mais de quel droit ?

— Ordre de la préfecture », dit don Luis, qui exhiba une médaille quelconque.

Ils entrèrent dans la loge.

Amédée Vacherot était un petit vieillard, à figure honnête, à favoris blancs, qui avait l'aspect d'un bedeau.

« Répondez nettement, ordonna don Luis d'une voix rude, et pas de faux détours, n'est-ce pas ? Nous cherchons le sieur Siméon Diodokis. »

Le concierge s'effara.

« Pour lui faire du mal ? Si c'est pour lui faire du mal, inutile de m'interroger. J'aimerais mieux la mort à petit feu que de nuire à ce bon M. Siméon. »

Le ton de don Luis se radoucit.

« Lui faire du mal ? Au contraire, nous le cherchons pour lui rendre service, pour le préserver d'un grand danger.

— Un grand danger, s'écria M. Vacherot. Ah ! cela ne m'étonne pas. Je ne l'ai jamais vu dans un tel état d'agitation.

— Il est donc venu ?

— Oui, un peu après minuit.

— Il est ici ?

— Non, il est reparti. »

Patrice eut un geste de désespoir et demanda :

« Il a laissé quelqu'un peut-être ?

— Non, mais il voudrait amener quelqu'un.

— Une dame ? »

M. Vacherot hésita.

« Nous savons, reprit don Luis, que Siméon Diodokis essaie de mettre à l'abri une dame pour laquelle il professe la vénération la plus profonde.

— Vous pouvez me dire le nom de cette dame ? interrogea le concierge toujours défiant.

— Certes, Mme Essarès, la veuve du banquier, chez qui Siméon remplissait les fonctions de secrétaire. Mme Essarès est persécutée, il la défend contre des ennemis, et, comme nous voulons nous-mêmes leur porter secours à tous deux, et prendre en main cette affaire criminelle, nous insistons auprès de vous...

— Eh bien, voilà, dit M. Vacherot, tout à fait rassuré. Je connais Siméon Diodokis depuis des années et des années. Il m'a rendu service du temps que je travaillais comme menuisier, il m'a prêté de l'argent, il m'a fait avoir cette place, et, très souvent, il venait bavarder dans ma loge, causant d'un tas de choses...

— De ses histoires avec Essarès bey ? De ses projets concernant Patrice Belval ? » demanda don Luis négligemment.

Le concierge eut encore une hésitation et dit :

« D'un tas de choses. C'est un homme excellent, M. Siméon, qui a fait beaucoup de bien et qui m'employait dans le quartier pour ses bonnes œuvres. Et, tout à l'heure encore, il risquait sa vie pour Mme Essarès...

— Un mot encore. Vous l'avez vu depuis la mort d'Essarès bey ?

— Non, c'était la première fois. Il est arrivé sur le coup d'une heure. Il parlait à voix basse, essoufflé, écoutant les bruits de la rue. "On m'a suivi, qu'il m'a dit... On m'a suivi... J'en jurerais... — Mais qui ? ai-je demandé. — Tu ne le connais pas... Il n'a qu'une main, mais il vous tord la gorge..." Et puis il s'est tu. Et il a recommencé tout bas... à peine si je l'entendais : "Voilà, tu vas venir avec moi. Nous allons chercher une dame, Mme Essarès... On veut la tuer... Je l'ai bien cachée, mais elle est évanouie... Il faudra la porter... Et puis non, j'irai tout seul ; je m'arrangerai... Mais, je voudrais savoir... Ma chambre est toujours libre ?" Il faut vous dire qu'il a ici un petit logement, depuis un jour où il a dû, lui aussi, se cacher. Il y revenait, quelquefois, et il le gardait, en cas, parce que c'est un logement isolé, à l'écart des autres locataires.

— Après ? fit Patrice, anxieux.
— Après ? Mais il est parti.
— Mais pourquoi n'est-il pas encore de retour ?
— J'avoue que c'est inquiétant. Peut-être cet homme, qui le suivait, l'a-t-il attaqué ? Ou bien peut-être est-ce la dame... la dame, à qui il est arrivé malheur ?...
— Que dites-vous ? un malheur à cette dame ?
— C'est à craindre. Quand il m'a indiqué d'abord de quel côté nous allions la rechercher, il m'avait dit : "Vite, dépêchons-nous. Pour la sauver, j'ai dû l'enfouir dans un trou... Deux à trois heures, ça va. Mais davantage, elle étoufferait... le manque d'air..."

Patrice avait empoigné le vieillard. Il était hors de lui. L'idée que Coralie, déjà malade, épuisée, agonisait quelque part, en proie à l'épouvante et au martyre, cette idée l'affolait.

« Vous parlerez ! criait-il, et tout de suite. Vous nous direz où elle est ! Ah ! vous vous imaginez qu'on se fiche de nous à ce point ! Où est-elle ? Il vous l'a dit... Vous le savez... »

Il secouait M. Vacherot par les épaules et lui jetait sa colère à la face avec une violence inouïe.

Don Luis ricana :

« Très bien, mon capitaine ! Tous mes compliments ! Ma collaboration vous fait faire de réels progrès. M. Vacherot nous est acquis maintenant.

— Ah ! bien, s'écria Patrice, vous allez voir si je ne lui délie pas la langue, au bonhomme !

— Inutile, monsieur, déclara le concierge avec

beaucoup de fermeté et un grand calme. Vous m'avez trompé, messieurs. Vous êtes des ennemis de M. Siméon. Je ne prononcerai pas une parole qui puisse vous renseigner.

— Tu ne parleras pas ? Tu ne parleras pas ? »

Exaspéré, Patrice braqua son revolver sur lui.

« Je compte jusqu'à trois. Si à ce moment-là tu ne te décides pas, tu verras de quel bois se chauffe le capitaine Belval. »

Le concierge tressaillit. Il semblait, à voir l'expression de son visage, que quelque chose de nouveau venait de se produire qui modifiait du tout au tout la situation actuelle.

« Le capitaine Belval ! Qu'avez-vous dit ? Vous êtes le capitaine Belval ?

— Ah ! mon bonhomme, il paraît que ça te fait réfléchir, cela !

— Vous êtes le capitaine Belval ? Patrice Belval ?

— Pour te servir, si, d'ici deux secondes, tu ne m'as pas expliqué...

— Patrice Belval ! Vous êtes Patrice Belval et vous prétendez être l'ennemi de M. Siméon ? Voyons, voyons, ce n'est pas possible. Quoi ! vous voudriez...

— Je veux l'abattre comme un chien qu'il est... oui, ta fripouille de Siméon, et toi-même, son complice... Ah ! de rudes coquins ! Ah ! ça ! mais, vas-tu te décider ?

— Malheureux ! balbutia le concierge... Malheureux ! Vous ne savez pas ce que vous faites... Tuer M. Siméon ! Vous ! Vous ! Mais vous êtes le dernier des hommes qui pourrait commettre un tel crime !

— Et après ? Parle donc, vieille ganache !

— Vous, tuer M. Siméon, vous, Patrice ! Vous, le capitaine Belval ! Vous !

— Et pourquoi pas ?

— Il y a des choses...

— Quelles choses ?...

— C'est que...

— Ah ça ! mais parleras-tu, vieille ganache ! De quoi s'agit-il ?

— Vous, Patrice ! Tuer M. Siméon !

— Et pourquoi pas ? Parle, nom de Dieu ! Pourquoi pas ? »

Le concierge resta muet quelques instants, puis il murmura :

« Vous êtes son fils. »

Toute la fureur de Patrice, toute son angoisse à l'idée que Coralie était au pouvoir de Siméon ou bien gisait au fond de quelque trou, toute son impatience douloureuse, toutes ses terreurs, tout cela fit place pour un moment à une gaieté formidable qui s'exprima par des éclats de rire.

« Le fils de Siméon ! Qu'est-ce que tu chantes ! Ah ! celle-là est drôle ! Vrai, tu en as de bonnes pour le sauver, vieux bandit ! Parbleu, c'est commode. "Ne tue pas cet homme, c'est ton père." Mon père, l'immonde Siméon ! Siméon Diodokis, le père du capitaine Belval ! Non, c'est à se tenir les côtes. »

Don Luis avait écouté silencieusement. Il fit un signe à Patrice et dit :

« Mon capitaine, voulez-vous me permettre de débrouiller cette affaire-là ? Quelques minutes suffiront, et cela ne nous retardera pas. Au contraire. »

Et, sans attendre la réponse de l'officier, il se pencha sur le bonhomme, auquel il demanda lentement :

« Expliquons-nous, monsieur Vacherot. Nous y avons tout intérêt. Il s'agit seulement d'être net et de ne pas se perdre en phrases superflues. Vous en avez trop dit, d'ailleurs, pour ne pas aller jusqu'au bout de votre révélation. Siméon Diodokis n'est pas le nom véritable de votre bienfaiteur, n'est-ce pas ?

— En effet.

— Il s'appelle Armand Belval et celle qui l'aimait l'appelait Patrice Belval.

— Oui, comme son fils à lui.

— Cet Armand Belval a pourtant été victime du

même assassinat que celle qu'il aimait, que la mère de Coralie Essarès ?

— Oui, mais la mère de Coralie Essarès est morte. Lui n'est pas mort.

— C'était le 14 avril 1895.

— Le 14 avril 1895. »

Patrice saisit don Luis par le bras.

« Venez, balbutia-t-il. Coralie agonise. Le monstre l'a enterrée. Cela seul compte. »

Don Luis répondit :

« Ce monstre, vous ne croyez donc pas que c'est votre père ?

— Vous êtes fou !

— Cependant, mon capitaine, vous tremblez...

— Peut-être... peut-être... mais à cause de Coralie !... Je n'entends même pas ce que dit cet homme ! Ah ! quel cauchemar que de telles paroles ! Qu'il se taise ! Qu'il se taise ! J'aurais dû l'étrangler ! »

Il s'affaissa sur une chaise, les coudes sur la table et la tête entre les mains. Vraiment, l'instant était effroyable, et nulle catastrophe ne pouvait bouleverser un homme plus profondément.

Don Luis le regarda avec émotion, puis, s'adressant au concierge, il dit :

« Expliquez-vous, monsieur Vacherot. En quelques mots, n'est-ce pas ? Aucun détail. Plus tard, on verra. Donc, le 14 avril 1895...

— Le 14 avril 1895, un clerc de notaire, accompagné du commissaire de police, vint commander chez mon patron, tout près d'ici, deux cercueils à livrer aussitôt faits. Tout l'atelier se mit à l'œuvre. A dix heures du soir, le patron, un de mes camarades et moi, nous arrivions rue Raynouard, dans un pavillon.

— Je connais. Continuez.

— Il y avait là deux corps. On les enveloppa d'un suaire tous les deux, et on les étendit dans les cercueils. Puis, à onze heures, mon patron et mon camarade me laissèrent seul avec une religieuse. Il n'y avait plus qu'à clouer. Or, à ce moment, la religieuse, qui veillait et qui priait, s'endormit, et il arriva cette chose... Oh ! une chose qui me fit dresser les cheveux sur la tête, et que je n'oublierai jamais, monsieur... je ne tenais plus debout... je grelottais de peur... *Monsieur, le corps de l'homme avait bougé... L'homme vivait.* »

Don Luis demanda :

« Vous ne saviez rien du crime alors ? Vous ignoriez l'attentat ?

— Oui, on nous avait dit qu'ils s'étaient asphyxiés tous les deux au moyen du gaz. Il fallut d'ailleurs plusieurs heures à cet homme pour reprendre tout à fait connaissance. Il était comme empoisonné.

— Mais pourquoi n'avez-vous pas prévenu la religieuse ?

— Je ne saurais dire. J'étais abasourdi. Je regardais le mort qui revivait, qui s'animait peu à peu, et qui finit par ouvrir les yeux. Sa première parole fut : "Elle est morte, n'est-ce pas ?" Et tout de suite, il me dit : "Pas un mot. Le silence là-dessus. On me croira mort, cela vaut mieux." Et je ne sais pas pourquoi, j'ai consenti. Ce miracle m'enlevait toute volonté... J'obéissais comme un enfant... Il finit par se lever. Il se pencha sur l'autre cercueil, écarta le suaire et embrassa plusieurs fois le visage de la morte en murmurant : "Je te vengerai. Toute ma vie sera consacrée à te venger, et aussi, comme tu le voulais, à unir nos enfants. Si je ne me tue pas, c'est pour eux, pour Patrice et Coralie. Adieu." Puis il me dit : "Aide-moi." Alors, nous avons sorti la morte de sa bière et nous l'avons portée dans la petite chambre voisine. Puis, on a été dans le jardin, on a pris des grosses pierres, et on les a mises à la place des deux corps. Et, quand ce fut fini, je clouai les deux cercueils, et je partis après avoir réveillé la bonne sœur. Lui, s'était enfermé dans la chambre avec la morte. Au matin, les hommes des pompes funèbres venaient chercher les deux cercueils. »

Patrice avait desserré ses mains, et sa tête convulsée se glissait entre don Luis et le concierge. Ses yeux hagards fixés sur le bonhomme, il marmotta :

« Les tombes, cependant ?... Cette inscription où il est dit que les deux morts reposent là, près du pavillon où eut lieu l'assassinat ?... Ce cimetière ?

— Armand Belval voulut qu'il en fût ainsi. J'habitais alors une mansarde dans la maison où nous sommes. Je louai pour lui un logement qu'il vint habiter furtivement sous le nom de Siméon Diodokis, puisque Armand Belval était légalement mort, et où il demeura plusieurs mois sans sortir. Puis, sous son nouveau nom, et par mon intermédiaire, il racheta son pavillon. Et peu à peu, ensemble, nous avons creusé les tombes, celle de Coralie et la sienne. La sienne, oui, il le voulut ainsi, je le répète. Patrice et Coralie étaient morts tous deux. De la sorte, il lui semblait qu'il ne la quittait pas. Peut-être aussi, vous l'avouerai-je, le désespoir l'avait-il un peu déséquilibré... Oh ! très peu... seulement en ce qui concernait le souvenir et le culte de celle qui était morte le 14 avril 1895. Il écrivait son nom et le sien de tous côtés, sur la tombe et aussi sur les murs, sur les arbres et jusque dans les plates-bandes de fleurs. C'était votre nom et celui de Coralie Essarès... Et, pour cela, pour ce qui était de sa vengeance contre l'assassin, et pour ce qui était de son fils et de la fille de la morte... oh ! pour cela, monsieur, il avait bien toute sa tête, allez ! il avait bien toute sa tête ! »

Patrice tendit vers lui ses poings crispés et son visage éperdu.

« Des preuves, scanda-t-il d'une voix étouffée, des preuves sur-le-champ. Il y a quelqu'un qui meurt en ce moment, par la volonté criminelle de ce bandit... Il y a une femme qui agonise. Des preuves !

— Ne craignez rien, dit M. Vacherot. Mon ami n'a qu'une idée, sauver cette femme et non pas la tuer...

— Il nous a, elle et moi, attirés dans le pavillon pour nous tuer, comme on avait tué nos parents...

— Il ne cherche qu'à vous unir, elle et vous.
— Oui, dans la mort.
— Dans la vie. Vous êtes son fils bien-aimé. Il me parlait de vous avec orgueil.
— C'est un bandit ! un monstre ! grinça l'officier.
— C'est le plus honnête homme du monde, monsieur, et c'est votre père. »

Patrice sursauta, fouetté par l'injure sanglante.

« Des preuves, des preuves ! cria-t-il, je te défends de dire un mot de plus avant d'avoir établi la vérité de la manière la plus irréfutable. »

Le bonhomme ne bougea pas de son siège. Il avança seulement le bras vers un vieux secrétaire d'acajou dont il abattit le panneau, et dont il ouvrit un des tiroirs en appuyant sur un ressort. Puis il tendit une liasse de papiers.

« Vous connaissez l'écriture de votre père, capitaine, n'est-ce pas ? Vous avez dû conserver des lettres de lui, du temps où vous étiez en Angleterre, dans une école. Eh bien, lisez les lettres qu'il m'écrivait. Vous y verrez votre nom cent fois répété, le nom de son fils, et vous y verrez le nom de cette Coralie qu'il vous destinait. Toute votre existence, vos études, vos voyages, vos travaux, tout est là-dedans. Et vous trouverez aussi vos photographies, qu'il faisait prendre par des correspondants, et des photographies de Coralie auprès de laquelle il s'était rendu à Salonique. Et vous verrez surtout sa haine contre Essarès bey, dont il s'était fait le secrétaire, et ses projets de vengeance, sa ténacité, sa patience. Et vous verrez aussi son désespoir quand il apprit le mariage d'Essarès et de Coralie, et, tout de suite après, sa joie à l'idée que sa vengeance serait plus cruelle lorsqu'il aurait réussi à unir son fils Patrice à la femme même d'Essarès. »

Au fur et à mesure, le bonhomme mettait les lettres sous les yeux de Patrice, qui, du premier coup, avait reconnu l'écriture de son père, et qui lisait fiévreusement des bouts de phrases où son nom revenait sans cesse.

M. Vacherot l'observait et lui dit à la fin :

« Vous ne doutez plus, capitaine ? »

L'officier crispa de nouveau ses poings contre ses tempes. Il articula :

« J'ai vu son visage, au haut de la lucarne, dans le pavillon où il nous avait enfermés... Il nous regardait mourir... un visage de haine éperdue... Il nous haïssait encore plus qu'Essarès...

— Erreur ! Hallucination ! protesta le bonhomme.

— Ou folie », murmura Patrice.

Mais il frappa la table violemment, dans un accès de révolte.

« Ce n'est pas vrai ! Ce n'est pas vrai ! s'exclama-t-il. Cet homme n'est pas mon père. Non ! un tel scélérat... »

Il fit quelques pas en tournant dans la loge puis s'arrêta devant don Luis et lui dit d'un ton saccadé :

« Allons-nous-en. Moi aussi, je deviendrais fou. Un cauchemar... il n'y a pas d'autre mot... un cauchemar où les choses tournent à l'envers et où le cerveau chavire. Allons-nous-en... Coralie est en danger... Il n'y a que cela qui compte... »

Le bonhomme hocha la tête.

« J'ai bien peur que...

— Quelle peur avez-vous ? rugit l'officier.

— J'ai peur que mon pauvre ami n'ait été rejoint par l'individu qui le suivait... car, alors, comment aurait-il pu sauver Mme Essarès. C'est à peine, m'a-t-il dit, s'il lui était possible de respirer, à la malheureuse.

— C'est à peine s'il lui était possible de respirer... répéta Patrice sourdement. Ainsi Coralie agonise... Coralie... »

Il sortit de la loge comme un homme ivre, en s'accrochant à don Luis :

« Elle est perdue, n'est-ce pas ? dit-il.

— Mais nullement, fit don Luis. Siméon est,

comme vous, dans la fièvre de l'action. Il touche au dénouement. Il tremble de frayeur et il n'a pas mesuré ses paroles. Croyez-moi, maman Coralie n'est pas en danger immédiat. Nous avons quelques heures devant nous.

— Vous êtes sûr ?

— Absolument.

— Mais Ya-Bon...

— Eh bien ?...

— Si Ya-Bon a mis la main sur lui ?

— J'ai donné l'ordre à Ya-Bon de ne pas le tuer. Donc, quoi qu'il arrive, Siméon est vivant. C'est l'essentiel, Siméon vivant, il n'y a rien à craindre. Il ne laissera pas périr maman Coralie.

— Pourquoi, puisqu'il la hait ? Pourquoi ? Qu'y a-t-il donc au fond de cet homme ? Toute son existence, il la consacre à une œuvre d'amour envers nous, et, d'une minute à l'autre, cet amour devient de l'exécration. »

Soudain, il pressa le bras de don Luis et prononça d'une voix défaillante :

« Croyez-vous qu'il soit mon père ?

— Ecoutez... on ne peut nier que certaines coïncidences...

— Je vous en prie, interrompit l'officier..., pas de détours... Une réponse nette. Votre opinion, en deux mots. »

Don Luis répliqua :

« Siméon Diodokis est votre père, mon capitaine.

— Ah ! taisez-vous ! taisez-vous ! C'est horrible ! Mon Dieu, quelles ténèbres !

— Au contraire, dit don Luis, les ténèbres se dissipent un peu, et je vous avouerai que notre conversation avec M. Vacherot m'a donné quelque lueur.

— Est-ce possible ?... »

Mais dans le cerveau tumultueux de Patrice les idées chevauchaient les unes sur les autres.

Il s'arrêta subitement.

« Siméon va peut-être retourner dans la loge ?... Et

nous n'y serons plus ! Il va peut-être ramener Coralie ?

— Non, affirma don Luis, ce serait déjà fait, s'il avait pu le faire. Non, c'est à nous d'aller vers lui.

— Mais de quel côté ?

— Eh ! mon Dieu ! du côté où toute la bataille s'est livrée... *Du côté de l'or*. Toutes les opérations de l'ennemi tournent autour de cet or, et soyez sûr que, même en retraite, il ne peut s'en écarter beaucoup. D'ailleurs, nous savons qu'il n'est pas bien loin du chantier Berthou. »

Sans un mot, Patrice se laissa mener. Mais brusquement don Luis s'écria :

« Vous avez entendu ?

— Oui, une détonation. »

Ils se trouvaient à ce moment sur le point de déboucher dans la rue Raynouard. La hauteur des maisons les empêchait de discerner l'endroit exact où le coup de feu avait été tiré, mais approximativement cela venait de l'hôtel Essarès ou des environs de cet hôtel. Patrice s'inquiéta :

« Serait-ce Ya-Bon ?

— J'en ai peur, fit don Luis, et comme Ya-Bon ne tire pas, ce serait contre lui qu'on a tiré... Ah ! crebleu, si mon pauvre Ya-Bon succombait...

— Et si c'était contre elle, contre Coralie ! » murmura Patrice.

Don Luis se mit à rire :

« Ah ! mon capitaine, je regrette presque de m'être mêlé de cette affaire. Avant mon arrivée, vous étiez autrement fort... et quelque peu clairvoyant. Pourquoi diable Siméon s'en prendrait-il à maman Coralie, puisqu'elle est en son pouvoir ? »

Ils se hâtèrent. En passant devant l'hôtel Essarès, ils virent que tout était tranquille et continuèrent leur chemin jusqu'à la ruelle, qu'ils descendirent.

Patrice avait la clef, mais la petite porte qui ouvrait sur le jardin du pavillon était verrouillée à l'intérieur.

« Oh ! oh ! fit don Luis, c'est signe que nous brûlons. Rendez-vous sur le quai, capitaine. Moi, je galope au chantier Berthou, pour me rendre compte. »

Depuis quelques minutes, un jour pâle commençait à se mêler aux ombres de la nuit.

Le quai cependant était encore désert.

Don Luis ne remarqua rien de particulier au chantier Berthou, mais, lorsqu'il rejoignit Patrice, celui-ci lui montra, sur le trottoir qui bordait le jardin du pavillon, tout en bas, une échelle couchée, et don Luis reconnut l'échelle dont il avait constaté l'absence dans le réduit du chantier. Aussitôt, avec cette spontanéité de vision qui était une de ses forces, il expliqua :

« Siméon ayant la clef du jardin, il est évident que c'est Ya-Bon qui s'est servi de cette échelle pour y pénétrer. Donc il avait vu Siméon y chercher un refuge au retour de sa visite à l'ami Vacherot, et après être venu reprendre maman Coralie. Maintenant Siméon a-t-il pu reprendre maman Coralie ou bien a-t-il pu s'enfuir encore avant de la reprendre ? Je l'ignore. Mais, en tout cas... »

Courbé en deux, il regardait le trottoir et continuait :

« Mais en tout cas, ce qui devient une certitude, c'est que Ya-Bon connaît la cachette où les sacs d'or sont accumulés, et que c'est la cachette tout probablement où Coralie se trouvait et où peut-être, hélas ! elle se trouve encore, si l'ennemi, pensant d'abord à sa sécurité personnelle, n'a pas eu le temps de l'en retirer.

— Vous êtes sûr ?

— Mon capitaine, Ya-Bon porte toujours sur lui un morceau de craie. Comme il ne sait pas écrire — sauf les lettres de mon nom — il a tracé ces deux lignes droites qui, avec la ligne du mur, soulignée par lui, d'ailleurs, forment un triangle. Le triangle d'or. »

Don Luis se releva.

« L'indication est un peu succincte. Mais Ya-Bon

me croit sorcier. Il n'a pas douté que je ne réussisse à venir jusqu'ici et que ces trois lignes ne me suffisent. Pauvre Ya-Bon !

— Mais, objecta Patrice, tout cela, selon vous, aurait eu lieu avant notre arrivée à Paris, donc vers minuit ou une heure.

— Oui.

— Et alors, ce coup de feu que nous venons d'entendre, quatre ou cinq heures après ?

— Là, je deviens moins affirmatif. Il est à présumer que Siméon se sera tapi dans l'ombre. Ce n'est qu'au tout petit jour que, plus tranquille, n'ayant pas entendu Ya-Bon, il aura risqué quelques pas. Ya-Bon qui veillait silencieusement aura sauté sur lui.

— De sorte que vous supposez...

— Je suppose qu'il y a eu lutte, que Ya-Bon a été blessé et que Siméon...

— Et que Siméon s'est enfui ?

— Ou qu'il est mort. Du reste, d'ici quelques minutes, nous serons renseignés. »

Il dressa l'échelle contre la grille qui surmontait le mur. Aidé par don Luis, le capitaine passa. Puis, ayant enjambé la grille à son tour, don Luis retira l'échelle, la jeta dans le jardin, et l'examina attentivement. Enfin ils se dirigèrent, au milieu des herbes hautes et des arbustes touffus, vers le pavillon.

Le jour croissait rapidement, et les choses prenaient leur forme précise. Ils contournèrent le pavillon.

Arrivés en vue de la cour, du côté de la rue, don Luis, qui marchait le premier, se retourna et dit :

« Je ne m'étais pas trompé. »

Aussitôt il s'élança.

Devant la porte du vestibule gisaient les corps des deux adversaires, entrelacés et confondus. Ya-Bon avait à la tête une blessure affreuse dont le sang lui coulait sur tout le visage. De sa main droite, il tenait Siméon à la gorge.

Don Luis se rendit compte aussitôt que Ya-Bon était mort. Siméon Diodokis vivait.

VI

SIMÉON LIVRE BATAILLE

Il leur fallut du temps pour desserrer l'étreinte de Ya-Bon. Même mort, le Sénégalais ne lâchait pas sa proie, et ses doigts durs comme du fer, armés d'ongles acérés comme des griffes de tigre, entraient dans le cou de l'ennemi qui râlait, évanoui et sans forces.

Sur le pavé de la cour, on voyait le revolver de Siméon.

« Tu as eu de la veine, vieux brigand, fit don Luis à voix basse, que Ya-Bon n'ait pas eu le temps de te serrer la vis avant ton coup de feu. Mais ne rigole pas trop. Il t'aurait peut-être épargné... tandis que, Ya-Bon mort, tu peux écrire à ta famille et retenir ton fauteuil à l'enfer. *De Profundis*, Diodokis. Tu ne fais plus partie de ce monde. »

Et il ajouta avec émotion :

« Pauvre Ya-Bon, il m'avait sauvé d'une mort affreuse, un jour, en Afrique... et il meurt aujourd'hui, sur mon ordre, pour ainsi dire... Mon pauvre Ya-Bon ! »

Il ferma les yeux du Sénégalais. Il s'agenouilla près de lui, baisa le front sanglant, et parla tout bas à l'oreille du mort, lui promettant tout ce qui est doux aux âmes simples et fidèles, le souvenir, la vengeance...

Enfin, avec l'aide de Patrice, il transporta le

cadavre dans la petite chambre qui flanquait la grande salle.

« Ce soir, mon capitaine, dit-il, quand le drame sera fini, on préviendra la police. Pour l'instant, il s'agit de le venger, lui et les autres. »

Il se mit alors à faire une inspection minutieuse sur le terrain de la lutte, puis il revint vers Ya-Bon, et ensuite vers Siméon, dont il examina les vêtements et les chaussures.

Patrice Belval était là, en face de son effroyable ennemi, qu'il avait assis contre le mur du pavillon et qu'il regardait en silence, d'un regard fixe et chargé de haine. Siméon ! Siméon Diodokis ! le démon exécrable qui, l'avant-veille, avait ourdi le terrible complot, et qui, penché sur la lucarne, contemplait en riant leur agonie affreuse ! Siméon Diodokis qui, comme une bête fauve, avait caché Coralie au fond de quelque trou, pour revenir la torturer à son aise !

Il paraissait souffrir et ne respirer qu'avec beaucoup de difficulté, le larynx froissé sans doute par la poigne implacable de Ya-Bon. Pendant le combat, ses lunettes jaunes étaient tombées. D'épais sourcils grisonnants surplombaient ses lourdes paupières.

Don Luis dit :

« Fouillez-le, mon capitaine. »

Mais, Patrice semblant y répugner, il chercha lui-même dans les poches et sortit un portefeuille qu'il tendit à l'officier.

Il y avait d'abord un permis de séjour au nom de Siméon Diodokis, sujet grec, avec son portrait collé au haut du carton. Lunettes, cache-nez, longs cheveux... le portrait était récent et portait le timbre de la Préfecture à la date de décembre 1914. Il y avait une série de papiers d'affaires, factures, mémoires, adressés à Siméon, secrétaire d'Essarès bey, et, parmi ces papiers, une lettre du concierge, d'Amédée Vacherot.

Cette lettre était ainsi conçue :

« *Cher monsieur Siméon,*

« *J'ai réussi. Un des jeunes amis a pu prendre, à l'ambulance, la photographie de Mme Essarès et de Patrice, qui se trouvaient l'un près de l'autre à ce moment. Je suis bien heureux de vous faire plaisir. Mais quand donc direz-vous la vérité à votre cher fils ? Quelle joie pour lui !...* »

Au-dessous de la lettre, ces mots écrits par Siméon Diodokis, comme une note personnelle :

« *Une fois de plus, je prends vis-à-vis de moi l'engagement solennel de ne rien révéler à mon fils bien-aimé avant que ma fiancée Coralie soit vengée, et avant que Patrice et Coralie Essarès soient libres de s'aimer et de s'unir.* »

« C'est bien l'écriture de votre père ? demanda don Luis.
— Oui, fit Patrice bouleversé... Et c'est également l'écriture des lettres adressées par ce misérable à son ami Vacherot... Oh ! quelle ignominie !... cet homme !... ce bandit !... »
Siméon eut un mouvement. Plusieurs fois ses paupières s'ouvrirent et se refermèrent. Puis, s'éveillant tout à fait, il regarda Patrice.
Tout de suite, celui-ci, d'une voix étouffée, prononça :
« Coralie ?... »
Et, comme Siméon ne semblait pas comprendre, encore étourdi, et le contemplait avec stupeur, il répéta plus durement :
« Coralie ?... Où est-elle ?... Où l'avez-vous enfouie ? Elle meurt, n'est-ce pas ? »
Siméon revenait peu à peu à la vie, à la conscience.

Il marmotta :

« Patrice... Patrice... »

Il regarda autour de lui, aperçut don Luis, se souvint sans doute de sa lutte implacable avec Ya-Bon, et referma les yeux. Mais Patrice, qui redoublait de rage, lui cria :

« Ecoutez... pas d'hésitation !... Il faut répondre... C'est votre vie qui est en jeu. »

Les yeux de l'homme se rouvrirent, des yeux striés de sang et bordés de rouge. Il esquissa vers sa gorge un geste qui signifiait combien il lui était difficile de parler. Enfin, avec des efforts visibles, il redit :

« Patrice, c'est toi ?... Il y a si longtemps que j'attendais ce moment !... Et c'est aujourd'hui, comme deux ennemis, que nous...

— Comme deux ennemis mortels, scanda Patrice. La mort est entre nous... la mort de Ya-Bon... La mort de Coralie peut-être... Où est-elle ? Il faut parler... Sinon... »

L'homme répéta tout bas :

« Patrice... C'est donc toi ? »

Ce tutoiement exaspérait l'officier. Il saisit son adversaire par le revers du veston et le brutalisa.

Mais Siméon avait vu le portefeuille que Patrice tenait dans son autre main, et, sans opposer de résistance aux brusqueries de Patrice, il articula :

« Tu ne me feras pas de mal, Patrice... Tu as dû trouver des lettres, et tu sais le lien qui nous attache l'un à l'autre... Ah ! j'aurais été si heureux !... »

Patrice l'avait lâché et l'observait avec horreur. Tout bas, à son tour, il dit :

« Je vous défends de parler de cela... C'est là une chose impossible.

— C'est une vérité, Patrice.

— Tu mens ! tu mens ! s'écria l'officier, incapable de se contenir et dont la douleur contractait le visage au point de le rendre méconnaissable.

— Ah ! je vois que tu avais deviné déjà. Alors inutile de t'expliquer...

— Tu mens !... tu n'es qu'un bandit !... Si c'était vrai, pourquoi le complot contre Coralie et moi ? Pourquoi ce double assassinat ?

— J'étais fou, Patrice... Oui, je suis fou par moments... Toutes ces catastrophes m'ont tourné la tête... La mort de ma Coralie autrefois... Et puis ma vie dans l'ombre d'Essarès... Et puis... et puis... l'or surtout... Ai-je voulu vraiment vous tuer tous les deux ? Je ne m'en souviens plus... Ou du moins, je me souviens d'un rêve que j'ai fait... Cela se passait dans le pavillon, n'est-ce pas ? ainsi qu'autrefois... Ah ! la folie... quel supplice ! Etre obligé, comme un forçat, de faire des choses contre sa volonté !... Alors, c'était dans le pavillon, ainsi qu'autrefois, sans doute, et de la même manière ?... avec les mêmes instruments ?... Oui, en effet, dans mon rêve, j'ai recommencé toute mon agonie, et celle de ma bien-aimée... Et au lieu d'être torturé, c'était moi qui torturais... Quel supplice !... »

Il parlait bas, en lui-même, avec des hésitations et des silences, et un air de souffrir au-delà de toute expression. Patrice l'écoutait, plein d'une anxiété croissante. Don Luis ne le quittait pas des yeux, comme s'il eût cherché où l'autre voulait en venir.

Et Siméon reprit :

« Mon pauvre Patrice... je t'aimais tant... Et maintenant je n'ai pas d'ennemi plus acharné... Comment en serait-il autrement ?... Comment pourrais-tu oublier ?... Ah ! pourquoi ne m'a-t-on pas enfermé après la mort d'Essarès ? C'est là que j'ai senti ma raison m'échapper...

— C'est donc vous qui l'avez tué ? demanda Patrice.

— Non, non justement... C'est un autre qui m'a pris ma vengeance.

— Qui ?

— Je ne sais pas... tout cela est incompréhensible. Taisons-nous là-dessus... tout cela me fait mal... J'ai tant souffert depuis la mort de Coralie !

— De Coralie ! s'exclama Patrice.

— Oui, de celle que j'aimais... Quant à la petite, par elle aussi, j'ai bien souffert... Elle n'aurait pas dû épouser Essarès, et alors peut-être bien des choses ne seraient pas arrivées... »

Patrice murmura, le cœur étreint :

« Où est-elle ?...

— Je ne puis pas te le dire.

— Ah ! dit Patrice, secoué de colère, c'est qu'elle est morte !

— Non, elle est vivante, je te le jure.

— Alors, où est-elle ? Il n'y a que cela qui compte... Tout le reste, c'est du passé... Mais cela, la vie d'une femme, la vie de Coralie...

— Ecoute. »

Siméon s'arrêta, jeta un coup d'œil vers don Luis, et dit :

« Je parlerais bien... mais...

— Qu'est-ce qui vous en empêche ?

— La présence de cet homme, Patrice. Que celui-là s'en aille d'abord ! »

Don Luis Perenna se mit à rire.

« Cet homme, c'est moi, n'est-ce pas ?

— C'est vous.

— Et je dois m'en aller ?

— Oui.

— Moyennant quoi, vieux brigand, tu indiques la cachette où se trouve maman Coralie ?

— Oui... »

La gaieté de don Luis redoubla.

« Eh ! parbleu, maman Coralie est dans la même cachette que les sacs d'or. Sauver maman Coralie, c'est livrer les sacs d'or.

— Eh bien ? dit Patrice, sur un ton où il y avait un peu d'hostilité.

— Eh bien, mon capitaine, répondit don Luis non sans ironie, je ne suppose pas que, si l'honorable M. Siméon vous offrait de le laisser libre sur parole et d'aller chercher maman Coralie, je ne suppose pas que vous accepteriez ?

— Non.

— N'est-ce pas ? Vous n'avez pas la moindre confiance, et vous avez raison. L'honorable M. Siméon, bien que fou, a fait preuve, en nous envoyant balader du côté de Mantes, d'une telle supériorité et d'un tel équilibre, qu'il serait dangereux d'accorder à ses promesses le plus petit crédit. Il en résulte...

— Il en résulte ?...

— Ceci, mon capitaine, c'est que l'honorable M. Siméon va vous proposer un marché... qui peut s'énoncer de la sorte : "Je te donne Coralie, mais je garde l'or."

— Et après ?

— Après ? Ce serait parfait si vous étiez seul avec cet honorable gentleman. Le marché serait vite conclu. Mais il y a moi... et dame ! »

Patrice s'était dressé. Il s'avança vers don Luis et prononça d'une voix qui devenait nettement agressive :

« Je présume que, vous non plus, vous n'y mettrez aucune opposition ? Il s'agit de la vie d'une femme.

— Evidemment. Mais, d'autre part, il s'agit de trois cents millions.

— Alors vous refusez ?

— Si je refuse !

— Vous refusez, quand cette femme agonise ! Vous préférez qu'elle meure !... Mais enfin, vous oubliez que cela me regarde... que cette affaire... que cette affaire... »

Les deux hommes étaient debout l'un contre l'autre. Don Luis gardait ce calme un peu narquois et cet air d'en savoir davantage qui irritaient Patrice. Au fond, Patrice, tout en subissant la domination de don Luis, concevait de l'humeur et sentait quelque embarras à se servir d'un collaborateur dont il connaissait le passé. Il serra les poings et scanda :

« Vous refusez ?

— Oui, dit don Luis, toujours tranquille. Oui, mon capitaine, je refuse ce marché que je trouve absurde... Vrai marché de dupe. Bigre ! Trois cents millions... abandonner une pareille aubaine ! Jamais de la vie ! Mais, toutefois, je ne refuse nullement de vous laisser en tête à tête avec l'honorable M. Siméon... pourvu que je ne m'éloigne pas. Cela te suffit-il, vieux Siméon ?

— Oui.

— Eh bien, entendez-vous tous les deux. Signez l'accord. L'honorable M. Siméon Diodokis, qui, lui, a toute confiance en son fils, va vous dire, mon capitaine, où est la cachette, et vous délivrerez maman Coralie.

— Mais vous ? vous ? grinça Patrice, exaspéré.

— Moi, je vais compléter ma petite enquête sur le présent et sur le passé, en visitant de nouveau la salle où vous avez failli mourir, mon capitaine. A tout à l'heure. Et surtout, prenez bien vos garanties. »

Et don Luis, allumant sa lampe de poche, pénétra dans le pavillon, puis dans l'atelier. Patrice vit les reflets électriques qui se jouaient sur le lambris, entre les fenêtres murées.

Aussitôt, l'officier revint vers Siméon, et, d'une voix impérieuse :

« Ça y est. Il est parti. Faisons vite.

— Tu es sûr qu'il n'écoute pas ?

— Absolument.

— Défie-toi de lui, Patrice. Il veut prendre l'or et le garder. »

Patrice s'impatienta.

« Ne perdons pas de temps, Coralie...

— Je t'ai dit que Coralie était vivante.

— Elle était vivante quand vous l'avez quittée, mais depuis...

— Ah ! depuis...

— Quoi ? Vous avez l'air de douter ?...

— On ne peut répondre de rien. C'était cette nuit, il y a cinq ou six heures, et je crains... »

Patrice sentait que la sueur lui coulait dans le dos. Il eût tout donné pour entendre des paroles décisives, et, en même temps, il était sur le point d'étrangler le vieillard pour le châtier.

Il se domina et répéta :

« Ne perdons pas de temps. Les mots sont inutiles. Conduisez-moi vers elle.

— Non, nous irons ensemble.

— Vous n'aurez pas la force.

— Si... si... j'aurai la force... Ce n'est pas loin. Seulement, seulement, écoute-moi... »

Le vieillard semblait exténué. Par moments, sa respiration était coupée, comme si la main de Ya-Bon lui eût encore étreint la gorge, et il s'affaissait sur lui-même en gémissant.

Patrice se pencha et lui dit :

« Je vous écoute. Mais, par Dieu, hâtez-vous !

— Voilà, fit Siméon... voilà... dans quelques minutes... Coralie sera libre. Mais à une condition... une seule... Patrice.

— Je l'accepte. Quelle est-elle ?

— Voilà, Patrice, tu vas me jurer sur sa tête que tu laisseras l'or et que personne au monde ne saura...

— Je vous le jure sur sa tête.

— Tu le jures, soit, mais l'autre... ton damné compagnon... il va nous suivre... Il va voir.

— Non.

— Si... à moins que tu ne consentes...

— A quoi ? Ah ! pour l'amour de Dieu !...

— A ceci... écoute... Mais rappelle-toi qu'il faut aller au secours de Coralie... et se presser... sans quoi... »

Patrice, sa jambe gauche pliée, à genoux presque, était haletant.

« Alors... viens... dit-il, tutoyant son ennemi... Viens, puisque Coralie...

— Oui, mais cet homme...

— Eh ! Coralie avant tout !

— Que dis-tu ? Et s'il nous voit ?... S'il me prend l'or ?

— Qu'importe !...

— Oh ! ne dis pas cela, Patrice !... L'or ! tout est là ! Depuis que cet or est à moi, ma vie a changé. Le passé ne compte plus... ni la haine... ni l'amour... il n'y a que l'or... les sacs d'or. J'aimerais mieux mourir et que Coralie meure... et que le monde entier disparaisse...

— Enfin, quoi, que veux-tu ? Qu'exiges-tu ? »

Patrice avait pris les deux bras de cet homme, qui était son père, et qu'il n'avait jamais détesté avec plus de violence. Il le suppliait de tout son être. Il eût versé des larmes s'il avait pu croire que le vieillard se laissât troubler par des larmes.

« Que veux-tu ?

— Ceci. Ecoute. Il est là, n'est-ce pas ?

— Oui.

— Dans l'atelier ?

— Oui.

— En ce cas... il ne faut pas qu'il en sorte...

— Comment !

— Non... Tant que nous n'aurons pas fini, il faut qu'il reste là, lui.

— Mais...

— C'est simple. Comprends-moi bien. Tu n'as qu'un geste à faire... la porte à fermer sur lui... La serrure a été forcée, mais il y a les deux verrous et ça suffira... Tu comprends ? »

Patrice se révolta.

« Mais vous êtes fou ! Je consentirais, moi !... Un homme qui m'a sauvé la vie... qui a sauvé Coralie !

— Mais qui la perd maintenant. Réfléchis... S'il n'était pas là, s'il ne se mêlait pas de cette affaire... Coralie serait libre... Tu acceptes ?

— Non.

— Pourquoi ? Cet homme, tu sais qui c'est ? Un bandit... un misérable, qui n'a qu'une idée, c'est de s'emparer des millions. Et tu aurais des scrupules ? Voyons, Patrice, c'est absurde, n'est-ce pas ? Tu acceptes ?

— Non, mille fois non.

— Alors, tant pis pour Coralie... Eh oui ! je vois que tu ne te rends pas un compte exact de la situation. Il est temps, Patrice. Peut-être est-il trop tard.

— Oh ! taisez-vous.

— Mais si, il faut que tu saches et que tu prennes ta responsabilité. Lorsque ce damné Nègre me poursuivait, je me suis débarrassé de Coralie comme j'ai pu, croyant la délivrer au bout d'une heure ou deux... Et puis... et puis... tu sais ce qui est arrivé... Il était onze heures du soir... il y a de cela huit heures bientôt... Alors, réfléchis... »

Patrice se tordait les poings. Jamais il n'avait imaginé qu'un pareil supplice pût être imposé à un homme, et Siméon continuait, implacable :

« Elle ne peut pas respirer, je te le jure... C'est à peine si un peu d'air parvient jusqu'à elle... Et encore, je me demande si tout ce qui la recouvre et la protège ne s'est pas écroulé. Alors, elle étouffe... elle étouffe pendant que toi, tu restes là à discuter. Voyons, qu'est-ce que cela peut te faire d'enfermer cet homme pendant dix minutes ?... Pas plus de dix minutes, tu entends... Et tu hésites ? Alors, c'est toi qui la tue, Patrice. Réfléchis... enterrée vivante !... »

Patrice se redressa, résolu. A ce moment, aucun acte, si pénible qu'il fût, ne lui eût répugné. Or, c'était si peu, ce que lui demandait Siméon !

« Que veux-tu ? dit-il. Ordonne. »

L'autre murmura :

« Tu le sais bien, ce que je veux, c'est si simple ! Va jusqu'à la porte, ferme et reviens.

— C'est ta dernière condition ? Il n'y en aura pas d'autre ?

— Aucune autre. Si tu fais cela, Coralie sera délivrée dans quelques instants. »

D'un pas décidé, l'officier entra dans le pavillon et traversa le vestibule.

Au fond de l'atelier, la lumière dansait.

Il ne dit pas un mot. Il n'eut pas une hésitation. Il ferma la porte violemment, d'un coup poussa les deux verrous et revint en hâte. Il se sentait soulagé. L'action était vile, mais il ne doutait pas qu'il eût accompli un devoir impérieux.

« Ça y est, dit-il... Dépêchons-nous.

— Aide-moi, fit le vieillard. Je ne peux pas me lever. »

Patrice le saisit au-dessous des deux bras et le mit debout. Mais il dut le soutenir, car le vieillard flageolait sur ses jambes.

« Oh ! malédiction, balbutia Siméon, il m'a démoli, ce maudit Nègre. J'étouffe, je ne peux pas marcher. »

Patrice le porta presque, tandis que Siméon bégayait, à bout de forces :

« Par ici... Tout droit maintenant... »

Ils passèrent à l'angle du pavillon et se dirigèrent du côté des tombes.

« Tu es bien sûr d'avoir fermé la porte ? continuait le vieillard. Oui, n'est-ce pas ? j'ai entendu... Ah ! c'est qu'il est redoutable, le gaillard... il faut se méfier de lui... Mais tu m'as juré de ne rien dire, hein ? Jure-le encore, sur la mémoire de ta mère... non, mieux que cela, jure-le sur Coralie... Qu'elle expire à l'instant si tu dois trahir ton serment ! »

Il s'arrêta. Il n'en pouvait plus et se convulsait pour qu'un peu d'air s'insinuât jusqu'à ses poumons. Malgré tout, il reprenait :

« Je peux être tranquille, n'est-ce pas ? D'ailleurs, tu n'aimes pas l'or, toi. En ce cas, pourquoi parlerais-tu ? N'importe, jure-moi de te taire. Tiens, donne ta parole d'honneur... C'est ce qu'il y a de mieux. Ta parole, hein ? »

Patrice le tenait toujours par la taille. Effroyable calvaire pour l'officier, que cette marche si lente et que cette sorte d'enlacement auquel il était contraint pour la délivrance de Coralie. Il avait plutôt envie, en sentant contre lui le corps de cet homme abhorré, de le serrer jusqu'à l'étouffement.

Et cependant une phrase ignoble se répétait au fond de lui : « Je suis son fils... Je suis son fils... »

« C'est là, dit le vieillard.

— Là ? Mais ce sont les tombes.

— C'est la tombe de ma Coralie, et c'est la mienne, et c'est ici le but. »

Il se retourna, effaré.

« Les traces de pas ? Tu les effaceras au retour, hein ? car il retrouverait notre piste, lui, et il saurait que c'est là... »

Patrice s'écria :

« Eh ! il n'y a rien à craindre ! Hâtons-nous. Alors, Coralie est là ?... là, au fond ? Enterrée déjà ? Ah ! l'abomination ! »

Il semblait à Patrice que chaque minute écoulée comptait plus qu'une heure de retard, et que le salut de Coralie dépendait d'une hésitation ou d'un faux mouvement. Il fit tous les serments exigés. Il jura sur Coralie. Il s'engagea sur l'honneur. A ce moment, il n'y aurait pas eu d'acte qu'il n'eût été prêt à accomplir.

Accroupi sur l'herbe, sous le petit temple, le doigt tendu, Siméon répéta :

« C'est là... c'est là-dessous...

— Est-ce croyable ? Sous la pierre tombale ?

— Oui.

— La pierre se lève, alors ? demanda Patrice anxieusement.

— Oui.

— Mais à moi seul, je ne puis la lever... Ce n'est pas possible... Il faudrait trois hommes.

— Non, dit le vieillard, il y a un mouvement de bascule. Tu y parviendras facilement... Il suffit d'un effort à l'une des extrémités...

— Laquelle ?

— Celle-ci, à droite. »

Patrice s'approcha et saisit la grande plaque sur laquelle était inscrit : « Ici reposent Patrice et Coralie... » et il tenta l'effort.

La pierre se souleva, en effet, du premier coup, comme si un contrepoids l'eût obligée à s'enfoncer à l'autre bout.

« Attends, dit le vieillard. Il faut la soutenir, sans quoi elle retomberait.
— Comment la soutenir ?
— Avec une barre de fer.
— Il y en a une ?
— Oui, au bas de la deuxième marche. »

Trois marches avaient été découvertes, qui descendaient dans une cavité de petite dimension, où un homme pouvait à peine tenir, courbé en deux. Patrice aperçut la barre de fer, et, maintenant la pierre avec son épaule, il saisit la barre et la dressa.

« Bien, reprit Siméon, cela ne bougera pas. Tu n'as plus qu'à te baisser dans l'excavation. C'est là qu'aurait dû être mon cercueil, et c'est là que je venais souvent m'étendre auprès de ma bien-aimée Coralie. J'y restais des heures, à même la terre... et lui parlant à elle. Nous causions tous deux, je t'assure, nous causions... Ah ! Patrice !... »

Patrice avait ployé sa haute taille dans l'étroit espace où il avait du mal à tenir, et il demanda :

« Que faut-il faire ?
— Tu ne l'entends pas, ta Coralie, toi ? Il n'y a qu'une cloison qui vous sépare... quelques briques dissimulées par un peu de terre... Et une porte... Derrière, c'est l'autre caveau ; c'est le caveau de Coralie... Et derrière, Patrice, il y en a un autre... où se trouvent les sacs d'or. »

Le vieillard s'était penché et dirigeait les recherches, à genoux sur le gazon...

« La porte est à gauche... Plus loin que cela... Tu ne trouves pas ? C'est curieux... Il faut te dépêcher pourtant... Ah ! on dirait que tu y es. Non ? Ah ! si je pouvais descendre ! mais il n'y a place que pour une personne. »

Il y eut un long silence. Puis, il reprit :

« Allonge-toi davantage... Bien... Tu peux remuer ?

— Oui, dit Patrice.

— Pas beaucoup, hein ?

— A peine.

— Eh bien, continue, mon garçon », s'écria le vieillard dans un éclat de rire.

Et se retirant vivement, d'un geste brusque, il fit tomber la barre de fer. Lourdement, avec une lenteur causée par le contrepoids, mais avec une force irrésistible, l'énorme bloc de pierre s'abattit.

Bien qu'engagé tout entier dans la terre remuée, Patrice, devant le péril, voulut se relever. Siméon avait saisi la barre de fer et lui en assena un coup sur la tête. Patrice poussa un cri et ne bougea plus. La pierre le recouvrit. Cela n'avait duré que quelques secondes.

« Tu vois, s'exclama Siméon, que j'ai bien fait de te séparer de ton camarade. Il ne serait pas tombé dans le panneau, lui ! Mais, tout de même, quelle comédie tu m'as fait jouer ! »

Siméon ne perdit plus un instant. Il savait que Patrice, blessé comme il devait l'être, affaibli par la posture à laquelle il était condamné, ne pourrait pas faire l'effort nécessaire pour soulever le couvercle de son tombeau. De ce côté donc, plus rien à craindre.

Il retourna vers le pavillon et sans doute, quoique marchant avec peine, avait-il exagéré son mal, car il ne s'arrêta pas avant le vestibule. Il dédaigna même d'effacer les traces de ses pas. Il allait droit au but, comme un homme qui a son plan, qui se hâte de l'exécuter, et qui sait qu'après l'exécution de ce plan toutes les voies sont libres.

Arrivé dans le vestibule, il écouta. A l'intérieur de l'atelier et du côté de la chambre, don Luis frappait contre les murs et les cloisons.

« Parfait, ricana Siméon. Celui-ci aussi est roulé.

A son tour ! Mais, en vérité, tous ces messieurs ne sont pas bien forts. »

Ce fut rapide. Il marcha vers la cuisine qui se trouvait à droite, ouvrit la porte du compteur et tourna la clef, lâchant ainsi le gaz et recommençant avec don Luis ce qui n'avait point réussi avec Patrice et Coralie.

Seulement alors il céda à l'immense lassitude qui l'accablait et se permit deux à trois minutes de défaillance. Son plus terrible ennemi était, lui également, hors de cause.

Mais ce n'était pas fini. Il fallait agir encore et assurer son propre salut. Il contourna le pavillon, chercha ses lunettes jaunes et les mit, descendit le jardin, ouvrit et referma la porte. Puis, par la ruelle, il gagna le quai.

Nouvelle station, cette fois, devant le parapet qui dominait le chantier Berthou. Il semblait hésiter sur le parti à prendre. Mais la vue des gens qui passaient, charretiers, maraîchers, etc., coupa court à son indécision. Il héla une automobile et se fit conduire rue Guimard chez le concierge Vacherot.

Il trouva son ami sur le seuil de la loge et fut accueilli aussitôt avec un empressement et une émotion qui montraient l'affection du bonhomme.

« Ah ! c'est vous, monsieur Siméon ? s'écria le concierge. Mais, mon Dieu ! dans quel état !

— Tais-toi, ne prononce pas mon nom, murmura Siméon en entrant dans la loge. Personne ne m'a vu ?

— Personne. Il n'est que sept heures et demie et la maison s'éveille à peine. Mais, Seigneur ! qu'est-ce qu'ils vous ont fait, les misérables ? Vous avez l'air d'étouffer. Vous avez été victime d'une agression.

— Oui, ce Nègre qui me suivait...

— Mais les autres ?

— Quels autres ?

— Ceux qui sont venus ?... Patrice ?

— Hein ! Patrice est venu ? fit Siméon, toujours à voix basse.

— Oui, il est arrivé ici cette nuit, après vous, avec un de ses amis.

— Et tu lui as dit ?...

— Qu'il était votre fils ?... Evidemment, il a bien fallu...

— C'est donc cela, marmotta le vieillard... C'est donc cela qu'il n'a pas semblé surpris de ma révélation.

— Où sont-ils maintenant ?

— Avec Coralie. J'ai pu la sauver. Je l'ai remise entre leurs mains. Mais il ne s'agit pas d'elle. Vite... un docteur... il n'est que temps...

— Il y en a un dans la maison.

— Je n'en veux pas. Tu as l'annuaire du téléphone ?

— Voici.

— Ouvre-le et cherche...

— A quel nom ?

— Le docteur Géradec.

— Hein ? Mais ce n'est pas possible. Le docteur Géradec ? Vous n'y pensez pas !...

— Pourquoi ? Sa clinique est proche, boulevard de Montmorency, et tout à fait isolée.

— Je sais. Mais vous n'ignorez pas ?... Il y a de mauvais bruits sur lui, monsieur Siméon... toute une affaire de passeports et de faux certificats...

— Va toujours...

— Voyons, quoi, monsieur Siméon, est-ce que vous voudriez partir ?

— Va toujours. »

Siméon feuilleta l'annuaire et téléphona. La communication n'étant pas libre, il inscrivit le numéro sur un bout de journal, puis sonna de nouveau.

On lui répondit alors que le docteur était sorti et ne rentrerait qu'à dix heures du matin.

« Tant mieux, fit Siméon, je n'aurais pas eu la force d'y aller tout de suite. Préviens que j'irai à dix heures.

— Je vous annonce sous le nom de Siméon ?

— Sous mon vrai nom, Armand Belval. Dis que c'est urgent... une intervention chirurgicale est nécessaire. »

Le concierge obéit et raccrocha l'appareil en gémissant :

« Ah ! mon pauvre monsieur Siméon ! un homme comme vous, si bon, si charitable. Qu'est-il donc arrivé ?

— Ne t'occupe pas de ça. Mon logement est prêt ?
— Certes.
— Allons-y sans qu'on puisse nous voir.
— On ne peut pas nous voir, vous le savez bien.
— Dépêche-toi. Prends ton revolver. Et ta loge ? Tu peux la laisser ?
— Oui... cinq minutes. »

Cette loge donnait, par-derrière, dans une courette qui communiquait avec un long corridor. A l'extrémité de ce couloir il y avait une autre petite cour, et dans cette cour une maisonnette composée d'un rez-de-chaussée et d'un grenier.

Ils entrèrent.

Un vestibule, puis trois pièces en enfilade.

La seconde seule était meublée. La dernière ouvrait directement sur une rue parallèle à la rue Guimard.

Ils s'arrêtèrent dans la seconde pièce.

Siméon semblait à bout de force. Pourtant, il se releva presque aussitôt, avec le geste d'un homme résolu et que rien ne peut faire fléchir.

Il dit :

« Tu as bien fermé la porte du rez-de-chaussée ?
— Oui, monsieur Siméon.
— Personne ne nous a vus entrer ?
— Personne.
— Personne ne peut soupçonner que tu es là ?
— Personne.
— Donne-moi ton revolver. »

Le concierge tendit l'arme.

« Voici.

— Crois-tu, murmura Siméon, que, si je tirais, on entendrait la détonation ?

— Certainement non. Qui l'entendrait ? Mais...

— Mais quoi ?...

— Vous n'allez pas tirer ?

— Je vais me gêner !

— Sur vous, monsieur Siméon, sur vous ? Vous allez vous tuer ?

— Idiot.

— Alors, sur qui ?

— Sur quelqu'un qui me gêne et qui pourrait me trahir.

— Sur qui donc ?

— Sur toi, parbleu ! » ricana Siméon.

Et, d'un coup de feu, il lui brûla la cervelle.

M. Vacherot s'écroula comme une masse, tué net.

Siméon, lui, jeta son arme et demeura impassible, un peu vacillant. Un à un, jusqu'à six, il ouvrit les doigts. Comptait-il les six personnes dont il s'était débarrassé depuis quelques heures ? Grégoire, Coralie, Ya-Bon, Patrice, don Luis, le sieur Vacherot ?

Sa bouche eut un rictus de satisfaction. Encore un effort, et c'était le salut, la fuite.

Pour le moment, cet effort, il était incapable de le donner. Sa tête tournait, ses bras battaient le vide. Il tomba évanoui, râlant, la poitrine comme écrasée sous un poids intolérable.

Mais à dix heures moins le quart, dans un sursaut de volonté, il se relevait et, dominant la crise, méprisant la douleur, il sortait par l'autre issue de la maison.

A dix heures, après avoir changé deux fois d'auto, il arrivait au boulevard de Montmorency, à l'instant même où le docteur Géradec descendait de sa limousine et montait le perron de la somptueuse villa, où sa clinique était installée depuis la guerre.

VII

LE DOCTEUR GÉRADEC

La clinique du docteur Géradec groupait autour d'elle, dans un beau jardin, plusieurs pavillons dont chacun avait sa destination spéciale. La villa était réservée aux grandes opérations.

Le docteur y avait aussi son cabinet, et c'est là qu'on fit entrer d'abord Siméon Diodokis. Mais, après avoir subi l'examen sommaire d'un infirmier, Siméon fut conduit dans une salle située au fond d'une aile indépendante.

Le docteur s'y trouvait. C'était un homme de soixante ans environ, d'allure encore jeune, à la figure rasée, et que son monocle, toujours vissé à l'œil droit, obligeait à une grimace qui contractait tout le visage. Un grand tablier blanc l'habillait des pieds à la tête.

Siméon, très difficilement — car il pouvait à peine parler — expliqua son cas. La nuit dernière, un rôdeur l'avait attaqué, saisi à la gorge et dévalisé, le laissant à moitié mort sur le pavé.

« Il vous eût été possible d'appeler un médecin depuis », remarqua le docteur en le regardant fixement.

Et, comme Siméon ne répondait pas, il ajouta :

« D'ailleurs, ce n'est pas grand-chose. Dès l'instant que vous vivez, il n'y a pas eu fracture. Cela se réduit donc à des spasmes du larynx dont nous viendrons aisément à bout avec un tubage. »

Il donna des ordres à son aide. On introduisit dans le gosier du malade un long tube en aluminium qu'il garda durant une demi-heure. Le docteur, qui s'était absenté pendant ce temps, revint, et, ayant enlevé le tube, examina le malade, qui commençait déjà à respirer assez facilement.

« C'est fini, dit le docteur Géradec, et beaucoup

plus vite que je ne pensais. Il y avait évidemment, dans votre cas, un phénomène d'inhibition qui contractait la gorge. Rentrez chez vous. Un peu de repos, et il n'y paraîtra plus. »

Siméon demanda le prix et paya. Mais, comme le docteur le reconduisait à la porte, il s'arrêta et dit brusquement, d'un ton de confidence :

« Je suis un ami de Mme Albouin. »

Le docteur ne semblant pas comprendre ce que signifiait cette phrase, il insista :

« Peut-être ce nom ne vous dit-il rien ? Mais, si je vous rappelle qu'il cache la personnalité de Mme Mosgranem, je ne doute pas que nous ne puissions nous entendre.

— Nous entendre sur quoi ? demanda le docteur dont l'étonnement contractait encore davantage la figure.

— Allons, docteur, vous vous méfiez, et vous avez tort. Nous sommes seuls. Toutes les portes sont doubles et capitonnées. Nous pouvons causer.

— Je ne refuse nullement de causer. Mais encore faut-il que je sache...

— Un peu de patience, docteur.

— C'est que mes malades attendent.

— Ce sera vite fait, docteur. Je ne vous demande pas un entretien, mais le temps seulement de dire quelques phrases. Asseyons-nous. »

Il s'assit résolument. Le docteur prit place en face de lui, avec un air de plus en plus surpris.

Et Siméon prononça, sans autre préambule :

« Je suis de nationalité grecque. La Grèce étant un pays neutre et même ami jusqu'à ce jour, il m'est facile d'obtenir un passeport et de sortir de France. Mais, pour des raisons personnelles, je désire que ce passeport ne soit pas établi sous mon nom, mais sous un nom quelconque, que nous chercherons ensemble, et qui me permettra, avec votre aide, de m'en aller sans le moindre péril. »

Le docteur se leva, indigné.

Siméon insista :

« Pas de grands mots, je vous en conjure. Il s'agit, n'est-ce pas, d'y mettre le prix ? J'y suis déterminé. Combien ? »

D'un geste, le docteur lui montra la porte.

Siméon ne protesta pas. Il mit son chapeau. Mais, arrivé près de la porte, il articula :

« Vingt mille ?... Est-ce assez ?

— Dois-je appeler ? dit le docteur, et vous faire jeter dehors ? »

Siméon Diodokis se mit à rire et, tranquillement, avec des pauses entre chacun des chiffres :

« Trente mille ?... Quarante ?... Cinquante ?... Oh ! oh ! davantage ? C'est le grand jeu, à ce qu'il paraît... La somme ronde... Allons-y. Mais, vous savez, tout est compris dans le chiffre fixé. Non seulement vous m'établissez un passeport dont l'authenticité ne soit pas contestable, mais encore vous me garantissez les moyens de partir de France, comme vous l'avez fait pour mon amie, Mme Mosgranem, et fichtre, à des conditions autrement avantageuses ! Enfin, je ne marchande pas. J'ai besoin de vous. Alors, c'est convenu, docteur ? Cent mille ? »

Le docteur Géradec le regarda longtemps, puis d'un mouvement rapide mit le verrou. Revenant ensuite s'asseoir devant le bureau, il dit simplement :

« Causons.

— Je ne demande pas autre chose. On s'entend toujours entre honnêtes gens. Mais, avant tout, je répète ma question : nous sommes d'accord à cent mille ?

— Nous sommes d'accord... dit le docteur, à moins que la situation ne se présente sous un jour moins clair que vous ne la présentez.

— Que dites-vous ?

— Je dis que le chiffre de cent mille est une base de discussion convenable, voilà tout. »

Siméon Diodokis hésita une seconde. L'individu

lui semblait un peu gourmand. Néanmoins, il se rassit, et le docteur reprit aussitôt :

« Votre nom véritable, s'il vous plaît ?

— Impossible. Je vous répète que, pour des raisons...

— Alors, c'est deux cent mille.

— Hein ? »

Siméon avait sursauté.

« Crebleu ! vous n'y allez pas de main morte. Un pareil chiffre ! »

Géradec répondit calmement :

« Qui vous oblige à l'accepter ? Nous débattons un marché. Vous êtes libre.

— Enfin, quoi, du moment que vous acceptez de m'établir un faux passeport, que vous importe de connaître mon nom ?

— Il m'importe beaucoup. Je risque infiniment plus en faisant évader — car c'est une évasion —, en faisant évader un espion qu'un honnête homme.

— Je ne suis pas un espion.

— Qu'en sais-je ? Comment ! Vous venez chez moi me proposer une vilaine chose. Vous cachez votre nom, votre personnalité, et vous avez tellement hâte de disparaître que vous êtes prêt à payer cent mille francs. Et, malgré tout, vous avez la prétention de vous faire passer pour un honnête homme. Réfléchissez. C'est absurde. Un honnête homme n'agit pas comme un cambrioleur... ou comme un assassin. »

Le vieux Siméon ne broncha pas. Après un instant, il s'essuya le front avec son mouchoir. Evidemment, il pensait que Géradec était un rude jouteur et qu'il eût peut-être mieux valu ne pas s'adresser à lui. Mais, après tout, le pacte était conditionnel. Il serait toujours temps de rompre.

« Oh ! oh ! fit-il en essayant de rire, vous avez de ces mots !

— Des mots seulement, dit le docteur. Je n'avance aucune hypothèse. Je me contente de résumer la situation et de justifier mes prétentions.

— Vous avez entièrement raison.

— Donc, je reprends votre question : Nous sommes d'accord ?

— Nous sommes d'accord. Peut-être cependant — et c'est ma dernière observation — auriez-vous pu traiter plus doucement un ami de Mme Mosgranem.

— Comment savez-vous que je l'ai traitée d'autre façon que vous ? demanda le docteur. Vous avez des renseignements à ce propos ?

— Mme Mosgranem m'a avoué elle-même que vous ne lui aviez rien pris. »

Le docteur eut un sourire un peu fat, et murmura :

« Je ne lui ai rien pris, en effet, mais elle m'a peut-être beaucoup donné. Mme Mosgranem était une de ces jolies femmes dont les faveurs se comptent à un prix élevé. »

Un silence suivit ces paroles. Le vieux Siméon semblait de plus en plus mal à l'aise en face de son interlocuteur. Enfin celui-ci insinua :

« Mon indiscrétion paraît vous être désagréable. Y avait-il entre Mme Mosgranem et vous un de ces liens de tendresse ?... En ce cas, excusez-moi... D'ailleurs, tout cela, n'est-ce pas, cher monsieur, n'a plus du tout d'importance après ce qui vient de se passer. »

Il soupira :

« Pauvre Mme Mosgranem !

— Pourquoi parlez-vous d'elle ainsi ? interrogea Siméon.

— Pourquoi ? Mais justement à cause de ce qui vient de se passer.

— J'ignore absolument...

— Comment, vous ignorez le drame affreux ?

— Je n'ai pas eu de lettre d'elle depuis son départ.

— Ah !... Moi, j'en ai reçu une hier soir, et j'ai été fort étonné d'apprendre qu'elle était rentrée en France.

— En France, Mme Mosgranem !

— Mais oui. Et même elle me donnait rendez-vous pour ce matin... un étrange rendez-vous...

— A quel endroit ? fit Siméon avec une inquiétude visible.

— Je vous le donne en mille.

— Parlez donc !

— Eh bien, sur une péniche.

— Hein !

— Oui, sur une péniche, nommée la *Nonchalante*, amarrée au quai de Passy, le long du chantier Berthou.

— Est-ce possible ? balbutia Siméon.

— C'est la réalité même. Et savez-vous comment la lettre était signée ? Elle était signée Grégoire.

— Grégoire... un nom d'homme... articula le vieux d'une voix sourde.

— Un nom d'homme, en effet... Tenez, j'ai la lettre sur moi. Elle me dit qu'elle mène une vie fort dangereuse, qu'elle se méfie de l'homme auquel sa fortune est associée, et qu'elle voudrait me demander conseil.

— Alors... alors... vous y êtes allé ?

— J'y suis allé.

— Mais quand ?

— Ce matin. J'y étais, pendant que vous téléphoniez ici. Malheureusement...

— Malheureusement ?...

— Je suis arrivé trop tard.

— Trop tard ?...

— Oui, le sieur Grégoire, ou plutôt Mme Mosgranem, était morte.

— Morte !

— On l'avait étranglée.

— C'est effrayant, dit Siméon, qui paraissait repris d'étouffements. Et vous n'en savez pas plus long ?

— Plus long sur quoi ?

— Sur l'homme dont elle parlait.

— L'homme dont elle se défiait ?

— Oui.

— Si, si, elle m'a écrit son nom dans cette lettre. C'est un Grec qui se fait appeler Siméon Diodokis. Elle me donnait même son signalement... que j'ai lu sans trop d'attention. »

Il déplia la lettre et jeta les yeux sur la seconde page en marmottant :

« Un homme assez vieux... cassé... qui porte un cache-nez... qui porte toujours un cache-nez et de grosses lunettes jaunes. »

Le docteur Géradec interrompit sa lecture et regarda Siméon d'un air stupéfait. Tous deux restèrent un moment sans souffler mot. Puis le docteur répéta machinalement :

« Un homme assez vieux... cassé... qui porte un cache-nez... et de grosses lunettes jaunes... »

Après chaque bout de phrase, il s'arrêtait, le temps de constater le détail accusateur.

Enfin, il prononça :

« Vous êtes Siméon Diodokis... »

L'autre ne protesta pas. Tous ces incidents s'enchaînaient d'une façon si étrange, et à la fois si naturelle, qu'il sentait l'inutilité des mensonges.

Le docteur Géradec fit un grand geste et déclara :

« Voilà précisément ce que j'avais prévu. La situation n'est plus du tout telle que vous la présentiez. Il ne s'agit plus de balivernes, mais d'une chose fort grave et terriblement dangereuse pour moi.

— Ce qui veut dire ?

— Ce qui veut dire que le prix n'est plus le même.

— Combien, alors ?

— Un million.

— Ah ! non, non ! s'exclama Siméon avec violence ! non ! Et puis je n'ai pas touché à Mme Mosgranem. Moi-même, j'étais attaqué par celui qui l'a étranglée, et c'est le même individu, un Nègre appelé Ya-Bon, qui m'a rejoint et qui m'a saisi à la gorge. »

Le docteur lui saisit le bras.

« Répétez ce nom. C'est bien Ya-Bon que vous avez dit ?

— Certes, un Sénégalais, mutilé d'un bras.
— Et il y a eu combat entre ce Ya-Bon et vous ?
— Oui.
— Et vous l'avez tué ?
— Je me suis défendu.
— Soit. Mais vous l'avez tué ?
— C'est-à-dire... »

Le docteur haussa les épaules en souriant.

« Ecoutez, monsieur, la coïncidence est curieuse. En sortant de la péniche, j'ai rencontré une demi-douzaine de soldats mutilés, qui m'ont adressé la parole. Ils cherchaient justement leur camarade Ya-Bon, et ils cherchaient aussi leur capitaine, le capitaine Belval, et ils cherchaient un ami de cet officier, et ils cherchaient une dame, celle chez qui ils logeaient.

« Ces quatre personnes avaient disparu, et de cette disparition ils accusaient un individu... mais, tenez, ils m'ont dit le nom... Ah ! c'est de plus en plus bizarre ! C'est Siméon Diodokis, c'était vous qu'ils accusaient... Est-ce curieux ? Mais, d'autre part, vous avouerez que tout cela constitue des faits nouveaux, et que, par conséquent... »

Il y eut une pause. Puis nettement, le docteur scanda :

« Deux millions. »

Cette fois, Siméon demeura impassible. Il se sentait dans les griffes de cet homme comme une souris entre les griffes d'un chat. Le docteur jouait avec lui, le laissait échapper, le rattrapait, sans qu'il pût avoir une seconde l'espérance de se soustraire à ce jeu mortel.

Il dit simplement :

« C'est du chantage... »

Le docteur fit un signe d'approbation :

« Je ne vois pas, en effet, d'autre mot. C'est du chantage. Et encore un chantage où je n'ai pas l'excuse d'avoir fait naître l'occasion dont je profite. Un hasard merveilleux passe à portée de ma main.

Je saute dessus, comme vous le feriez à ma place. Que voulez-vous ? J'ai eu avec la justice de mon pays quelques démêlés que vous n'êtes pas sans connaître. Nous avons, elle et moi, signé la paix. Mais ma situation professionnelle est tellement ébranlée que je ne puis repousser dédaigneusement ce que vous m'apportez avec tant de bienveillance.

— Et si je refuse de me soumettre ?

— Alors je téléphone à la préfecture de police, où je suis très bien vu maintenant, étant à même de rendre à ces messieurs quelques services. »

Siméon regarda du côté de la fenêtre, regarda du côté de la porte. Le docteur avait empoigné le cornet du téléphone. Il n'y avait rien à faire, pour l'instant, qu'à céder... quitte à profiter des circonstances favorables qui pourraient survenir.

« Soit, déclara Siméon. Après tout, cela vaut mieux. Vous me connaissez, je vous connais. On peut s'entendre.

— Sur la base indiquée ?

— Oui.

— Deux millions ?

— Oui. Expliquez-moi votre plan.

— Non, pas la peine. J'ai mes moyens à moi, et je trouve inutile de les divulguer d'avance. L'essentiel, c'est votre évasion, n'est-ce pas ? et la fin des dangers que vous courez ? De tout cela je réponds.

— Qui m'assure... ?

— Vous me payerez moitié comptant, moitié au terme de l'entreprise. Reste la question du passeport. Elle est secondaire pour moi. Encore faut-il en établir un. Sous quel nom ?

— Celui que vous voudrez. »

Le docteur prit un papier pour inscrire le signalement, et tout en observant son interlocuteur et murmurant : cheveux gris... figure imberbe... lunettes jaunes... il demanda :

« Mais vous... qui me garantit l'indispensable paiement ?... Je veux des billets de banque... de vrais, d'authentiques billets de banque...

— Vous les aurez.

— Où sont-ils ?

— Dans une cachette inaccessible.

— Précisez.

— Je peux le faire. Alors même que je vous aurais indiqué l'emplacement général, vous ne trouveriez pas.

— Alors ?

— C'est Grégoire qui en avait la garde. Il y a quatre millions... Ils sont dans la péniche. Nous irons ensemble et je vous compterai le premier million. »

Le docteur frappa la table.

« Hein ? Qu'avez-vous dit ?

— Je dis que ces millions sont dans la péniche.

— La péniche qui est amarrée près du chantier Berthou, et dans laquelle Mme Mosgranem a été égorgée ?

— Oui, j'ai caché là quatre millions. L'un d'eux vous sera remis. »

Le docteur hocha la tête et déclara :

« Non, je n'accepte pas cet argent-là en paiement !

— Pourquoi ? Vous êtes fou.

— Pourquoi ? Parce qu'on ne se paie pas avec ce qui vous appartient déjà.

— Qu'est-ce que vous dites ? s'écria Siméon avec effarement.

— Ces quatre millions m'appartiennent. Par conséquent, vous ne pouvez pas me les offrir. »

Siméon haussa les épaules.

« Vous divaguez. Pour qu'ils vous appartiennent, il faudrait d'abord que vous les ayez.

— Bien entendu.

— Et vous les avez ?

— Je les ai.

— Quoi ? Expliquez-vous. Expliquez-vous, tout de suite, grinça Siméon hors de lui.

— Je m'explique. La cachette inaccessible consis-

267

tait en quatre vieux Bottin hors d'usage. Le Bottin de Paris et celui des départements, chacun en deux volumes. Ces quatre volumes, creux à l'intérieur, comme évidés sous leur reliure, contenaient chacun un million.

— Vous mentez !... Vous mentez !

— Ils étaient sur une tablette, dans un petit débarras à côté de la cabine.

— Et après ? Après ?

— Après ? Eh bien, ils sont ici.

— Ici ?

— Sur cette tablette, devant vos yeux. Alors, dans ces conditions, n'est-ce pas, étant déjà légitime possesseur, je ne puis accepter...

— Voleur ! Voleur ! cria Siméon, qui tremblait de rage et lui montrait le poing. Vous n'êtes qu'un voleur, et je vous ferai rendre gorge... Ah ! le bandit... »

Très calme, le docteur Géradec sourit et leva la main en manière de protestation.

« Voilà de bien grands mots, et combien injustes ! Oui, je le répète, combien injustes ! Vous rappellerai-je que votre maîtresse, Mme Mosgranem, m'honorait de ses bontés ? Un jour, ou plutôt un matin, elle me dit, après un moment d'expansion : "Mon ami — elle m'appelait son ami et, en ces moments-là, voulait bien me tutoyer — mon ami, quand je mourrai — elle avait de sombres pressentiments — quand je mourrai, tout ce qui se trouvera dans mon appartement, je te le lègue." Son appartement à la minute de sa mort, c'était la péniche en question. Lui ferai-je l'injure de ne pas obéir à une volonté aussi sacrée ? »

Le vieux Siméon n'écoutait pas. Une idée infernale s'éveillait en lui, et il se dressait vers le docteur dans un geste d'attention éperdue.

Le docteur lui dit :

« Nous gaspillons un temps précieux, cher monsieur, que décidez-vous ? »

Il jouait avec la feuille où il avait inscrit les renseignements nécessaires au passeport. Siméon s'avança vers lui sans un mot. A la fin le vieillard chuchota :

« Cette feuille, donnez-la moi... Je veux voir comment vous avez établi mon passeport... et sous quel nom... »

Il arracha le papier, le parcourut des yeux et, soudain, bondit en arrière.

« Quel nom avez-vous mis ? Quel nom avez-vous mis ? De quel droit me donnez-vous ce nom ? Pourquoi ? Pourquoi ?

— Mais vous m'avez dit d'inscrire un nom à mon gré.

— Mais celui-ci ? celui-ci ?... Pourquoi avez-vous inscrit celui-ci ?

— Ma foi, je ne sais pas... Une idée comme une autre. Je ne pouvais pas mettre Siméon Diodokis, n'est-ce pas, puisque vous ne vous appelez pas ainsi... Je ne pouvais pas mettre non plus Armand Belval, puisque vous ne vous appelez pas ainsi non plus. Alors, j'ai mis ce nom-là.

— Mais pourquoi ce nom-là justement ?

— Dame, parce que c'est votre nom véritable. »

Le vieillard eut un mouvement d'épouvante, et tout bas, de plus en plus courbé sur le docteur, il dit en frissonnant :

« Un seul homme... un seul homme était capable de deviner... »

Un long silence encore. Puis le docteur ricana :

« Je crois, en effet, qu'un seul homme en était capable. Mettons donc que je sois ce seul homme.

— Un seul, continua l'autre, auquel la respiration semblait manquer à nouveau... un seul aussi pouvait trouver la cachette des quatre millions, comme vous l'avez trouvée, en quelques secondes... »

Le docteur ne répondit pas. Il souriait et sa figure se décontractait peu à peu.

On eût dit que Siméon n'osait pas prononcer le nom redoutable qui lui montait aux lèvres. Il courbait la tête. Il était comme l'esclave devant le maître. Quelque chose de formidable, dont il avait déjà senti le poids au cours de la lutte, l'écrasait. L'homme qu'il avait en face de lui prenait, dans son esprit, des proportions de géant qui pouvait, d'un mot, le supprimer, d'un geste l'anéantir. Et un seul homme avait cette taille hors des mesures humaines.

A la fin, il murmura avec une terreur indicible :

« Arsène Lupin... Arsène Lupin...

— Tu l'as dit, bouffi », s'écria le docteur en se levant.

Il laissa tomber son monocle. Il sortit de sa poche une petite boîte qui contenait de la pommade, se barbouilla le visage avec cette pommade, se lava dans une cuvette d'eau que renfermait un placard, et reparut, le teint clair, la face souriante et narquoise, l'allure désinvolte.

« Arsène Lupin, répéta Siméon pétrifié... Arsène Lupin... Je suis perdu...

— Jusqu'à la gauche, vieillard stupide. Et faut-il que tu sois stupide ! Comment ! tu me connais de réputation, tu ressens vis-à-vis de moi la frousse intense et salutaire qu'un honnête homme de mon envergure doit inspirer à une vieille fripouille comme toi, tu t'es imaginé que je serais assez bête pour me laisser coffrer dans ta boîte à gaz. »

Lupin allait et venait, en comédien habile qui a une tirade à débiter, qui la ponctue aux bons endroits, qui se réjouit de l'effet produit, et qui s'écoute parler avec une certaine complaisance. On sentait que, pour rien au monde, il n'eût donné sa place et abandonné son rôle.

Il poursuivit :

« Remarque bien qu'à ce moment-là, j'aurais pu te prendre par la peau du cou et jouer tout de suite avec toi la grande scène du cinquième acte que nous sommes en train de jouer. Seulement, voilà, mon cinquième acte était un peu court, et je suis un homme de théâtre, moi ! Tandis que, de la sorte, comme l'intérêt rebondit ! Et comme c'était amusant de voir l'idée germer dans ta caboche de sous-Boche ! Et combien rigolo d'aller dans l'atelier, d'attacher ma lampe électrique au bout d'une ficelle, de faire croire ainsi à ce bon Patrice que j'étais là, de sortir, et d'entendre Patrice me renier par trois fois et mettre soigneusement en prison, quoi ? ma lampe électrique !

« Tout ça, c'était du bon ouvrage, qu'en dis-tu ?... N'est-ce pas ? Je te sens béant d'admiration... Et, dix minutes plus tard, lorsque tu es revenu, hein ! quelle jolie scène à la cantonnade ! Evidemment, je cognais bien contre la porte murée, entre l'atelier et la chambre de gauche... Seulement, vieux Siméon, je n'étais pas dans l'atelier, j'étais dans la chambre ! Et le vieux Siméon ne s'est douté de rien, et il est parti tranquillement, persuadé qu'il laissait derrière lui un condamné à mort. Un coup de maître, qu'en dis-tu ? Et je dominais tellement la situation que je n'eus même pas besoin de te suivre jusqu'au bout. J'étais sûr, comme deux et deux font quatre, que tu allais chez ton ami, M. Amédée Vacherot, le concierge. Et de fait, tu t'y rendis tout de go. »

Lupin reprit haleine, puis continua :

« Ah ! là, par exemple, tu as commis une belle imprudence, vieux Siméon, et qui m'a tiré d'embarras... J'arrive : personne dans la loge. Que faire ? Comment retrouver tes traces ? Heureusement que la Providence me protégeait. Qu'est-ce que je lis sur un bout de journal ? Un numéro de téléphone tout frais écrit au crayon. Tiens ! tiens, voilà une piste ! Je demande ce numéro. J'obtiens la communication et, froidement, j'articule : "Monsieur, c'est moi qui ai téléphoné tout à l'heure. Seulement, si j'ai votre numéro, je n'ai pas votre adresse." Sur quoi, on me la donne, cette adresse : *Docteur Géradec, boulevard de Montmorency*. Alors, j'ai compris. Docteur Géradec ? C'est bien cela. Le vieux Siméon va d'abord se faire administrer un bon tubage. Ensuite, on s'occupera du passeport, le docteur Géradec étant un spécialiste de faux passeports.

« Oh ! oh ! le vieux Siméon voudrait donc filer ? Pas de ça, Lisette ! Alors, je suis venu ici, sans m'occuper de ton pauvre ami, M. Vacherot, que tu as assassiné dans quelque coin pour te débarrasser d'un accusateur possible. Et ici j'ai vu le docteur Géradec, un homme charmant, que ses ennuis ont assagi et assoupli, et qui m'a... donné sa place pour un matin. Ça m'a coûté un peu cher, mais, n'est-ce pas ? qui veut la fin... Bref, comme ton rendez-vous n'était que pour dix heures, j'avais encore deux bonnes heures devant moi ; j'ai donc été visiter la péniche, prendre les millions, mettre au point certaines choses. Et me voilà ! »

Lupin s'arrêta devant le vieillard et lui dit :

« Eh bien, tu es prêt ? »

Siméon, qui semblait absorbé, tressaillit.

« Prêt à quoi ? repartit Lupin, sans attendre la réponse. Mais au grand voyage. Ton passeport est en règle. Paris-Enfer. Billet simple. Train rapide. Sleeping-Cercueil. En voiture ! »

Il y eut un assez long silence. Le vieillard réfléchissait et, visiblement, cherchait une issue pour échapper à l'étreinte de son ennemi. Mais les plaisanteries d'Arsène Lupin devaient le troubler profondément, car il ne put balbutier que des syllabes confuses.

A la fin, il fit un effort et prononça :

« Et Patrice ?

— Patrice ? répéta Lupin.

— Oui. Que va-t-il devenir ?

— Tu as une idée à ce propos ?

— J'offre sa vie en échange de la mienne. »

Lupin parut stupéfait.

« Il est donc en danger de mort, selon toi ?

— Oui, et c'est pourquoi je propose le marché : sa vie contre la mienne. »

Lupin se croisa les bras et prit un air indigné :

« Eh bien, vrai ! tu en as du culot ! Comment, Patrice est mon ami, et tu me crois capable de l'abandonner ainsi ? Moi, Lupin, je ferais des mots plus ou moins spirituels sur ta mort imminente, tandis que mon ami Patrice serait en danger ? Vieux Siméon, tu baisses. Il est temps que tu ailles te reposer dans un monde meilleur. »

Il souleva une tenture, ouvrit une porte, et appela :
« Eh bien, mon capitaine ? »

Puis, après un second appel, il continua :
« Ah ! je vois que vous avez repris connaissance, mon capitaine. Tant mieux ! Et vous n'êtes pas trop étonné de me voir ? Non ! Ah ! surtout, je vous en prie, pas de remerciement. Ayez seulement l'obligeance de venir. Notre vieux Siméon vous réclame. Et le vieux Siméon a droit à des égards, en ce moment. »

Puis se retournant vers le vieillard, il lui dit :
« Voilà ton fils, père dénaturé. »

VIII

LA DERNIÈRE VICTIME DE SIMÉON

Patrice entra, la tête bandée, car le coup que lui avait asséné Siméon et le poids de la dalle avaient rouvert ses anciennes blessures. Il était très pâle et semblait souffrir beaucoup.

En voyant Siméon Diodokis, il eut un geste de colère effroyable. Pourtant il se contint. Plantés l'un en face de l'autre, les deux hommes ne bougeaient plus, et Lupin, tout en se frottant les mains, disait à demi-voix :

« Quelle scène ! quelle scène admirable ! Est-ce du

bon théâtre, cela ? Le père et le fils ! Le criminel et la victime ! Attention, l'orchestre... Un trémolo en sourdine... Que vont-ils faire ? Le fils va-t-il tuer son père, ou le père tuer son fils ? Minute palpitante... Quel silence ! La voix du sang seule s'exprime, et en quels termes ! Ça y est ! La voix du sang a parlé, et ils vont se jeter dans les bras l'un de l'autre, pour mieux s'étouffer. »

Patrice avait avancé de deux pas, et le mouvement annoncé par Lupin allait être accompli, les deux bras de l'officier s'ouvraient déjà pour le combat. Mais soudain, Siméon, affaibli par la souffrance, dominé par une volonté plus forte, s'abandonna et supplia :

« Patrice... Patrice... que vas-tu faire ? »

Il tendait les mains, il s'adressait à la pitié de son adversaire, et celui-ci, arrêté dans son élan, fut troublé et regarda longuement cet homme à qui l'attachaient des liens mystérieux et inexpliqués.

Il prononça, les poings toujours levés :

« Coralie !.. Coralie !... Dis-moi où elle est, et tu auras la vie sauve. »

Le vieux tressauta ; sa haine, fouettée par le souvenir de Coralie, pour faire du mal, retrouvait de l'énergie, et il répondit avec un rire cruel :

« Non, non... Sauver Coralie ? Non, j'aime mieux mourir. Et puis, la cachette de Coralie, c'est celle de l'or... Non, jamais, autant mourir...

— Tue-le donc, mon capitaine, intervint don Luis, tue-le donc, puisqu'il aime mieux cela. »

De nouveau l'idée du meurtre immédiat et de la vengeance empourprait d'un flot de sang le visage de l'officier. Mais la même hésitation suspendit le choc.

« Non, non, fit-il à voix basse, non, je ne peux pas...

— Pourquoi donc ? insista don Luis... C'est si facile ! Allons ! Tords-lui le cou comme à un poulet.

— Je ne peux pas.

— Pourquoi ? Est-ce que ça te fait quelque chose de l'étrangler ? Ça te dégoûte ! Pourtant, si c'était un Boche, sur le champ de bataille...

— Oui... mais cet homme...

— Ce sont tes mains qui refusent, peut-être ? L'idée d'empoigner cette chair et de la serrer ?... Tiens, capitaine, prends mon revolver, et fais-lui sauter la cervelle. »

Patrice saisit l'arme avidement et la braqua sur le vieux Siméon. Le silence fut effrayant. Les yeux de Siméon s'étaient fermés, et des gouttes de sueur coulaient sur son visage livide.

A la fin, le bras de l'officier s'abattit, et il articula :
« Je ne peux pas.

— Vas-y donc, ordonna don Luis impatienté.

— Non... Non...

— Mais pourquoi, encore une fois ?

— Je ne peux pas.

— Tu ne peux pas ? Veux-tu que je t'en dise la raison, mon capitaine ? Tu penses à cet homme comme si c'était ton père.

— Peut-être, dit l'officier, tout bas... Les apparences m'obligent à le croire par moments.

— Qu'importe, si c'est une crapule et un bandit !

— Non, non, je n'ai pas le droit. Qu'il meure, mais non pas de ma main, je n'ai pas le droit.

— Alors, tu renonces à te venger ?

— Ce serait abominable, ce serait monstrueux ! »

Don Luis s'approcha et, le frappant à l'épaule, lui dit gravement :

« Et si ce n'était pas ton père ? »

Patrice le regarda. Il ne comprenait pas.

« Que voulez-vous dire ?

— Je veux dire que la certitude n'existe pas, que le doute, s'il s'appuie sur des apparences, ou même sur des présomptions, n'est fortifié d'aucune preuve. Et d'autre part, songe à ton dégoût, à ta répugnance... Car enfin, cela aussi doit être à considérer.

« Quand on est, comme toi, un monsieur propre, loyal, tout palpitant d'honneur et de fierté, est-il admissible qu'on soit le fils d'une pareille fripouille ? Réfléchis à cela, Patrice. »

Il fit une pause et répéta :

« Réfléchis à cela, Patrice... et aussi à une autre chose qui a sa valeur, je te le jure.

— Quelle chose ? » demanda Patrice, qui le contemplait éperdument.

Don Luis prononça :

« Quel que soit mon passé, quoi que tu puisses penser de moi, tu me reconnais bien, n'est-ce pas, une certaine conscience ? Tu sais bien que ma conduite, en toute cette affaire, n'a jamais été influencée que par des motifs que je puis avouer hautement, n'est-ce pas ?

— Oui, oui, déclara Patrice Belval avec force.

— Eh bien, alors, mon capitaine, crois-tu donc que je te pousserais à tuer cet homme si c'était ton père ? »

Patrice semblait hors de lui.

« Vous avez, j'en suis sûr, une certitude... Oh ! je vous en prie... »

Don Luis continua :

« Crois-tu donc que je te dirais même de le haïr, si c'était ton père ?

— Oh ! fit Patrice, ce n'est donc pas mon père ?

— Non, non, s'écria don Luis, avec une conviction irrésistible et une ardeur croissante. Non, mille fois non ! Mais, observe-le ! Vois cette tête de chenapan ! Tous les crimes et tous les vices sont inscrits sur ce visage de brute. Dans cette aventure, depuis le premier jour jusqu'au dernier, il n'y a pas un forfait qui ne soit son œuvre... pas un, tu entends. Nous n'avons pas été en face de deux criminels comme on l'a cru, il n'y a pas eu Essarès pour commencer la besogne infernale, et le vieux Siméon pour l'achever. Il n'y a qu'un criminel, un seul, comprends-tu, Patrice ? Le même bandit qui, devant nous, pour ainsi dire, tuait Ya-Bon, tuait le concierge Vacherot, tuait sa propre complice, le même bandit avait commencé sa besogne sinistre bien auparavant, et tuait déjà ceux qui le gênaient. Et parmi ceux-ci, il en a tué un que tu connaissais, Patrice, il en a tué un dont tu n'es que la chair et le sang.

— Qui ? De qui parlez-vous ? demanda Patrice avec égarement.

— De celui dont tu entendais, par le téléphone, les cris d'agonie ; de celui qui t'appelait Patrice et qui ne vivait que pour toi ! Il l'a tué, celui-là ! Et celui-là, c'était ton père, Patrice ! c'était Armand Belval ! Comprends-tu, maintenant ? »

Patrice ne comprenait pas. Les paroles de don Luis tombaient dans les ténèbres, sans qu'aucune d'elles fît jaillir la moindre lumière. Pourtant, une chose formidable s'imposait à son esprit, et il balbutia :

« J'ai entendu la voix de mon père... C'est donc lui qui m'appelait ?

— C'était ton père, Patrice.

— Et l'homme qui le tuait ?...

— C'était celui-ci », fit don Luis en désignant le vieillard.

Siméon demeurait immobile, les yeux hagards, comme un misérable qui attend l'arrêt de mort. Patrice ne le quittait pas des yeux, et des frissons de rage le secouaient.

Et cependant une certaine joie se dégageait peu à peu du désordre de ses sentiments, grandissait en lui, et occupait toute sa pensée. Cet homme immonde n'était pas son père. Son père était mort, il aimait mieux cela. Il respirait mieux. Il pouvait relever la tête et haïr en toute liberté, d'une haine juste et sainte.

« Qui es-tu ? Qui es-tu ? »

Et s'adressant à don Luis :

« Son nom ?... Je vous en supplie... Je veux savoir son nom, avant de l'écraser.

— Son nom ? fit don Luis. Son nom ? Comment ne l'as-tu pas deviné déjà ? Il est vrai que, moi-même, j'ai longtemps cherché et, cependant, c'était la seule hypothèse admissible.

— Mais quelle hypothèse ? Quelle idée ? s'écria Patrice exaspéré.

— Tu veux le savoir ?...

— Ah ! je vous en conjure ! J'ai hâte de l'abattre, mais je veux d'abord connaître son nom.

— Eh bien... »

Il y eut un silence entre les deux hommes. Ils se regardaient, debout l'un contre l'autre.

Mais don Luis eut l'impression, sans doute, qu'il fallait encore différer le moment de la révélation, car il reprit :

« Tu n'es pas encore prêt à la vérité, Patrice, et je veux cependant que, quand tu l'entendras, elle ne suscite en toi aucune objection. Vois-tu, Patrice, et ne crois pas que je plaisante, il en est, dans la vie, comme dans l'art dramatique, où ce qu'on appelle le coup de théâtre manque son effet s'il n'est pas préparé. Je ne cherche pas à en faire un effet, mais à t'imposer une conviction totale, irrésistible, au sujet de cet homme, qui n'est pas ton père, comme tu l'admets maintenant, mais qui n'est pas non plus Siméon Diodokis, bien qu'il ait pris l'apparence, le signalement, l'identité, la vie elle-même de Siméon Diodokis.

« Commences-tu à comprendre ? Dois-je te répéter ma phrase de tout à l'heure : "Nous n'avons pas été, au cours de cette lutte, en face de deux criminels. Il n'y a pas eu Essarès pour commencer la besogne infernale, et celui qui s'est fait appeler le vieux Siméon pour l'achever." Il n'y a eu, il n'y a qu'un criminel, toujours vivant, depuis le début, toujours agissant, supprimant ceux qui le gênent, et au besoin se revêtant de leur personnalité, et poursuivant sous leur apparence l'œuvre maudite... Comprends-tu ? Dois-je te nommer celui qui fut l'âme même de cette affaire colossale, celui qui monta l'intrigue, et qui la fit évoluer vers un but favorable, malgré tous les obstacles et malgré la guerre acharnée que ses complices lui déclarèrent ? Remonte plus haut que ce que tu as vu de tes propres yeux, Patrice.

« N'interroge pas seulement tes souvenirs, même ceux du premier jour. Interroge les souvenirs des autres, et tout ce que Coralie t'a raconté du passé. Quel est l'unique persécuteur, l'unique bandit, l'unique assassin, l'unique génie de tout le mal qui fut fait à ton père et à la mère de Coralie, à Coralie, au colonel Fakhi, à Grégoire, à Ya-Bon, à Vacherot, à tous, Patrice, à tous ceux qui furent mêlés à la tragique aventure ? Allons, allons, je sens que tu devines presque. Si la vérité ne t'apparaît pas encore, son fantôme invisible rôde autour de toi. Le nom de cet homme germe en ton cerveau. Son âme hideuse se dégage des ténèbres, sa véritable personnalité prend corps, son masque tombe. Et tu as devant toi le criminel lui-même, c'est-à-dire... »

Qui prononça le nom redoutable ? Fut-ce don Luis, avec toute l'ardeur de sa certitude ? Fut-ce Patrice, avec l'hésitation et l'étonnement d'une conviction naissante ? Pourtant l'officier, dès que les quatre syllabes eurent retenti dans le silence solennel, l'officier n'eut pas un moment de doute. Pas une seconde même, il ne chercha à comprendre par quel prodige une telle révélation pouvait être l'expression toute simple de la vérité. Instantanément, il l'admit, cette vérité, comme incontestable et prouvée par les faits les plus évidents. Et il répéta à diverses reprises ce nom auquel il n'avait jamais pensé, et qui donnait l'explication à la fois la plus logique et la plus extraordinaire du problème le plus incompréhensible.

« Essarès bey... Essarès bey...

— Essarès bey, redit don Luis, Essarès bey, l'homme qui a tué ton père, et qui l'a tué, pourrait-on dire, deux fois, jadis dans le pavillon, lui enlevant tout bonheur et toute raison de vivre et il y a quelques jours dans la bibliothèque, alors qu'Armand Belval, ton père, était en train de te téléphoner, Essarès bey, l'homme qui a tué la mère de

Coralie et qui a enseveli Coralie dans une tombe introuvable. »

Cette fois le meurtre fut décidé. Les yeux de l'officier exprimèrent une résolution indomptable. Il fallait que l'assassin de son père, que l'assassin de Coralie mourût sur-le-champ. Le devoir était clair et précis. L'épouvantable Essarès devait mourir par la main même du fils et du fiancé.

« Fais ta prière, dit-il froidement. Dans dix secondes, tu seras mort. »

Il les compta, ces secondes, et à la dixième il allait tirer, lorsque l'ennemi eut un sursaut d'énergie folle, qui prouvait que, sous l'apparence du vieux Siméon, il y avait bien un homme encore jeune et encore vigoureux. Et il s'écria avec une violence inouïe, qui fit hésiter Patrice :

« Eh bien, oui, tue-moi !... Oui, que ce soit fini !... Je suis vaincu... j'accepte la défaite. Mais c'est une victoire, puisque Coralie est morte et que mon or est sauvé !... Je meurs, mais personne ne les aura, ni l'un ni l'autre... ni celle que j'aime, ni cet or qui fut ma vie. Ah ! Patrice, Patrice, la femme que nous aimions tous deux à la folie, elle n'existe plus... ou bien elle agonise sans qu'il soit possible maintenant de la sauver. Si je ne l'ai pas, tu ne l'auras pas non plus, Patrice. Ma vengeance a fait son œuvre. Coralie est perdue ! Coralie est perdue ! »

Il hurlait et balbutiait à la fois, recouvrant une force sauvage. En face de lui, Patrice le dominait, prêt à l'acte, mais attendant encore, afin d'écouter les mots terribles qui le torturaient.

« Elle est perdue, Patrice, continua l'ennemi avec un redoublement de violence... Perdue ! Rien à faire ! Et tu ne retrouveras même pas son cadavre dans les entrailles de la terre où je l'ai enfouie avec les sacs d'or. Sous la dalle mortuaire ? Non, non, pas si bête ! Non, Patrice, tu ne la retrouveras jamais. L'or l'étouffe. Elle est morte ! Coralie est morte ! Ah ! quelle volupté de te jeter ça à la face ! Comme tu dois souffrir, Patrice ! Coralie est morte ! Coralie est morte !

— Crie pas si fort. Tu vas la réveiller », fit don Luis Perenna avec calme.

Il avait tiré une cigarette d'une boîte en métal qui se trouvait sur le bureau et il l'allumait, à bouffées égales qui s'en allaient en tourbillons. Et il paraissait avoir dit la petite phrase comme un avertissement banal que l'on donne sans presque y songer.

Une sorte de stupeur cependant avait suivi l'étrange petite phrase imprévue, une stupeur qui paralysait les deux adversaires. Patrice laissa tomber le bras. Siméon eut une défaillance et s'écroula dans un fauteuil. Tous deux, sachant de quoi Lupin était capable, comprenaient ce qu'il avait voulu dire.

Mais il fallait à Patrice autre chose que des mots obscurs qui pouvaient aussi bien passer pour une boutade. Il lui fallait une certitude. La voix entrecoupée, il demanda :

« Que dites-vous ? On va la réveiller ?

— Dame ! fit don Luis, quand on crie trop fort, on réveille les gens !

— Elle est donc vivante ?

— On ne réveille pas les morts, quoi qu'on en dise. On ne réveille que les vivants.

— Coralie est vivante ! Coralie est vivante ! répéta Patrice avec une sorte d'ivresse qui le transfigurait. Est-ce possible ? Mais alors, elle serait là ? Oh ! je vous en supplie, affirmez-le moi, que j'entende votre serment... Et puis non, ce n'est pas vrai, n'est-ce pas ? Je ne puis croire... Vous avez voulu rire... »

Don Luis répliqua :

« Je vous dirai, mon capitaine, ce que je disais tout à l'heure à ce misérable. "Vous admettez donc la possibilité que j'abandonne mon œuvre avant de l'avoir achevée ?" Vous me connaissez mal. Ce que j'entreprends, mon capitaine, je le réussis. C'est une habitude. Et j'y tiens d'autant plus que je la trouve bonne. Ainsi donc... »

Il se dirigea vers un des côtés de la pièce. Symétriquement à la première tenture qui cachait la porte où Patrice était entré quelques instants auparavant, il y en avait une autre qu'il souleva et qui cachait une seconde porte.

Patrice Belval disait, d'une voix inintelligible :

« Non, non, elle n'est pas là... je ne peux pas le croire... Ce serait une trop grande déception... Jurez-moi...

— Je n'ai rien à vous jurer, mon capitaine. Vous n'avez qu'à ouvrir les yeux. Bigre ! en voilà une tenue pour un officier français ! Vous êtes blême ! Mais oui, c'est elle, c'est maman Coralie. Elle dort sur ce lit, soignée par deux gardes. Aucun danger d'ailleurs. Pas de blessure. Un peu de fièvre seulement, et une lassitude extrême. Pauvre maman Coralie, je ne l'aurai jamais vue que dans cet état d'épuisement et de torpeur. »

Patrice s'était avancé, débordant de joie. Don Luis l'arrêta.

« Assez, mon capitaine, n'allez pas plus loin. Si je l'ai ramenée ici au lieu de la transporter chez elle, c'est que j'ai cru nécessaire de la changer de milieu et d'atmosphère. Plus d'émotion. Elle a eu sa part, et vous risqueriez de tout gâter en vous montrant.

— Vous avez raison, dit Patrice, mais vous êtes bien sûr ?...

— Qu'elle est vivante ? fit don Luis en riant. Comme vous et moi, et toute prête à vous donner le bonheur que vous méritez et s'appeler Mme Patrice Belval. Un peu de patience seulement. Et puis, ne l'oubliez pas, il y a encore un obstacle à surmonter, mon capitaine, car, enfin, quoi, elle est mariée... »

Il ferma la porte et ramena Patrice devant Essarès bey.

« Voilà l'obstacle, mon capitaine. Etes-vous résolu, cette fois ? Entre maman Coralie et vous, il y a encore ce misérable. Qu'allez-vous en faire ? »

Essarès, lui, n'avait même pas regardé dans la

chambre voisine, comme s'il avait su que la parole de don Luis Perenna ne pouvait pas être mise en doute. Courbé, sans force, impuissant, il grelottait sur son fauteuil.

Don Luis l'interpella :

« Dis donc, chéri, tu n'as pas l'air à ton aise. Qu'est-ce qui te chiffonne ? Tu as peur, peut-être ? Pourquoi ? Je te promets que nous ne ferons rien sans nous mettre d'accord au préalable et sans que nous soyons tous trois du même avis. Cela te déride, hein ! cette idée ! On va te juger à nous trois. Et tout de suite. Le capitaine Patrice Belval, don Luis Perenna et le vieux Siméon se constituent en tribunal. Les débats sont ouverts. Personne ne prend la parole pour défendre le sieur Essarès bey ? Personne. Le sieur Essarès bey est condamné à mort. Pas de circonstances atténuantes. Pas de pourvoi en cassation. Pas de recours en grâce. Pas de sursis. L'exécution immédiate. Adjugé ! »

Il frappa sur l'épaule de l'homme et lui dit :

« Tu vois, ça ne traîne pas. A l'unanimité, hein ! voilà un verdict satisfaisant, et qui met tout le monde de bonne humeur. Reste à trouver le genre de mort ? Ton avis ? Un coup de revolver ? Entendu. C'est propre et rapide. Capitaine Belval, à vous la capsule. Le carton est à sa place et voici l'arme. »

Patrice n'avait pas bougé. Il contemplait l'immonde individu qui lui avait fait tant de mal. Une haine formidable bouillonnait en lui. Pourtant, il répondit :

« Je ne tuerai pas cet homme.

— Vous avez raison, approuva don Luis. Tout compte fait, vous avez raison et vos scrupules vous honorent. Non, vous n'avez pas le droit de tuer cet homme, que vous savez être le mari de la femme que vous aimez. Ce n'est pas à vous de supprimer l'obstacle. Et puis ça vous dégoûte de tuer. Moi aussi. Cette bête-là est trop sale. Alors, mon bonhomme, il n'y a plus que toi pour nous aider à sortir de cette situation délicate. »

Don Luis se tut un moment et se pencha sur Essarès. Le misérable avait-il entendu ? Vivait-il même encore ? On l'eût dit évanoui, privé de conscience.

Don Luis le secoua rudement par l'épaule. Essarès gémit :

« L'or... les sacs d'or...

— Ah ! tu penses à cela, vieux gredin ? Ça t'intéresse ? »

Don Luis éclata de rire.

« Tiens, oui, à propos, on oubliait d'en parler. Et tu y penses, toi, vieux gredin ! Ça t'intéresse ? Eh bien, mon chéri, les sacs d'or sont dans ma poche... autant qu'une poche peut contenir dix-huit cents sacs d'or. »

L'homme protesta.

« La cachette...

— Ta cachette ? Mais elle n'existe plus pour moi. Pas besoin de t'en donner la preuve, hein ! puisque Coralie est là ? Et comme Coralie était enfouie parmi les sacs d'or, tu en tires la conclusion logique ?... Par conséquent, tu es bien fichu. La femme que tu voulais est libre, et, ce qui est plus terrible, libre auprès de celui qu'elle adore et qu'elle ne quittera plus. Et, d'autre part, ton trésor est découvert. Alors, c'est fini, n'est-ce pas ? Nous sommes d'accord ? Tiens, voilà le joujou libérateur. »

Il lui présenta le revolver, que l'autre, machinalement, prit et braqua sur Lupin. Mais le bras n'avait pas de force et se rabattit.

« Parfait ! fit don Luis. Ta conscience se révolte, et ce n'est pas contre moi que ton bras se tourne. Parfait ! Nous nous comprenons, et l'acte que tu veux accomplir rachètera ta mauvaise vie, vieux bandit. Quand tout espoir est dissipé, il n'y a plus que cela qui reste : la mort. C'est le grand refuge. »

Il lui saisit la main et, serrant sur la crosse les

doigts affaiblis, il dirigea l'arme vers le visage d'Essarès.

« Allons, un peu de courage. Ce que tu as résolu de faire est très bien. Le capitaine et moi refusant de nous déshonorer en te tuant, tu as décidé d'agir toi-même. Nos compliments émus. Je l'avais toujours dit : "Essarès n'est qu'une vieille fripouille, mais à l'heure de la mort, il finira en beauté, comme un héros, le sourire aux lèvres et la fleur à la boutonnière." Il y a bien encore un peu de résistance, mais nous approchons du but. Encore une fois, je te félicite. C'est chic, ta façon d'en sortir. Tu te rends compte que tu es de trop sur la terre, que tu gênerais Patrice et Coralie... Mais oui, un mari c'est toujours une entrave... Il y a la loi, les convenances... Alors, tu préfères te retirer. Brave ! Tu es un vrai gentleman ! Et comme tu as raison ! Plus d'amour et plus d'or ! Plus d'or, Essarès ! Les belles pièces luisantes que tu convoitais, avec lesquelles tu te serais confectionné une bonne existence douillette, tout cela envolé, disparu... Non, décidément, il vaut mieux disparaître, n'est-ce pas ? »

Essarès résistait à peine. Etait-ce une sensation d'impuissance ? Ou comprenait-il réellement que don Luis avait raison et que sa vie ne valait plus la peine d'être vécue ? L'arme montait jusqu'à son front. Le canon toucha la tempe.

Au contact de l'acier il frissonna et gémit :

« Grâce !

— Mais non, mais non, dit don Luis, il ne faut pas que tu te fasses grâce. Et moi, je ne t'y aiderai pas. Peut-être, si tu n'avais pas tué mon pauvre Ya-Bon, peut-être aurions-nous pu chercher encore un autre dénouement. Mais, vraiment, tu ne m'inspires pas plus de pitié que tu n'en as pour toi-même. Tu vas mourir, tu as raison. Je ne t'en empêcherai pas.

« Et puis, ton passeport est prêt, tu as ton billet dans ta poche. Plus moyen de reculer. On t'attend là-bas. Et tu sais, il ne faut pas craindre de t'ennuyer. As-tu vu quelquefois les dessins qui représentent l'Enfer ? Chacun a sa tombe recouverte d'une dalle énorme, et cette dalle, chacun la soulève et la soutient de son dos pour échapper aux flammes qui jaillissent au-dessous de lui. Un véritable bain de feu. Tu vois, il y a de la distraction. Or, la tombe est retenue. Les flammes jaillissent. Le bain de monsieur est prêt. »

Doucement et patiemment, il avait réussi à introduire l'index du misérable sous la crosse, de façon à le poser sur la détente. Essarès s'abandonnait. Ce n'était plus qu'une loque. La mort était en lui.

« Remarque bien, poursuivait don Luis, que tu es absolument libre. C'est à toi d'appuyer si le cœur t'en dit. Moi, cela ne me regarde pas. A aucun prix je ne voudrais t'influencer. Non, je ne suis pas là pour te suicider, mais pour te conseiller et te donner un coup de main. »

De fait, il avait lâché l'index et ne tenait plus que le bras. Mais il pesait sur Essarès de toute sa volonté et de toute son énergie. Volonté de destruction, volonté d'anéantissement, volonté indomptable à laquelle Essarès ne pouvait se soustraire.

A chaque seconde, la mort entrait un peu plus dans le corps inerte, dissociait les instincts, assombrissait les idées, et apportait un immense besoin de repos et d'inaction.

« Tu vois comme c'est facile. L'ivresse te monte au cerveau. C'est presque de la volupté, n'est-ce pas ? Quel débarras ! Ne plus vivre ! Ne plus souffrir ! Ne plus penser à cet or que tu n'as pas et que tu ne peux plus avoir, à cette femme qui est celle d'un autre et qui va lui donner ses lèvres, tout son être charmant... Tu pourrais vivre avec cette idée ? Tu pourrais t'imaginer le bonheur infini de ces deux amoureux ? Non, n'est-ce pas ? Alors... »

Le misérable cédait peu à peu, pris de lâcheté. Il se trouvait en face d'une de ces forces qui vous écrasent, une force de la nature, puissante comme le destin et à laquelle on est contraint d'obéir. Un vertige l'étourdissait. Il descendait dans l'abîme.

« Allons, vas-y... N'oublie pas d'ailleurs que tu es déjà mort une fois... Rappelle-toi... On t'a fait des funérailles en tant qu'Essarès bey, on t'a enterré, mon bonhomme. Par conséquent, tu ne peux reparaître en ce monde que pour appartenir à la justice. Et, bien entendu, je suis là pour la diriger, au besoin, la justice. Alors, c'est la prison, c'est l'échafaud, mon vieux... Hein ? L'aube glaciale... Le couperet... »

C'était fini. Essarès s'enfonçait dans les ténèbres. Les choses tourbillonnaient autour de lui. La volonté de don Luis le pénétrait et l'anéantissait.

Un moment, il se tourna vers Patrice et tenta de l'implorer.

Mais Patrice persistait dans son attitude impassible. Les bras croisés, il regardait sans pitié l'assassin de son père. Le châtiment était mérité. Il n'y avait qu'à laisser faire le destin. Patrice Belval ne s'interposa pas.

« Allons, vas-y... Ce n'est rien, et c'est le grand repos ! Comme c'est bon déjà ! Oublier... Ne plus lutter !... Pense à ton or que tu as perdu... Trois cents millions à l'eau... Et Coralie perdue aussi. La mère comme la fille, tu n'auras eu ni l'une ni l'autre. En ce cas, la vie n'est qu'une duperie. Autant s'évader. Allons, un petit effort, un petit geste... »

Ce petit geste, le bandit l'accomplit. Inconsciemment, il pressa sur la détente. Le coup partit. Et il s'effondra en avant, à genoux sur le parquet.

Don Luis avait dû faire un saut de côté pour n'être pas éclaboussé par le sang qui gicla de la tête fracassée. Il prononça :

« Bigre ! du sang de cette fripouille, ça m'aurait porté malheur. Mais, mon Dieu, quelle fripouille ! Je crois décidément que j'ai fait une bonne action de plus dans ma vie, et que ce suicide me donne droit à une place au Paradis. Oh ! je ne suis pas exigeant... un modeste strapontin dans l'ombre. Mais j'y ai droit. Qu'en dis-tu, mon capitaine ? »

IX

QUE LA LUMIÈRE SOIT

Le soir de ce même jour, Patrice faisait les cent pas sur le quai de Passy. Il était près de six heures. De temps à autre, un tramway passait, ou quelque camion. Très peu de promeneurs, Patrice se trouvait à peu près seul.

Il n'avait pas revu don Luis Perenna depuis le matin. Il avait simplement reçu un mot par lequel don Luis le priait de faire transporter Ya-Bon à l'hôtel Essarès et de se rendre ensuite au-dessus du chantier Berthou.

L'heure du rendez-vous approchait, et Patrice se réjouissait de cette entrevue, où toute la vérité allait enfin lui être révélée. Cette vérité, il la devinait en partie, mais que de ténèbres encore ! Que de problèmes insolubles ! Le drame était fini. Le rideau tombait sur la mort du bandit. Tout allait bien. Il n'y avait plus rien à redouter, plus de pièges à craindre. Le formidable ennemi était abattu. Mais avec quelle anxiété intense Patrice Belval attendait le moment où, sur ce drame, la lumière se déverserait à flots !

« Quelques paroles, se disait-il, quelques paroles de cet invraisemblable individu qui s'appelle Lupin, et le mystère sera éclairci. Avec lui, ce sera bref. Dans une heure il doit partir. »

Et Patrice se demandait :

« Partira-t-il avec le secret de l'or ? Résoudra-t-il

pour moi le problème du triangle ? Et cet or, comment le gardera-t-il pour lui ? Comment l'emportera-t-il ? »

Une automobile arrivait du Trocadéro. Elle ralentit, puis s'arrêta le long du trottoir. Ce devait être don Luis.

Mais à son grand étonnement, Patrice reconnut M. Desmalions, qui ouvrait la portière et qui venait à sa rencontre, la main tendue :

« Eh bien, mon capitaine, comment ça va-t-il ? Je suis exact au rendez-vous, hein ? Mais dites donc, auriez-vous été blessé de nouveau à la tête ?

— Oui... c'est insignifiant, répliqua Patrice. Mais de quel rendez-vous est-il question ?

— Comment ? Mais de celui que vous m'avez donné !

— Je ne vous ai pas donné de rendez-vous.

— Oh ! oh ! fit M. Desmalions, qu'est-ce que cela signifie ? Tenez, voici la note qu'on m'a apportée à la Préfecture. Je vous la lis : "De la part du capitaine Belval, M. Desmalions est averti que le problème du triangle est résolu. Les dix-huit cents sacs sont à sa disposition. On le prie de vouloir bien venir à six heures, quai de Passy, avec pleins pouvoirs du gouvernement pour accepter les conditions de la remise. Il serait utile d'amener une vingtaine d'agents solides, dont la moitié serait postée une centaine de mètres avant la propriété Essarès, et l'autre une centaine de mètres après." Voilà. Est-ce clair ?

— Très clair, dit Patrice, mais ceci n'est pas de moi.

— De qui est-ce donc ?

— D'un homme extraordinaire, qui a déchiffré toutes ces énigmes en se jouant, et qui, certainement, va venir lui-même vous apporter le mot.

— Son nom ?

— Je ne peux pas le dire.

— Oh ! oh ! en temps de guerre, c'est un secret difficile à garder.

— Très facile, monsieur, fit une voix derrière M. Desmalions. Il suffit de bien vouloir. »

M. Desmalions et Patrice se retournèrent et virent un monsieur habillé d'un pardessus noir en forme de longue lévite, et le cou encerclé d'un haut col, une manière de clergyman anglais.

« Voici l'ami dont je vous parlais, dit Patrice, qui eut cependant un peu de mal à reconnaître don Luis. Il m'a sauvé deux fois la vie, ainsi qu'à ma fiancée. Je réponds de lui. »

M. Desmalions salua, et, tout de suite, don Luis prononça avec un léger accent :

« Monsieur, votre temps est précieux, le mien également, car je dois quitter Paris ce soir, et demain la France. Mes explications seront donc très courtes, d'autant plus courtes que vous avez suivi jusqu'ici les principales péripéties du drame qui s'est dénoué ce matin, et que le capitaine Belval vous mettra au courant de celles que vous pouvez ignorer encore. D'ailleurs, avec vos qualités professionnelles et votre sens très aigu de ces questions, vous élucidérez facilement les quelques points qui demeurent obscurs. Je ne vous dirai donc que l'essentiel, et tout d'abord ceci : notre pauvre Ya-Bon est mort. Oui, il est mort cette nuit, en luttant vaillamment contre l'ennemi. En outre, vous trouverez trois autres cadavres, celui de Grégoire — de son vrai nom Mme Mosgranem — dans cette péniche ; celui du sieur Vacherot, dans un coin quelconque d'un immeuble situé au numéro 18 de la rue Guimard ; et, enfin, dans la clinique du docteur Géradec, boulevard de Montmorency, le cadavre du sieur Siméon Diodokis.

— Le vieux Siméon ? demanda M. Desmalions, très étonné.

— Le vieux Siméon s'est tué. Le capitaine Belval vous donnera sur cet individu et sur sa véritable personnalité tous les renseignements possibles, et je crois que vous conclurez, comme moi, à la nécessité d'étouffer cette affaire. Mais, je le répète, passons.

Tout cela, au point de vue spécial où vous vous placez, ce n'est que broutilles et détails rétrospectifs. Ce qui vous occupe avant tout, et ce pour quoi vous avez bien voulu vous déranger, c'est la question de l'or, n'est-ce pas ?

— En effet.

— Parlons-en. Vous avez amené des agents ?

— Oui, mais pour quelle raison ? La cachette, alors même que vous m'en aurez indiqué l'emplacement, demeurera ce qu'elle est, introuvable pour ceux qui ne la connaissent pas.

— Certes, mais le nombre de ceux qui la connaissent devenant plus grand, le secret ne pourra plus être gardé. En tout cas — et don Luis scanda cette phrase très nettement — en tout cas, c'est là une de mes conditions. »

M. Desmalions sourit.

« Vous pouvez vous rendre compte qu'elle était acceptée d'avance. Nos hommes sont à leurs postes. Et l'autre condition ?

— Celle-ci est plus grave, monsieur, si grave que, quels que soient les pouvoirs qui vous sont conférés, je doute qu'ils soient suffisants.

— Parlez, nous verrons.

— Voici. »

Et don Luis Perenna, d'un ton flegmatique, comme s'il eût raconté la plus insignifiante des histoires, exposa sèchement son incroyable proposition.

« Monsieur, il y a deux mois, grâce à mes relations en Orient, et par suite des influences dont je dispose dans certains milieux ottomans, j'ai obtenu que la coterie qui dirige actuellement la Turquie acceptât l'idée d'une paix séparée. Il s'agissait tout simplement de quelques centaines de millions à distribuer. L'offre, que je fis transmettre aux Alliés, fut rejetée, non certes pour des raisons financières, mais pour des raisons politiques qu'il ne m'appartient pas de juger. Ce petit échec diplomatique, je ne veux plus le subir. J'ai manqué ma première négociation. Je ne manquerai pas la seconde. C'est pourquoi je prends mes précautions. »

Il fit une pause, que M. Desmalions, absolument déconcerté, n'interrompit pas. Puis il reprit, et sa voix eut un accent un peu plus solennel :

« Il y a en ce moment, avril 1915, vous ne l'ignorez pas, des pourparlers entre les Alliés et la dernière des grandes puissances européennes qui soit restée neutre. Ces pourparlers sont sur le point d'aboutir et aboutiront parce que les destinées de cette puissance l'exigent et que le peuple entier est soulevé d'enthousiasme.

« Au nombre des questions agitées, il en est une qui fait l'objet d'une certaine divergence de vues, c'est la question d'argent. Cette puissance nous demande un prêt de trois cents millions d'or, tout en laissant entendre d'ailleurs qu'un refus de notre part ne changerait rien à une décision qui est d'ores et déjà arrêtée irrévocablement. Eh bien, ces trois cents millions d'or, je les ai, j'en suis le maître, et j'en dispose en faveur de nos amis nouveaux. Telle est ma dernière, et en réalité mon unique condition. »

M. Desmalions semblait abasourdi. Qu'est-ce que tout cela signifiait ? Quel était ce personnage ahurissant qui paraissait jongler avec les problèmes les plus graves et disposer de solutions personnelles pour la fin du grand conflit mondial ?

Il répliqua :

« Mais enfin, monsieur, ce sont là des affaires tout à fait en dehors de nous, et qui doivent être examinées et traitées par d'autres que nous.

— Chacun a le droit d'utiliser son argent à sa guise. »

M. Desmalions eut un geste désolé.

« Voyons, réfléchissez, monsieur, vous avez dit vous-même que cette puissance ne présentait la question que comme secondaire.

— Oui, mais le fait seul de la discuter retardera l'accord de quelques jours.

— Eh bien, on n'en est pas à quelques jours près !
— On en est à quelques heures près, monsieur.
— Mais enfin, pourquoi ?
— Pour une raison que vous ignorez, monsieur, et que tout le monde ignore ici... sauf moi, et quelques personnes à cinq cents lieues d'ici.
— Laquelle ?
— Les Russes n'ont plus de munitions. »

M. Desmalions haussa les épaules, impatienté. Que venait faire cette histoire, ce conte à dormir debout ?

« Les Russes n'ont plus de munitions, répéta don Luis. Or, il se livre là-bas une bataille formidable qui, dans quelques heures sans doute, aura son dénouement. Le front russe sera percé, et les armées russes reculeront, reculeront... jusqu'où ? Evidemment, cette éventualité... certaine, inévitable, ne peut influer en rien sur les volontés de la grande puissance dont nous parlons. Mais néanmoins, il y a chez elle tout un parti neutraliste acharné, violent. Quelle arme on lui laisse prendre en reculant l'accord ! Dans quel embarras vous mettez ceux qui dirigent et qui préparent la guerre ! Ce serait là une faute impardonnable. Je veux l'éviter à mon pays. C'est pourquoi j'ai posé cette condition. »

M. Desmalions était tout déconfit. Il gesticulait. Il hochait la tête. Il marmottait :

« C'est impossible. Jamais une pareille condition ne sera acceptée. Il faut du temps... des négociations...

— Il faut cinq minutes... six tout au plus.

— Mais, voyons, monsieur, vous parlez de choses...

— De choses que je connais mieux que personne, d'une situation très claire, d'un danger très réel et qui peut être conjuré en un clin d'œil.

— Mais, c'est impossible, monsieur, impossible ! Nous nous heurtons à des difficultés...

— Lesquelles ?

— Mais, s'écria M. Desmalions, à des difficultés de toutes sortes, et à mille obstacles insurmontables... »

Quelqu'un lui posa la main sur le bras, quelqu'un qui s'était approché depuis un moment et qui avait écouté le petit discours de don Luis. Ce quelqu'un était descendu de l'automobile qui stationnait plus loin, et, à la grande surprise de Patrice, sa présence n'avait suscité aucune opposition, ni chez M. Desmalions, ni chez don Luis Perenna.

C'était un homme assez vieux, de figure énergique et tourmentée.

Il dit :

« Mon cher Desmalions, je crois que vous envisagez la question sous un jour qui n'est pas le vrai.

— C'est mon avis, monsieur le président, fit don Luis.

— Ah ! vous me connaissez, monsieur, dit le nouveau venu.

— M. le ministre Valenglay, n'est-ce pas, monsieur le président ? J'ai eu l'honneur d'être reçu par vous, il y a quelques années, alors que vous étiez président du Conseil.

— Oui, en effet !... je croyais bien me souvenir... quoique je ne pourrais préciser[1]...

— Ne cherchez pas, monsieur le président. Le passé n'a pas d'intérêt. Ce qui importe, c'est que vous soyez de mon avis.

— Je ne sais pas si je suis de votre avis, mais j'estime que cela ne signifie rien. Et c'est ce que je vous disais, mon cher Desmalions. Il ne s'agit pas de savoir si vous devez discuter les propositions de monsieur. En l'occurrence, il n'y a pas de marché. Dans un marché, chacun apporte quelque chose. Nous, nous n'apportons absolument rien... tandis que monsieur apporte tout, et il nous déclare : "Voulez-vous trois cents millions d'or ? Si oui, voici ce que

1. Voir *813*.

vous ferez. Si non, bonsoir." Telle est la situation exacte, n'est-ce pas, Desmalions ?

— Oui, monsieur le président.

— Eh bien, pouvez-vous vous passer de monsieur ? Pouvez-vous, sans monsieur, trouver la cachette de l'or ? Remarquez qu'il vous fait la partie belle, puisqu'il vous amène sur le terrain même et qu'il vous indique presque l'emplacement. Est-ce suffisant ? Espérez-vous découvrir le secret que vous cherchez depuis des semaines, depuis des mois ? »

M. Desmalions fut très franc. Il n'eut pas une hésitation.

« Non, monsieur le président, dit-il nettement, je ne l'espère plus.

— Alors ?... »

Et se retournant vers don Luis, Valenglay demanda :

« Et vous, monsieur, c'est votre dernier mot ?

— Mon dernier mot !

— Si nous refusons... bonsoir ?

— Vous avez dit l'expression juste, monsieur le président.

— Et si nous acceptons, la remise de l'or sera immédiate ?

— Immédiate.

— Nous acceptons. »

Ce fut catégorique. L'ancien président du Conseil avait accompagné son affirmation d'un petit geste sec qui en soulignait toute la valeur.

Il reprit, après une légère pause :

« Nous acceptons. Ce soir même la communication sera faite à l'ambassadeur.

— Vous m'en donnez votre parole, monsieur le président ?

— Je vous en donne ma parole.

— En ce cas, nous sommes d'accord.

— Nous sommes d'accord. Parlez. »

Toutes ces phrases avaient été échangées rapidement. Il n'y avait pas cinq minutes que l'ancien président du Conseil était entré en scène. Il ne restait plus à don Luis qu'à tenir sa promesse. Plus d'échappatoire possible. Plus de mots. Des faits. Des preuves.

Vraiment, l'instant fut solennel. Les quatre hommes se tenaient les uns près des autres, comme des promeneurs qui se sont rencontrés et qui bavardent un moment. Valenglay, appuyé d'un bras sur le parapet qui domine le contre-quai, tourné vers la Seine, levait et abaissait sa canne au-dessus du tas de sable. Patrice et M. Desmalions se taisaient, le visage un peu crispé.

Don Luis se mit à rire.

« Ne comptez pas trop, monsieur le président, que je vais faire surgir de l'or à l'aide d'une baguette magique, ou vous montrer une caverne où s'entassait le métal précieux. J'ai toujours pensé que cette expression : "Le Triangle d'or", induisait en erreur en évoquant quelque chose de mystérieux et de fabuleux. Non, selon moi, il s'agissait simplement de l'espace où se trouvait l'or et qui avait la forme d'un triangle. Le triangle d'or, c'est cela : des sacs d'or disposés en triangle, un emplacement ayant la forme d'un triangle. La réalité est donc beaucoup plus simple, et vous serez peut-être déçu, monsieur le président !

— Je ne le serai pas, fit Valenglay, si vous me mettez en face des dix-huit cents sacs d'or. »

Don Luis insista :

« Je vous prends au mot, monsieur le président. Votre approbation sera complète.

— Mon approbation sera complète, absolue, totale, si vous me mettez en face des sacs d'or.

— Vous êtes en face des sacs d'or, monsieur le président.

— Comment, je suis en face !... Que voulez-vous dire ?

— Exactement ce que je dis, monsieur le président. A moins de toucher aux sacs, il est difficile d'en être plus près que vous ne l'êtes. »

Malgré son empire sur lui-même, Valenglay ne dissimulait pas sa surprise.

« Cela ne signifie pas cependant que je marche sur de l'or, et qu'il suffirait de lever les pavés du trottoir ou d'abattre ce parapet ?...

— Ce seraient encore là des obstacles à écarter, monsieur le président. Or, aucun obstacle ne vous sépare du but.

— Aucun obstacle ne me sépare du but ?

— Aucun, monsieur le président, puisque vous n'avez qu'un tout petit geste à faire pour toucher aux sacs.

— Un petit geste ! dit Valenglay qui, machinalement, répétait les paroles de don Luis.

— J'appelle un petit geste celui qu'on peut accomplir sans effort, sans bouger presque, par exemple rien qu'en enfonçant sa canne dans une flaque d'eau... ou bien...

— Ou bien ?

— Ou bien dans un tas de sable. »

Valenglay resta silencieux et impassible. Tout au plus un léger frisson secoua-t-il ses épaules. Il ne fit pas le geste indiqué. Il n'avait pas besoin de le faire. Il avait compris.

Les autres aussi se turent, stupéfiés par la prodigieuse et si simple vérité qui leur apparaissait soudain avec la violence d'un éclair.

Et, au milieu de ce silence que ne rompait aucune protestation, aucune marque d'incrédulité, don Luis continua de parler tout doucement :

« Si vous aviez le moindre doute, monsieur le président — et je vois que vous ne l'avez pas —, vous enfonceriez votre canne... oh ! pas beaucoup... cinquante centimètres au plus... et vous sentiriez alors une résistance qui vous arrêterait net. Ce sont les sacs d'or. Il doit y en avoir dix-huit cents.

« Et comme vous voyez, cela ne fait pas un tas

énorme. Un kilo d'or monnayé — excusez ces détails techniques, ils sont nécessaires — un kilo d'or monnayé représente trois mille cent francs. Donc, ainsi que je l'ai calculé approximativement, un sac de cinquante kilos, qui renferme cent cinquante-cinq mille francs par petits rouleaux de mille francs, est un sac de dimensions restreintes.

« Empilés les uns contre les autres, et les uns sur les autres, ces sacs représentent un volume de cinq mètres cubes environ, pas davantage. Si vous donnez à cette masse la forme grossière d'une pyramide triangulaire, vous aurez une base dont chacun des côtés sera de trois mètres à peu près et de trois mètres cinquante en tenant compte de l'espace perdu entre les piles de pièces. Comme hauteur, ce mur. Recouvrez le tout d'une couche de sable, et vous aurez le tas qui est là sous vos yeux... »

Après un nouvel arrêt, don Luis reprit :

« Et qui est là depuis des mois, monsieur le président. Non seulement sans que ceux qui cherchaient l'or aient pu le découvrir là-dessous, mais sans même que le hasard ait pu en révéler la présence à personne. Pensez donc, un tas de sable ! On cherche dans une cave, on se met en quête de tout ce qui peut former une grotte, une caverne, de tout ce qui est trou, excavation, puits, égout, souterrain. Mais un tas de sable ! Qui aurait jamais l'idée d'ouvrir une petite fenêtre là-dedans pour voir ce qui s'y passe ? Les chiens s'arrêtent au bord, les enfants jouent et font des pâtés, quelque chemineau s'étend et sommeille. La pluie l'amollit, le soleil le durcit, la neige l'habille de blanc, mais cela se produit à la surface, dans la partie qui se voit. A l'intérieur, c'est le mystère impénétrable. A l'intérieur, ce sont les ténèbres inexplorables. Il n'y a pas de cachette au monde qui vaille l'intérieur d'un tas de sable exposé dans un endroit public. Celui qui a imaginé de s'en servir pour y cacher trois cents millions d'or est un rude homme, monsieur le président. »

Valenglay avait écouté don Luis sans l'interrompre. A la fin des explications, il hocha la tête deux ou trois fois, puis il prononça :

« Un rude homme, en effet. Mais il y a plus fort que lui, monsieur.

— Je ne crois pas.

— Si, il y a celui qui a deviné que le tas de sable abritait les trois cents millions d'or. Celui-là est un maître, devant lequel il faut s'incliner. »

Don Luis salua, flatté du compliment. Valenglay lui tendit la main.

« Je ne vois pas de récompense digne du service que vous avez rendu au pays, monsieur.

— Je ne cherche pas de récompense, fit don Luis.

— Soit, monsieur, mais j'aimerais tout au moins que vous en fussiez remercié par des voix plus autorisées que la mienne.

— Est-ce bien nécessaire, monsieur le président ?

— Indispensable. Avouerai-je aussi que je suis curieux de savoir comment vous êtes arrivé à découvrir ce secret ? Passez donc au ministère d'ici une heure.

— Tous mes regrets, monsieur le président, mais, d'ici un quart d'heure, je serai parti.

— Mais non, mais non, vous ne pouvez pas partir ainsi, affirma Valenglay d'un ton très net.

— Et pourquoi donc, monsieur le président ?

— Dame, parce que nous ne connaissons ni votre nom ni votre personnalité.

— Cela importe si peu !

— En temps de paix, peut-être. Mais en temps de guerre, c'est une chose inacceptable !

— Bah ! monsieur le président, on fera bien une exception pour moi.

— Oh ! oh ! une exception...

— Admettons que ce soit la récompense que je demande, me la refusera-t-on ?

— C'est la seule que l'on soit contraint de vous refuser. Mais d'ailleurs, vous ne la demanderez pas.

Un bon citoyen comme vous comprend les exigences auxquelles chacun doit se soumettre.

— Je comprends très bien les exigences dont vous parlez, monsieur le président. Malheureusement...

— Malheureusement ?...

— Je n'ai pas l'habitude de m'y soumettre. »

Il y avait un peu de défi dans l'intonation de don Luis. Valenglay sembla ne pas le remarquer et dit en riant :

« Mauvaise habitude, monsieur, et dont vous voudrez bien vous départir pour une fois. M. Desmalions vous aidera. N'est-ce pas, mon cher Desmalions, entendez-vous avec monsieur à ce propos. Au ministère, dans une heure, hein ? Je compte absolument sur vous. Sinon... Au revoir, monsieur. Je vous attends. »

Et après un salut fort aimable, tout en faisant d'allègres moulinets avec sa canne, Valenglay s'éloigna vers l'automobile, conduit par M. Desmalions.

« A la bonne heure, ricana don Luis, voilà un type costaud ! En un tournemain, il a accepté trois cents millions d'or, signé un traité historique, et décrété l'arrestation d'Arsène Lupin.

— Que dites-vous ? s'écria Patrice, interloqué. Votre arrestation ?

— Ou tout au moins ma comparution, l'examen de mes papiers, tout le diable et son train.

— Mais ce serait abominable !

— C'est légal, mon cher capitaine. Donc inclinons-nous.

— Mais...

— Mon capitaine, croyez bien que quelques petits ennuis de cette sorte ne m'enlèvent rien de la satisfaction entière que j'éprouve à rendre ce grand service à mon pays. Je voulais, pendant cette guerre, faire quelque chose pour la France et profiter largement du temps que je pouvais lui consacrer directement durant mon séjour. C'est fait. Et puis, j'ai une autre récompense... les quatre millions. Car maman

Coralie m'inspire assez d'estime pour que je ne la croie pas capable de toucher à cet argent... qui lui appartient en réalité.

— Je me porte garant d'elle.

— Merci, et soyez sûr que le cadeau sera bien employé et que pas une parcelle n'en sera détournée pour d'autre but que la grandeur de mon pays et l'indispensable victoire. Donc, tout est en règle. Maintenant, j'ai encore quelques minutes à vous donner. Profitons-en. Déjà M. Desmalions rassemble ses hommes. Pour leur faciliter la tâche et éviter un scandale, descendons sur le contre-quai, devant le tas de sable. Là, il lui sera plus commode de me mettre la main au collet. »

Ils descendirent, et tout en marchant, Patrice dit :

« Quelques minutes, je les accepte, mais je veux tout d'abord m'excuser...

— De quoi, mon capitaine ? De m'avoir trahi quelque peu, et de m'avoir enfermé dans l'atelier du pavillon ? Que voulez-vous ! vous défendiez maman Coralie. De m'avoir cru capable de garder le trésor au jour où je le découvrirais ? Que voulez-vous ! était-il possible de supposer qu'un Arsène Lupin dédaignerait trois cents millions d'or ?

— Donc, pas d'excuses, dit Patrice en riant. Mais des remerciements.

— De quoi ? De vous avoir sauvé la vie et d'avoir sauvé maman Coralie ? Ne me remerciez pas. C'est un sport, chez moi, de sauver les gens. »

Patrice prit la main de don Luis et la serra très fortement. Puis il prononça d'un ton enjoué qui cachait son émotion :

« Je ne vous remercierai donc pas. Je ne vous dirai donc pas que vous m'avez débarrassé d'un cauchemar affreux en m'apprenant que je n'étais pas le fils de ce monstre et en me dévoilant sa véritable personnalité. Je ne vous dirai pas non plus que je suis heureux, que la vie s'ouvre devant moi toute rayonnante, et que Coralie est libre de m'aimer. Non, n'en parlons pas. Mais vous avouerai-je que mon bonheur est encore... comment m'exprimer ?... un peu obscur... un peu timide... Il n'y a plus de doute en moi. Mais, malgré tout, je ne comprends pas bien la vérité, et tant que je ne comprendrai pas, la vérité m'inspirera quelque inquiétude. Donc parlez... expliquez-moi... je veux savoir...

— Elle est si claire cependant, cette vérité ! s'écria don Luis. Les vérités les plus complexes sont toujours si simples ! Voyons vous ne comprenez pas ? Réfléchissez à la façon dont se pose le problème. Durant seize à dix-huit ans, Siméon Diodokis se conduit envers vous comme un ami parfait, dévoué jusqu'à l'abnégation, bref, comme un père. Il n'a d'autre idée, en dehors de sa vengeance, que votre bonheur et celui de Coralie. Il veut vous réunir tous les deux. Il collectionne vos photographies. Il vous suit dans toute votre existence. Il se met presque en rapport avec vous. Il vous envoie la clef du jardin et prépare une entrevue. Et puis, soudain, changement total ! Il devient votre ennemi acharné et ne songe qu'à vous tuer, Coralie et vous ! Qu'y a-t-il eu entre ces deux états d'âme ? Un fait, et c'est tout, ou plutôt une date, la nuit du 3 au 4 avril, et le drame qui se passa, cette nuit-là et le jour suivant, dans l'hôtel Essarès. Avant cette date, vous êtes le fils de Siméon Diodokis. Après cette date, vous êtes le plus grand ennemi de Siméon Diodokis. Cela vous ouvre les yeux, hein ? Moi, toutes mes découvertes proviennent de cette vue générale que j'ai prise dès le début sur l'affaire. »

Patrice hochait la tête, sans répondre. Il comprenait, certes, et pourtant l'énigme gardait une partie de son secret.

« Asseyez-vous là, fit don Luis, sur notre fameux tas de sable, et écoutez-moi. En dix minutes, j'aurai fini. »

Ils se trouvaient dans le chantier Berthou. Le jour commençait à baisser et, de l'autre côté de la Seine, les silhouettes devenaient indécises. Au bord du quai, la péniche se balançait mollement.

Don Luis s'exprima ainsi :

« Le soir où, caché sur le balcon intérieur de la bibliothèque, vous assistiez au drame de l'hôtel Essarès, il y avait, sous vos yeux, deux hommes attachés par les complices, Essarès bey et Siméon Diodokis. Tous deux, à l'heure actuelle, sont morts. L'un était votre père. Parlons de l'autre, d'Essarès bey. Ce soir-là, sa situation était critique. Après avoir drainé l'or de la France pour le compte d'une puissance orientale, évidemment dirigée par l'Allemagne, il tentait d'escamoter le reliquat du milliard récolté. La *Belle-Hélène*, avertie par la pluie d'étincelles, venait de s'amarrer le long du chantier Berthou. Le transbordement devait se faire, la nuit, du tas de sable dans la péniche à moteur. Tout allait bien, lorsque, coup de théâtre imprévu, les complices, avertis par Siméon, firent irruption.

« D'où la scène de chantage, la mort du colonel Fakhi, etc. et le sieur Essarès apprenait, du même coup, que les complices connaissaient sa machination et son projet d'escamoter l'or, et que le colonel Fakhi avait déposé une plainte contre lui entre les mains de la justice. Il était perdu. Que faire ? S'enfuir ? Mais, en temps de guerre, la fuite est presque impossible. Et puis, s'enfuir, c'est abandonner l'or, et c'est abandonner aussi Coralie, et cela jamais. Alors ? Alors, un seul moyen, disparaître. Disparaître, et cependant rester là, sur le lieu du combat, près de l'or et près de Coralie. Et la nuit arrive, et, cette nuit, il l'emploie à l'exécution de son plan. Voilà pour Essarès. Passons au second personnage, à Siméon Diodokis. »

Don Luis reprit haleine. Patrice l'écoutait avidement, comme si chaque parole eût apporté sa part de lumière dans l'obscurité étouffante.

« Celui qu'on appelait le vieux Siméon, repartit don Luis, c'est-à-dire votre père — oui, votre père, car vous n'en doutez pas, n'est-ce pas ? — celui-là en était, lui aussi, au point critique de son existence. Armand Belval, jadis victime d'Essarès avec la mère de Coralie, Armand Belval, votre père, touchait au but. Il avait dénoncé et livré son ennemi, Essarès, au colonel Fakhi et aux complices. Il avait réussi à vous rapprocher de Coralie. Il vous avait envoyé la clef du pavillon. Encore quelques jours et il pouvait croire que tout se terminerait selon ses vœux.

« Mais, le lendemain matin, à son réveil, certains indices, que j'ignore, lui révélaient la menace d'un danger, et, sans doute, eut-il le pressentiment du projet qu'Essarès était en train d'élaborer. Et lui aussi se posa cette question : Que faire ?... Vous avertir, et même vous avertir sans retard, vous téléphoner aussitôt. Car le temps presse. Le péril se précise. Essarès surveille, traque celui qu'il a choisi une seconde fois comme victime. Peut-être Siméon était-il poursuivi... Peut-être s'était-il enfermé dans la bibliothèque... Aura-t-il la possibilité de vous téléphoner ? Serez-vous là ?

« Quoi qu'il en soit, il veut à tout prix vous avertir. Il demande donc la communication. Il l'obtient, vous appelle, entend votre voix, et, tandis qu'Essarès s'acharne à la porte, votre père haletant, s'écrie :

"— Est-ce toi, Patrice ? Tu as la clef ? Et la lettre ? Non ? Mais c'est effrayant ! Alors tu ne sais pas..." Et puis un cri rauque, que vous entendez au bout du fil, et puis des sons incohérents, le bruit d'une discussion. Et puis la voix qui se colle à l'appareil, et qui balbutie, au hasard : "Patrice, le médaillon d'améthyste... Patrice, j'aurais tant voulu !... Patrice, Coralie." Puis un grand cri... des clameurs qui s'affaiblissent... Puis le silence. C'est tout. Votre père est mort, assassiné. Cette fois, Essarès bey, qui l'avait manqué jadis, dans le pavillon, se vengeait de son ancien rival. »

Don Luis s'arrêta. Sous sa parole véhémente, le

drame ressuscitait. Le crime se perpétrait de nouveau devant les yeux du fils.

Patrice, bouleversé, murmura :

« Mon père, mon père...

— C'était votre père, affirma don Luis. Il était sept heures dix-neuf du matin, ainsi que vous l'avez noté. Quelques minutes après, avide de savoir et de comprendre, vous téléphoniez, et c'était Essarès qui vous répondait, le cadavre de votre père à ses pieds.

— Ah ! le misérable. De sorte que ce cadavre, que nous n'avons pas trouvé, et que nous ne pouvions pas trouver...

— Ce cadavre, Essarès bey l'a maquillé, tout simplement, maquillé, défiguré, transformé, et c'est ainsi, mon capitaine — toute l'affaire est là — que le Siméon Diodokis, mort, est devenu Essarès bey, en attendant qu'Essarès bey, transformé en Siméon Diodokis, jouât le personnage de Siméon Diodokis.

— Oui, murmura Patrice, je vois... Je me rends compte... »

Et don Luis continuait :

« Quelles relations existait-il entre les deux hommes ? Je l'ignore. Essarès savait-il auparavant que le vieux Siméon n'était autre que son ancien rival, l'amant de la mère de Coralie, l'homme enfin qui avait échappé à la mort ? Savait-il que Siméon était votre père, c'est-à-dire Armand Belval ? Autant de questions qui ne seront jamais résolues, et qui, d'ailleurs, n'importent point. Mais, ce que je suppose, c'est que ce nouveau crime ne fut pas improvisé. Je crois fermement qu'Essarès, ayant constaté certaines analogies de taille et d'allure, avait tout préparé pour prendre la place de Siméon Diodokis, au cas où les circonstances l'obligeraient à disparaître. Et ce fut facile. Siméon Diodokis portait une perruque et n'avait point de barbe. Au contraire, Essarès était chauve et portait la barbe. Il se rasa, écrasa à coups de chenet la figure de Siméon, dans cet amas sanglant mêla les poils de sa barbe, habilla le cadavre avec ses propres vêtements, prit pour lui ceux de sa victime, mit la perruque, mit les lunettes et le cache-nez. La transformation était faite. »

Après avoir réfléchi, Patrice objecta :

« Soit, voilà pour ce qui s'est passé à sept heures dix-neuf du matin. Mais il s'est passé autre chose à midi vingt-trois.

— Rien...

— Cependant... cette montre qui marquait midi vingt-trois ?

— Rien, vous dis-je. Seulement il fallait dépister les recherches. Il fallait surtout éviter l'inévitable accusation qu'on aurait portée contre le nouveau Siméon.

— Quelle accusation ?

— Comment ? Mais celle d'avoir tué Essarès bey. On découvre le matin un cadavre. Qui a tué ? Les soupçons se seraient dirigés aussitôt sur Siméon. On l'eût interrogé, arrêté. Et sous le masque de Siméon, on trouvait Essarès... Non, il lui fallait la liberté, l'aisance de ses mouvements. Pour cela, il cacha le crime toute la matinée et fit en sorte que personne n'entrât dans la bibliothèque. Par trois fois, il alla frapper à la porte de sa femme, afin qu'elle pût affirmer qu'Essarès bey vivait encore au courant de la matinée.

« Puis, quand elle sortit, il ordonna tout haut à Siméon, c'est-à-dire à lui-même, de la conduire jusqu'à l'ambulance des Champs-Elysées. Et ainsi Mme Essarès crut laisser son mari vivant et être accompagnée du vieux Siméon, tandis qu'elle laissait en réalité, dans une partie vide de la maison, le cadavre du vieux Siméon, et qu'elle était accompagnée par son mari.

« Qu'advint-il ? Ce que le bandit avait voulu. Vers une heure de l'après-midi, la justice, prévenue par le colonel Fakhi, arrivait et se trouvait en face d'un cadavre. Le cadavre de qui ? Il n'y eut pas à ce sujet l'ombre d'une hésitation. Les femmes de chambre reconnurent leur maître, et quand Mme Essarès se présenta ce fut son mari qu'elle aperçut étendu devant la cheminée où on l'avait torturé la veille au soir. Le vieux Siméon, c'est-à-dire Essarès, confirma cette identité. Vous-même fûtes pris au piège. Le tour était joué. »

Patrice hocha la tête.

« Oui, c'est ainsi que les événements se sont produits, c'est bien là leur enchaînement.

— Le tour était joué, reprit don Luis. Et personne n'y vit que du feu. N'y avait-il pas, en outre, comme preuve, cette lettre écrite de la main même d'Essarès et recueillie sur son bureau ? Cette lettre datée du 4 avril, à midi, destinée à sa femme, et où il annonce son départ ? Bien plus, le tour était si bien joué que les indices mêmes qui auraient dû trahir la vérité ne firent que renforcer le mensonge. Ainsi votre père portait un tout petit album de photographies dans une poche intérieure de son maillot. Essarès n'y fit pas attention et ne lui enleva pas ce maillot. Eh bien, quand on trouva l'album, on admit tout de suite cette chose invraisemblable : Essarès bey gardait sur lui un album contenant les photographies de sa femme et du capitaine Belval !

« De même, quand on trouva dans la main du mort, c'est-à-dire dans la main de votre père, un médaillon d'améthyste contenant vos deux récentes photographies, et quand on y trouva aussi un papier froissé où il était question du triangle d'or, on admit aussitôt qu'Essarès bey avait dérobé le médaillon et le document, et qu'il les tenait en sa main au moment de mourir. Tellement il était hors de doute que c'était bien Essarès bey qui avait été assassiné, que l'on avait son cadavre sous les yeux, et que l'on ne devait plus s'occuper de cette question ! Et, de la sorte, le nouveau Siméon était maître de la situation. Essarès bey est mort, vive Siméon ! »

Don Luis éclata de rire. L'aventure lui paraissait vraiment amusante, et il jouissait en artiste de tout ce qu'elle supposait d'invention perverse et de génie malfaisant.

« Et tout de suite, poursuivit-il, Essarès, sous son masque impénétrable, se mit à l'œuvre. Le jour même il écoutait à travers la fenêtre entrebâillée votre conversation avec maman Coralie, et, saisi de rage en vous voyant penché sur elle, il tirait un coup de revolver. Puis, ce nouveau crime n'ayant pas réussi, il s'enfuyait et jouait toute une comédie auprès de la petite porte du jardin, criant à l'assassin, jetant la clef par-dessus le mur afin de donner une fausse piste, et se laissant tomber à moitié mort, comme étranglé par l'ennemi qui, soi-disant, avait tiré le coup de revolver. Comédie qui se terminait par la simulation de la folie.

— Mais dans quel but, cette folie ?
— Dans quel but ? Pour qu'on le laissât tranquille, pour qu'on ne l'interrogeât pas, pour qu'on ne se défiât pas de lui. Fou, il pouvait se taire et rester à l'écart. Sinon, aux premières paroles, Mme Essarès aurait reconnu sa voix, si parfaitement qu'il en eût dissimulé l'intonation.

« Désormais, il est fou. C'est un être irresponsable. Il va et vient à sa guise : c'est un fou ! Et sa folie est une chose tellement admise qu'il vous conduit pour ainsi dire par la main vers ses anciens complices, et que vous les faites arrêter, sans vous demander un instant si ce fou n'agit pas avec la plus claire vision de ses intérêts. C'est un fou, un pauvre fou, un fou inoffensif, et ne laisse-t-on pas le champ libre à ces êtres disgraciés !

« Dès lors, il n'a plus qu'à lutter contre ses deux derniers adversaires, maman Coralie et vous, mon capitaine. Et cela lui est facile. Je suppose qu'il a eu entre les mains un journal tenu par votre père. En tout cas, il a connaissance chaque jour de celui que vous tenez, vous. Par là, il apprend toute l'histoire des tombes, et il sait que, le 14 avril, maman Coralie et vous, irez tous deux en pèlerinage à cette tombe. Il vous pousse d'ailleurs par ses machinations à vous y rendre. Car son plan est fait. Il prépare contre le fils et contre la fille, contre le Patrice et contre la Coralie d'aujourd'hui, le coup qu'il a préparé jadis contre le père et contre la mère. Ce coup réussit au début. Il eût réussi jusqu'au bout si, grâce à une idée de notre pauvre Ya-Bon, un nouvel adversaire n'avait surgi en ma personne...

« Mais est-il nécessaire de vous en dire davantage ? Le reste, vous le connaissez comme moi, et comme moi, vous pouvez juger dans toute sa splendeur l'immonde bandit qui, au cours de ces vingt-quatre heures, laissait étrangler son complice Grégoire, ou plutôt sa maîtresse, Mme Mosgranem, enfouissait maman Coralie sous le tas de sable, assassinait Ya-Bon, m'enfermait — ou du moins croyait m'enfermer — dans le pavillon, vous enterrait dans la tombe creusée par votre père, et supprimait le concierge Vacherot. Et maintenant, mon capitaine, croyez-vous que j'aurais dû l'empêcher de se tuer, le joli monsieur qui, en dernier ressort, essayait de se faire passer pour votre père ? »

— Vous avez eu raison, dit Patrice. En tout cela vous avez eu raison du commencement jusqu'à la fin. L'affaire m'apparaît maintenant tout entière, dans son ensemble et dans ses détails. Il ne reste plus qu'un point : le triangle d'or. Comment avez-vous découvert la vérité ? Qu'est-ce qui vous a conduit jusqu'à ce tas de sable ? et qu'est-ce qui vous a permis de délivrer Coralie de la mort la plus affreuse ?

— Oh ! répondit don Luis, de ce côté, c'est encore plus simple, et la lumière s'est faite presque à mon insu. En quelques mots, vous allez voir... Mais éloignons-nous d'abord. M. Desmalions et ses hommes deviennent un peu gênants. »

Les agents étaient répartis aux deux entrées du chantier Berthou. M. Desmalions leur donnait ses instructions. Visiblement il leur parlait de don Luis et se préparait à l'aborder.

« Allons sur la péniche, dit don Luis. J'y ai laissé des papiers importants. »

Patrice le suivit.

En face de la cabine où se trouvait le cadavre de Grégoire, était une autre cabine à laquelle on accédait par le même escalier. Une chaise la meublait, et une table.

« Mon capitaine, fit don Luis, qui ouvrit un tiroir et y prit une lettre qu'il cacheta ; mon capitaine, voici une lettre que je vous prierai de remettre... Mais non, pas de phrases inutiles. A peine aurai-je le temps de satisfaire votre curiosité. Ces messieurs approchent. Il s'agit pour l'instant du triangle. Parlons-en, et sans retard. »

Il tendait l'oreille avec une attention dont Patrice devait bientôt comprendre la signification réelle.

Et, tout en écoutant ce qui se passait dehors, il reprit :

« Le triangle d'or ! Il y a des problèmes que l'on résout un peu au hasard, sans chercher. Ce sont les événements qui nous mènent à la solution, et, parmi ces événements, on choisit inconsciemment, on démêle, on examine celui-ci, on écarte celui-là, et, tout à coup, on aperçoit le but... Donc ce matin, après vous avoir mené vers les tombes, et vous avoir enterré sous la dalle, Essarès bey revint à moi. Me croyant enfermé dans l'atelier du pavillon, il eut la gentillesse d'ouvrir le compteur à gaz, puis il s'en alla et vint sur le quai, au-dessus du chantier Berthou. Là, il eut une hésitation, et cette hésitation fut, pour moi qui le suivais, un indice précieux. Certainement il songeait alors à délivrer maman Coralie. Des gens passèrent. Il s'éloigna. Sachant où il se rendait, je retournai à votre secours, j'avertis vos camarades de l'hôtel Essarès, et les priai de s'occuper de vous.

« Ensuite, je revins ici. D'ailleurs, toute la marche de l'affaire m'obligeait à y revenir. Il était à supposer que les sacs d'or n'étaient pas à l'intérieur de la canalisation, et, comme la *Belle-Hélène* ne les avait pas enlevés, ils devaient se trouver en dehors du jardin, en dehors de la canalisation, donc dans ces parages. J'explorai cette péniche, non pas tant pour y chercher les sacs que pour y chercher quelque renseignement imprévu, et pour y chercher aussi, avouons-le, les quatre millions remis à Grégoire. Or, quand je me mets à explorer un endroit où je ne trouve pas ce que je veux, je me rappelle toujours l'étrange conte d'Edgar Poe : *La lettre volée*... Vous vous souvenez, ce document diplomatique qui a été dérobé et dont on sait qu'il est caché dans telle chambre ? On fouille cette chambre dans tous les coins. On soulève toutes les lames du parquet. Rien. Mais M. Dupin arrive et, presque aussitôt, se dirige vers un vide-poche suspendu au mur et d'où dépasse un vieux papier. C'est le document.

« Eh bien, instinctivement, j'emploie le même procédé. Je cherche où l'on n'aurait même pas l'idée de chercher, dans les endroits qui ne constituent pas de cachette, parce que ce serait vraiment trop facile à découvrir. C'est ainsi, par exemple, que j'ai eu l'idée de feuilleter quatre vieux Bottin hors d'usage, alignés sur cette tablette. Les quatre millions s'y trouvaient. J'étais renseigné.

— Comment, vous étiez renseigné ?

— Oui, sur l'état d'esprit d'Essarès, sur ses lectures, sur ses habitudes, sur la façon dont il concevait une bonne cachette. Nous avions cherché trop loin et trop profondément. Nous avions joué la difficulté. Il fallait jouer la facilité, regarder l'extérieur, la superficie. Deux petits indices encore me servirent. J'avais remarqué que les montants de l'échelle que Ya-Bon avait dû prendre dans ces parages portaient quelques grains de sable. Enfin, je me rappelai ceci : Ya-Bon avait tracé un triangle à la craie sur le trottoir, et ce triangle n'avait que deux côtés, le troisième étant constitué par la base du mur. Pourquoi ce détail ? Pourquoi pas une troisième ligne à la craie ? Est-ce que l'absence de cette troisième ligne signifiait que la cachette se trouvait au pied d'un mur ? Bref, j'allumai une cigarette, je m'établis là-haut, sur le pont de la péniche et je me dis, tout en regardant autour de moi : "Mon petit Lupin, je te donne cinq minutes." Quand je me dis : "Mon petit Lupin", il m'est impossible de me résister à moi-même. Je n'avais pas fumé le quart de ma cigarette que ça y était.

— Vous saviez ?...

— Je savais. Parmi les éléments dont je disposais, lequel a fait jaillir l'étincelle ? Je l'ignore. Tous à la fois, sans doute. C'est là une opération psychologique assez complexe, comme une expérience de chimie. L'idée juste se forme tout à coup par des réactions et des combinaisons mystérieuses entre les éléments où elle était en puissance. Et puis, il y avait en moi un principe d'intuition, une surexcitation toute spéciale qui m'obligeait, qui, fatalement, m'obligeait à découvrir la cachette : maman Coralie s'y trouvait.

« J'étais sûr qu'un échec de ma part, qu'une défaillance, qu'une hésitation plus longue, c'était sa perte. Une femme était là, dans un rayon de quelques dizaines de mètres. Il fallait savoir. Je sus. L'étincelle se produisit. La combinaison eut lieu. Et je courus tout droit vers le tas de sable.

« Je vis immédiatement des vestiges de pas, et, presque en haut, la trace d'un piétinement plus marqué. Je fouillai. Au premier contact avec un des sacs, croyez que mon émotion fut vive. Mais je n'avais pas le temps de m'émouvoir. Je dérangeai quelques sacs. Maman Coralie était là, à peine protégée du sable qui, peu à peu, l'étouffait, s'infiltrait, lui bouchait les yeux, l'asphyxiait. Inutile de vous en dire davantage, n'est-ce pas ? Le chantier, comme d'habitude, était désert. Je la sortis de là. Je hélai une auto. Je la conduisis d'abord chez elle. Puis je m'occupai d'Essarès, du concierge Vacherot, et, renseigné sur les projets de notre ennemi, j'allai m'entendre avec le docteur Géradec. Enfin, je vous fis transporter à la clinique du boulevard de Montmorency et je donnai l'ordre également qu'on y conduisît maman Coralie, qu'il est nécessaire de dépayser un peu pour l'instant. Et voilà, mon capitaine. Tout cela en trois heures. Quand l'auto du docteur me ramena à la clinique, Essarès y arrivait en même temps que moi pour s'y faire soigner. Je le tenais. »

Don Luis se tut.

Aucune parole n'était plus nécessaire entre les deux hommes. L'un avait rendu à l'autre les plus grands services que l'on pût rendre à quelqu'un, et cet autre savait que c'étaient là des services à propos desquels il n'est point de remerciement. Et il savait aussi que l'occasion ne lui serait jamais offerte de prouver sa reconnaissance. Don Luis était en quelque sorte au-dessus de ces preuves-là par le seul fait qu'elles étaient impossibles. Comment rendre service à un homme comme lui, qui disposait de telles ressources, et qui accomplissait des miracles avec la même aisance que l'on accomplit les petits actes de la vie quotidienne ?

De nouveau, Patrice lui serra les mains fortement, sans un mot.

Don Luis accepta l'hommage de cette émotion silencieuse et dit :

« Si jamais on parle d'Arsène Lupin devant vous, défendez-le, mon capitaine, il le mérite. »

Et il ajouta en riant :

« C'est drôle, mais, avec l'âge, je tiens à ma réputation. Le diable se fait ermite. »

Il tendit l'oreille et, au bout d'un moment, prononça :

« Mon capitaine, c'est l'heure de la séparation. Présentez mes respects à maman Coralie. Je ne l'aurai, pour ainsi dire, pas connue, maman Coralie, et elle ne me connaîtra pas. Cela vaut mieux, peut-être. Au revoir, mon capitaine. Et si jamais vous avez besoin de moi, dans quelque affaire que ce soit, coquin à démasquer, honnête homme à tirer d'embarras, énigme à déchiffrer, n'hésitez pas à recourir à mes conseils. Je ferai en sorte que vous ayez toujours une adresse où m'écrire. Encore une fois, au revoir.

— Alors, nous nous quittons déjà ?

— Oui, j'entends M. Desmalions. Allez au-devant de lui, voulez-vous ? Et ayez l'obligeance de l'amener. »

Patrice hésita. Pourquoi don Luis l'envoyait-il au-devant de M. Desmalions ? Etait-ce pour que lui, Patrice, intervînt en sa faveur ?

Cette idée le stimula. Il sortit.

Il se produisit alors une chose que Patrice ne devait jamais comprendre, quelque chose de très rapide et de tout à fait inexplicable. Ce fut comme le coup de théâtre imprévu qui finit brusquement une longue et ténébreuse aventure.

Patrice rencontra sur le pont M. Desmalions qui lui dit :

« Votre ami est là ?

— Oui. Mais deux mots d'abord... Vous n'avez pas l'intention... ?

— Ne craignez rien. Nous ne lui voulons aucun mal, au contraire. »

Le ton fut si net que l'officier ne trouva aucune objection.

M. Desmalions passa. Patrice le suivit. Ils descendirent l'escalier.

« Tiens, fit Patrice, j'avais laissé la porte de cette cabine ouverte. »

Il poussa. La porte s'ouvrit. Mais don Luis n'était plus dans la cabine.

Une enquête immédiate prouva que personne ne l'avait vu partir, ni les agents qui se tenaient sur le contre-quai, ni ceux qui déjà avaient traversé la passerelle.

Patrice déclara :

« Quand on aura le temps d'examiner cette

péniche à fond, on la trouvera fort truquée, je n'en doute pas.

— De sorte que votre ami se serait enfui par quelque trappe, à la nage ? demanda M. Desmalions, qui semblait fort vexé.

— Ma foi oui, dit Patrice en riant, ou même par quelque sous-marin.

— Un sous-marin dans la Seine ?

— Pourquoi pas ? Je ne crois pas qu'il y ait de limite aux ressources et à la volonté de mon ami. »

Mais, ce qui acheva de stupéfier M. Desmalions, ce fut la découverte, sur la table, d'une lettre qui portait son adresse, la lettre que don Luis Perenna y avait déposée au début de son entretien avec Patrice Belval.

« Il savait donc que je viendrais ici ? Il avait donc prévu, avant même notre entrevue, que je réclamerais de lui certaines formalités ? »

La lettre contenait ces mots :

« Monsieur,

« Excusez mon départ, et croyez que de mon côté je comprenais fort bien le motif qui vous amène ici. Ma situation, en effet, n'est pas régulière, et vous êtes en droit de me demander des explications. Les explications, je vous les donnerai, un jour ou l'autre, j'en prends l'engagement. Vous verrez alors que, si je sers la France à ma manière, cette manière n'est pas la plus mauvaise, et que mon pays me devra quelque reconnaissance pour les services immenses, j'ose dire le mot, que je lui aurai rendus pendant cette guerre. Le jour de cette entrevue, monsieur, je veux que vous me remerciiez. Vous serez à cette époque — car je connais votre ambition secrète — préfet de police. Peut-être même me sera-t-il possible de contribuer personnellement à une nomination que je juge méritée. Je m'y emploie dès maintenant. Agréez, etc. »

M. Desmalions resta silencieux assez longtemps. Puis il prononça :

« Etrange personnage ! S'il avait voulu, nous l'aurions chargé de grandes choses. C'est ce que j'avais mission de lui dire de la part de M. Valenglay.

— Soyez sûr, monsieur, fit Patrice, que les choses qu'il accomplit actuellement sont encore plus grandes. »

Et il ajouta :

« Etrange personnage, en effet ! Et plus étrange encore, plus puissant et plus extraordinaire que vous ne pouvez le supposer. Si chacune des nations alliées avait eu à sa disposition trois ou quatre individus taillés à son modèle, la guerre n'aurait certainement pas duré six mois. »

Et M. Desmalions murmura :

« Je le crois volontiers... Seulement ces individus-là sont généralement des isolés, des réfractaires qui n'en font qu'à leur tête et n'acceptent aucun joug... Tenez, capitaine, quelque chose comme ce fameux aventurier qui, il y a quelques années, contraignait le kaiser à venir dans sa prison et à le délivrer... et qui, à la suite d'un amour malheureux, s'est précipité du haut des falaises de Capri...

— Qui donc ?

— Vous savez bien... Lupin... Arsène Lupin... »

Table

PREMIÈRE PARTIE

LA PLUIE D'ÉTINCELLES

Chapitre I. – Maman Coralie	9
II. – La main droite et la jambe gauche	23
III. – La clef rouillée	37
IV. – Devant les flammes	49
V. – Le mari et la femme	61
VI. – Sept heures dix-neuf	76
VII. – Midi vingt-trois	89
VIII. – L'œuvre d'Essarès bey	103
IX. – Patrice et Coralie	116
X. – La cordelette rouge	129
XI. – Vers le gouffre	144

DEUXIÈME PARTIE

LA VICTOIRE D'ARSÈNE LUPIN

Chapitre I. – L'épouvante	159
II. – Les clous du cercueil	174
III. – Un étrange individu	186
IV. – La « Belle-Hélène »	203
V. – Le quatrième acte	222
VI. – Siméon livre bataille	239
VII. – Le docteur Géradec	258
VIII. – La dernière victime de Siméon	273
IX. – Que la lumière soit !	288

Table

PREMIÈRE PARTIE

LA PLUIE D'ÉTINCELLES

Chapitre I. — Maman Coralie 9
— II. — La main droite et la jambe
gauche 25
— III. — La clef rouillée 47
— IV. — Devant les flammes 45
— V. — Le mari à la langue 61
— VI. — Sept heures dix-neuf 70
— VII. — Midi vingt-trois 89
— VIII. — L'œuvre d'Essarès bey 103
— IX. — Patrice et Coralie 116
— X. — La bûche rouge 135
— XI. — Vers le gouffre 148

DEUXIÈME PARTIE

LA VICTOIRE D'ARSÈNE LUPIN

Chapitre I. — Le pot-au-feu 169
— II. — Les bons de Siméon 174
— III. — Un coup de téléphone 186
— IV. — Les Bénédictins 203
— V. — Le quatrième acte 222
— VI. — Siméon livre bataille 239
— VII. — Le docteur Géradec 256
— VIII. — Dernière victime de Siméon 273
— IX. — Que la lumière soit ! 288

Composition réalisée par JOUVE

Achevé d'imprimer en France par
CPI BUSSIÈRE (18200 Saint-Amand-Montrond)
en février 2021
N° d'impression : 2056167
Dépôt légal 1re publication : mai 1968
Édition 24 - février 2021
LIBRAIRIE GÉNÉRALE FRANÇAISE
21, rue du Montparnasse – 75298 Paris Cedex 06

30/2391/8